中国慢性病防治工作系统研究

结 题 报 告

李立明　主编

课题研究单位：北京大学公共卫生学院
课题负责人：李立明
课题组成员：吕　筠　刘　淼

中国协和医科大学出版社

图书在版编目（CIP）数据

中国慢性病防治工作系统研究/李立明主编. —北京：中国协和医科大学出版社，2011.9

ISBN 978 - 7 - 81136 - 579 - 5

Ⅰ. ①中… Ⅱ. ①李… Ⅲ. ①慢性病 - 防治 - 研究 - 中国 Ⅳ. ①R4

中国版本图书馆 CIP 数据核字（2011）第 199516 号

中国慢性病防治工作系统研究

主 编：李立明
责任编辑：王 波 骆春瑶

出版发行：中国协和医科大学出版社
（北京东单三条九号 邮编100730 电话65260378）
经 销：新华书店总店北京发行所
印 刷：北京佳艺恒彩印刷有限公司

开 本：700×1000 1/16
印 张：15
字 数：207 千字
版 次：2011 年 10 月第一版 2011 年 10 月第一次印刷
印 数：1 - 3000
定 价：30.00 元

ISBN 978 - 7 - 81136 - 579 - 5/R · 579

（凡购本书，如有缺页、倒页、脱页及其他质量问题，由本社发行部调换）

概　　要

　　不论是心脑血管疾病、癌症、慢性呼吸系统疾病、糖尿病等主要慢性病，还是高血压、血脂异常、肥胖等中间疾病，或是吸烟、不合理膳食、少体力活动、过量饮酒等不健康的生活方式，人群的流行病学研究数据都说明，慢性病是当前以及今后相当一段时期内对中国人群生命和健康的最大威胁，这已是一个不争的事实。本项目通过大量的文献分析，结合特尔菲法（Delphi method，又称专家咨询法），对我国近20年来主要慢性病防治研究与实践状况进行了回顾性分析，了解我国慢性病防治工作的发展及变化，总结以往取得的成绩和存在的问题，为今后慢性病防治工作的决策提供科学依据。

一、研究现状

　　近20年来，我国学者在国内外期刊上发表的以中国人群为研究对象、与主要慢性病相关的研究论文，绝对数量稳定增长。20世纪90年代，研究开展相对较多的领域是疾病的治疗措施和诊断方法，以及疾病和危险因素的流行状况调查；而近10年来，对危险因素的干预性研究和相关公共政策研究发展较快。其中仍然不足的领域是卫生经济学研究、对疾病的康复措施研究及疾病的病因学研究。

　　分析我国学者已发表的论文，国内文献的病因研究使用最多的研究设计是病例对照研究（36.5%）和病例系列研究（26.7%），国外文献中使用最多的是病例对照研究（52.2%）和横断面研究（13.4%）。而评价治疗措施效果的研究，国内期刊发表的文献中使用最多的是病例系列研究（59.8%）和实验流行病学研究（32.0%），国外期刊发表的文献中使用最多的是实验流行病学研究（48.7%）和病例系列研究

（27.7%）。可见，我国学者相当一部分研究没有采用最佳研究设计来回答研究问题，导致产生的证据强度有限。总体而言，由于在一定程度上受到政策和经费导向的影响，我国已经开展的慢性病相关研究以重复、短周期、低证据强度的研究居多，少有大样本人群、长期的前瞻性研究。我国政府重视基础研究的投入，相比之下，对人群研究的投入明显不足，尤其是对疾病预防类研究或对研究证据的转化应用方面。

另外，近年来国外学者越来越多的利用国家或地区范围的医学信息系统（如医疗保险系统、医院病案信息系统、药物处方登记系统、疾病监测系统等）、人口出生死亡登记系统、环境监测系统、城市基础地理信息系统、道路交通事故处理信息系统及其他各类基础数据信息系统，以及数据库之间个体记录的有效关联，开展科学研究，可以获得比一次性调查更有价值的科学证据。而我国的各类公共数据系统由于缺乏共享或数据库间难以关联，各自为政，限制了应用。

二、防治实践

（一）组织机构及网络

我国慢性病防治实践可以追溯到 1958 年。但在 20 世纪 90 年代以前，防治实践还以专家个人研究兴趣、大医院的临床治疗为主。直到 1994 年，卫生部疾病控制司设立慢性非传染性疾病控制处（现更名为卫生部疾病预防控制局慢性病预防控制与营养管理处），标志着慢性病防治被纳入政府工作。2002 年我国成立了疾病预防控制中心（Center for Disease Control and Preuention，简称 CDC），内设慢性非传染性疾病预防控制中心，并促进了各地 CDC 系统慢性病科（所）的建设。2008 年，我国省、地区和县级 CDC 设慢性病防控科（所）的比例分别为 100.0%、62.8% 和 43.7%。尽管 29.8% 的地级和 41.3% 的县级 CDC 未设专门机构，但有相应部门承担慢性病防控工作，主要分布在健康教育所、地方病防治所、计划免疫所等。此外尚有 7.4% 的地区级和 15.0% 的县级 CDC 尚无专门机构承担慢性病防控职能。除 CDC 系统以外，连同 1969 年成立的全国肿瘤防治研究办公室（1978 年更名为卫生部肿瘤防治研究办公室）、1987 年成立的全国脑血管病防治研究办公室、2002 年成立的国家肿瘤登记中心、2003 年成立的卫生部心血管病防治研究中心以及各级医疗机构，构成了我国重要的慢性病防治网络。另外，中国高血压联盟、中国控制吸烟协会、中国抗癌协会、中国癌症基金会、中华医学会呼吸病学分会、心血管病学分会等国家级组织、协会或学会在慢性病防治中也发挥了重要作用。

（二）经费投入

中央和地方政府的常规经费在慢性病防治的投入中应该发挥主要作用。但是近 20 年来，来自各部委的专项经费却发挥了更大的作用。虽然近 10 年来，政府常规投入有所增加，但仍显不足，特别是地方政府的投入。以 CDC 系统的慢性病防控资源为例，2008 年，省级 CDC 均有慢性病防控经费，地区和县级 CDC 有专项经费的比例依次为 71.7% 和 71.0%。三级 CDC 依次平均为 86.6 万元、8.9 万元和 4.5 万元，各级 CDC 慢性病防控经费占同级 CDC 总经费的比例依次为 2.29%、1.70% 和 2.69%。可见慢性病防治的投入明显不足。在防治经费的分配方面，疾病治疗管理优先于生活方式危险因素干预、疾病早期筛查和疾病康复管理。近 10 年来，疾病早期筛查方面的投入增加较快。

（三）人员数量和能力

无论何种机构，其慢性病防治人员的数量和质量均显不足，尤其是在农村医疗机构中。仍以 CDC 系统为例，2008 年，全国共有 7483 名慢性病防控人员，占 CDC 总人数的 4.0%；省、地区和县级 CDC 平均人数依次为 9.5、3.5 和 2.2。全国平均每 17.5（4.0～34.2）万人拥有 1 名 CDC 慢性病防控人员。而现有人员的慢性病防治能力明显不足，目前的能力培训难以满足需要。

（四）相关规划、政策法规和专业指南

近 10 余年来，国家多个部门陆续发布了与防控慢性病及其危险因素直接或间接相关的规划和政策法规，对防治行动起到了重要的支持作用。例如，卫生部 2003 年发布《中国癌症预防与控制规划纲要（2004～2010)》，2008 年发布的《健康中国 2020》、《食品营养标签管理规范》，

卫生部、国家中医药管理局、总后勤部卫生部、武警部队后勤部2009年发布的《关于2011年起全国医疗卫生系统全面禁烟的决定》以及一些非卫生部门发布的，如2001年国务院办公厅发布的《中国食物与营养发展纲要（2001～2010年）》，2007年中共中央发布的《中共中央国务院关于加强青少年体育增强青少年体质的意见》，教育部、国家体育总局、共青团中央发布的《关于全面启动全国亿万学生阳光体育运动的通知》，国家烟草专卖局、国家质量监督检验检疫总局发布的《中华人民共和国境内卷烟包装标识的规定》，2009年财政部、国家税务总局发布的《关于调整烟产品消费税政策的通知》，2010年教育部、卫生部发布的《关于进一步加强学校控烟工作的意见》，2011年国务院发布的《全民健身计划（2011～2015年）》，广电总局发布的《广电总局办公厅关于严格控制电影、电视剧中吸烟镜头的通知》等。目前，《中国食物与营养发展纲要（2011～2020年）》、《中国慢性非传染性疾病预防与控制规划纲要（2011～2020）》也正在编写中。此外，卫生部门还组织专家制定了各类专业指南，包括恶性肿瘤、心脏病、脑卒中、糖尿病、慢性阻塞性肺疾病等主要慢性病的诊治指南，高血压、血脂异常、超重和肥胖症等慢性病中间危险因素的防治指南，以及吸烟、不合理膳食（包括零食）等生活方式危险因素指南。

遗憾的是，无论是规划、政策法规，还是专业指南，普遍存在的问题是推广实施状况不尽如人意。

（五）防治实践内容

1. 调查与监测　流行病学调查与监测是慢性病防治实践的重要组成部分，为确定防治策略与措施提供了重要的基础数据。我国自20世纪50年代开始，先后开展了三次全国性的营养调查（1959年、1982年和1992年），三次全国性的高血压调查（1959年、1979～1980年和1991年），两次糖尿病调查（1984年和1995年），一次全国性的营养与健康状况调查（2002年），三次全国以癌症为重点的死因回顾调查（1973年、1990年和2006年），四次全国人群烟草调查（1984年、1996年、2002年和2010年，2010年即全球成人烟草调查GATS中国部分）。在卫生部领导下，中国预防医学科学院（现中国 CDC）于 1990 年建立了有代表性的中国疾病监测点（Disease Surveillance Points，DSP）系统。2004 年中国 CDC 又建立了全国慢性病及其危险因素监测系统，每 3 年开展一次全国慢性病监测。

2008 年，尽管省级 CDC 均开展了监测工作，但主要是 DSP 为基础的死因监测，在各省没有代表性。省、地区和县级 CDC 开展危险因素监测的比例依次为 32.3%、10.7% 和 4.5%，而且还是以专项的横断面调查为主，缺乏连续系统的监测。多数省份未建立省内各级有代表性的监测系统。总体来说，在我国慢性病相关的监测工作中，对死亡监测相对开展较好，而对发病监测和行为危险因素监测明显不足。

2. 实践活动　我国早年的慢性病人群防治实践，例如始于 1969 年的北京首都钢铁公司社区人群心脑血管病防治，始于 1984 年的天津市恶性肿瘤、冠心病、脑卒中、高血压四种主要慢性非传染性疾病的防治，始于 1986 年的大庆糖尿病预防研究，始于 1995 年的世界银行贷款中国疾病预防项目健康促进子项目（卫生Ⅶ项目）及始于 1997 年的社区慢性非传染性疾病综合防治示范点项目，为探索适合我国国情的以社区为基础的慢性病综合防治策略、适宜技术、人才培养和运行机制做出了积极的贡献，积累了经验和教训。

近 10 余年来，在国家层面上组织开展的慢性病防治实践进一步加强。

（1）以主要慢性病为主题的防治实践：例如，《中国糖尿病管理模式探索项目》（2003～2008）在全国 7 个城市的 15 个社区开展，共覆盖人口 40 余万，管理糖尿病患者 5000 多人，探讨以社区糖尿病早发现和规范化管理为目的的社区－医院一体化糖尿病管理模式。《中央补助地方公共卫生专项资金癌症早诊早治项目》（2006～）至 2008 年覆盖全国 31 个省的 118 个项目点，涉及子宫颈癌、乳腺癌、食管癌、胃癌、肝癌、结直肠癌及鼻咽癌 7 种癌症，探索适合我国实际情况的癌症筛查方案和工作模式，以实现对癌症的早发现、早诊断、早治疗的目的。

（2）以主要慢性病中间危险因素为主题的防治实践：例如，《全国高血压社区规范化管理项目》（2005～）在全国 20 个地区的 1800 家社区卫生服务中心开展，为我国由点及面推广高血压防治指南、开展高血压社区规范化管理做了有益的探索。《中央补助地方慢病综合干预控制项目》（2006～）至 2009 年扩大至全国 31 个省（直辖市、自治区）的 50 个社区，约覆盖 125 万人口，以"维持健康体重"和"控制高血压"为核心内容，以社区卫生服务机构为运转平台，采用健康管理和疾病管理相结合的策略，对高危人群和患者实施干预。

（3）以主要慢性病行为危险因素为主题的防治实践：特别值得一提的是控烟活动。截至 2011 年 1 月 9 日，《烟草控制框架公约》（《公约》）在中国生效 5 年。总体来说，我国的控烟履约进程没有得到各界期望的显著进展，控烟效果微弱，与《公约》要求差距巨大。尽管如此，政府和社会各界开展的一系列控烟活动还是值得肯定的。例如，全国人大代表、政协委员积极进行政策倡导，提案和议案；卫生部等四部委及教育部先后发文加强医疗卫生系统和学校的控烟工作，并配合一系列的"无烟医院"、"无烟学校"等创建活动；"中华慈善奖"、第十一届全运会、上海世博会等成功抵制烟草企业的促销和赞助活动；媒体参与和配合控烟活动，等等。以"和谐我生活、健康中国人"为主题的《全民健康生活方式行动》（2007～2015）旨在提高全民健康意识和健康生活方式的行为能力，创造长期可持续的支持性环境。第一阶段的活动为"健康一二一"行动，推出了"膳食六部曲"、"运动四招"、"千步当量"以及开发了系列健康测量工具。目前全国已有 28 个省（市、自治区）启动了行动计划。

除前面介绍的各项活动外，从 2005 年起推出的《中国健康知识传播激励计划》每年选定一个威胁大众健康的主要疾病为主题，传播疾病防治知识。2005 年至 2009 年，每年的主题分别是高血压、癌症、血脂异常、糖尿病和健康体重。

另外，卫生部从 2011 年开始鼓励全国各县（市、区）创建和申报国家级和省级慢性非传染性疾病综合防控示范区。考评细则中，在传统防治实践的基础上，融入了现代先进的慢性病防治元素。例如，鼓励由政府主要领导担任组长的领导小组负责示范区工作，建立多部门工作协调制度，地方政府按中央投入提供配套项目经费，区/县疾病预防控制机构慢性病防控工作经费达到业务总经费的10%及以上，政府发布慢性病防控规划和相关政策，增加当地社区内健身场所和健康教育活动室的覆盖率，中小学校、幼儿园开设慢性病健康教育课或健康讲座，机关、企事业单位落实工作场所工间操健身制度，出台推广食品营养标签的相关政策，鼓励加工食品销售企业执行食品营养标签，在卫生系统外加强无烟单位的创建，等等。

　　20世纪90年代以来，我国慢性病防治实践多以"病"为出发点，重点放在恶性肿瘤和心脑血管疾病上，近10年来对2型糖尿病的关注有所增加。相比之下，从疾病的远端因素入手，对烟草、膳食和体力活动等明确危险因素开展干预相对不足。开展健康教育的场所还是以医疗机构为主，近年来在社区和各类学校虽略有加强，但是与各类工作场所一起仍然相对不足；形式上以各类宣传日主题活动、讲座和医务人员对就诊患者进行宣教咨询为主，而对大众媒体的利用不尽如人意；讲解内容上仍是"病"多于"生活方式"。受场所、形式和内容的限制，健康教育的受众一直以患者、老年人为主，对尚未罹患慢性病者、儿童青少年和劳动力人口覆盖面不够。

　　在地方层面上，仍有很多地区的卫生系统尚未或较少开展慢性病干预工作。例如，2008年开展慢性病干预工作的省、地区和县级CDC所占比例依次为93.5%、51.5%和30.8%。其中开展危险因素干预活动的形式单一，多以开展慢性病宣传日的临时性活动为主。开展慢性病干预的地区也多以专项任务而非常规工作的形式开展。

　　但值得一提的是，北京、上海、广州、杭州等一些城市近几年为配合奥运会、世博会、亚运会等国际或国内重大事件或健康城市建设，政府加大城市环境改造力度，加强城市景观体系、绿地系统、健身路径、健身场所和体育设施的建设，发展公共交通网络，修订有关公共场所控烟的地方法规，这些政府举措从长远来看为市民营造了一个健康生活的支持性环境，可能比卫生系统内部开展的实践活动具有更深远的影响。

（六）存在的问题

最关键的一点，慢性病防治仍然没有得到应有的重视。政府对慢性病防治的战略意义的理解和重视程度远不及突发公共卫生事件和一些传染病，没有将慢性病防治转变为长效机制，缺乏经费保障和支撑性的政策法规，对防治体系基础结构（如组织结构、人才队伍、信息系统等）的建设严重不足，只靠一个一个独立的项目很难让慢性病防治实践有效且持久。

第二，单纯依靠教育个体改变自己生活方式的预防策略，效果非常有限。培养健康生活方式、预防慢性病，一方面需要通过告知信息、传授技能，使个体有能力做出健康的选择和改变，另一方面政府必须同时建立支持性的环境，为个体创造健康生活的公平的机会。而支持性环境的建设远不是卫生部门一家能够解决的问题。因此，慢性病的防治需要"政府主导、多部门协作、全社会参与"。虽然政府文件中也多次显现这样的指导思想，但是因为对各个非卫生部门在慢性病防治中的职责尚无统一明确的认识和阐述，且缺乏切实有效的多部门协作机制，所以仍然停留在纸面上。现状依然是卫生部门一家承担了主要责任，开展的防治实践只限于自己的能力范围，与其他部门的合作很少，效果可想而知。

我国的爱国卫生运动其实是"政府主导、多部门协作、全社会参与"解决卫生问题的独具中国特色的公共卫生实践创举，曾发挥了积极的作用，取得了明显成效。在组织领导与机构设置上，爱国卫生运动委员会（爱卫会）是国务院及各级人民政府的议事协调机构，负责统一领导、统筹协调全国和各地的爱国卫生和疾病防治工作。全国及省、市、县（区）、乡（镇）的爱卫会主任分别由副总理、副省长、副市长、副县（区）长、副乡（镇）长担任，委员部门由同级多部门组成。这种组织机构正是当前慢性病防治、健康促进急需借鉴的，甚至可以利用这个工作网络，继承并发展爱国卫生运动的优势，以满足新时期防治工作的需要。例如，上海市和苏州市先后在爱卫会的基础上增加设置了平行的"健康促进委员会"。然而遗憾的是，爱卫会的组织机构职能正在逐渐弱化。全国爱卫会办公室设立在卫生部疾病预防控制局下，省、市、县（区）级的爱卫会办公室也多数下设在卫生部门，这样的机构设置和统筹层次与其职能极不协调，难以发挥议事协调作用，而乡（镇）级爱卫会机构更是建设不全，大多数地区形同虚设。结果是爱国卫生运动最终缩减成了卫生部门一家的工作，爱卫会只能发挥卫生专业部门的作用，忽视了部门间的协作配合，且工作无法可依。如果要解决慢性病防治中多部门协作的问题，前面提到的这些问题都是需要面对和深思的。

　　第三，已有的慢性病防治实践多局限为试点或示范项目。一方面，这些项目常常缺乏严谨的科学评估，包括卫生经济学方面的评估；另一方面，难以由点及面向外推广或转化为日常性工作。其中一个关键的问题就是政府支持、经费保障、队伍素质、技术投入等方面难以复制。但是，这些不应成为一直选择条件好、有基础的地区开展试点的借口，而是需要建立长效机制攻克的难题。

　　第四，慢性病防治中涉及很多非医学类措施，如政策、法律法规、经济手段以及建成环境的改造。很多情况下，这类措施要比医学类措施更经济有效，可以实现更根本的预防。但是，相当一部分的这类措施至少要在地区（市）一级政府才有权利或能力实现。例如，根据《中华人民共和国立法法》，省、自治区、直辖市及较大市的人民代表大会及其常务委员会才有权制定地方性法规。然而，目前很多慢性病防治实践项目都是以县（区）级行政区划为单位开展，受行政管理权限的限制，上述很多措施难以实现，只能在"力所能及"的范围内开展干预活动，以医学类措施为主。由于大的政策环境、城市环境、风俗文化没有改变，局部地区的干预效果非常有限。

　　第五，随着大众对膳食营养和运动与健康关系认识的加深，对相关知识和技能的需求、尤其是个性化指导的需求会日益强烈。学校、企事业单位内的公共食堂及餐饮行业对大众的膳食有着重要的影响，但是绝大多数厨师和餐饮行业的服务员缺乏营养配餐和指导顾客点餐的知识和技能。针对这部分需求，既往试点的重点更多地放在加强医务人员、尤其是社区医生进行膳食和运动咨询指导的能力，但是由于目前人员数量、时间和能力的限制，很难满足大量和深度的需求。动员更广大的有资质的营养师、社会体育指导员、健身教练等专业人员参加到防治行动中来，才是可持续发展的道路。

三、结语

我国慢性病防治走过了风风雨雨的 60 年，尤其是近 10 年来发展迅速。但是面对沉重的慢性病负担，防治工作仍任重道远。总体来说，我国慢性病防治领域的高层管理人员和部分专家学者在慢性病防治理念方面与国际上的先进理念是基本同步的。我国早年的"初级卫生保健体系"和"爱国卫生运动"是受世界瞩目的公共卫生创举，如果继承和发扬这些优良传统，以政府为主导，多部门协作，动员全社会参与，以学校、企事业单位、医院和居民社区等各类场所为平台，对个体从出生到死亡的生命全过程进行健康管理和疾病管理，既有针对个体的干预，也有自然环境、建成环境、政策环境和信息环境等支持性环境的创建，势必开创一条有中国特色的健康促进和慢性病社区综合防治实践道路。

目 录

第五部分　小　结

第一部分　引　言

一、研究背景与立题依据

随着社会经济的迅速发展，生活方式的改变，城市化与人口老龄化的进程加快，疾病谱正在发生改变，我们一方面要与传统的和新出现的传染病作斗争，同时还面临着越来越严重的慢性病的挑战[1]。2005年世界卫生组织发表了《预防慢性病———一项至关重要的投资》的全球性报告，指出全球与慢性病有关的死亡占到总死亡的60%，慢性病已经成为世界上最主要的死亡原因。报告还指出，慢性病对中低收入国家的影响更加明显，80%的与慢性病有关的死亡发生在中低收入国家。并且随着老龄化、城市化进程的加快和不良生活方式的继续流行，慢性病相关的死亡还会继续增加。据预测，在未来十年内，慢性病相关的死亡将会增加17%[2]。以恶性肿瘤、心脑血管疾病、糖尿病、慢性呼吸系统疾病为首的慢性病已经成为威胁人类健康的首要原因[3]。

（一）我国慢性病的流行现状

1. 慢性病患病率和死亡率　我国监测系统资料表明，20世纪90年代以来我国慢性病死亡占总死亡的比例呈持续上升趋势，1991年慢性病死因构成比为73.8%，2000年上升为82.9%[4]。2008年卫生部的统计数据显示恶性肿瘤、心脑血管疾病、糖尿病、慢性阻塞性肺疾病（简称COPD）这4类慢性病造成的死亡占到我国城市和农村居民死因的80%左右[5]。全国第四次卫生服务调查数据显示我国居民慢性病患病率为20%（按病例数计算），以此推算，全国有医师明确诊断的慢性病病例数达到2.6亿[6]。

2. 慢性病的危险因素　慢性病的高患病率提示当前慢性病带来的

疾病负担，而慢性病危险因素的流行则预示着未来我国慢性病的流行情况也不容乐观。人口老龄化、不健康的生活方式等均是目前已明确的慢性病的危险因素[7]。当前我国60岁以上人口已经超过人口总数的10%，我国已经进入老龄化社会，预计到2050年我国老年人口总数将达到4亿，中国将逐渐迎来老年人口的高负担期，这对医疗系统提出了严峻的挑战[8,9]。

除了老龄化，我国居民的不健康生活方式也日益流行。2002年全国居民营养与健康调查结果显示中国15岁以上人群的吸烟率为35.8%，其中男性为66.0%，女性为3.1%。据此推算，我国15岁以上吸烟人口高达3.5亿。此外，还有5.4亿的被动吸烟者[10-12]。体力活动不足是慢性病的重要危险因素[13]，调查显示我国18~59岁的职业人群体力活动严重不足，大城市和中小城市的身体活动充分率[1]仅为35.4%和45.0%[14]。膳食对多种慢性病的发生发展有重要作用，研究发现我国居民脂肪摄入量明显增加，脂肪供能比达到35%，超过膳食指南推荐的水平（<30%），而谷类等摄入量明显下降[15]。超重和肥胖已经成为我国严峻的社会问题，我国18岁以上居民超重率达22.8%，肥胖率达7.1%[4]，且有研究表明我国居民的超重肥胖率仍在不断增加[16]。

3. 慢性病的疾病负担和经济负担　慢性病发病率高、患病率高，并且病程长、易复发、预后差，严重影响人民的健康和生活质量。目前我国大约70%的伤残调整寿命年（disability adjusted life year，DALY）是由于慢性病造成的，其中86.0%发生在70岁以下人群[17]。2005年全国因慢性病过早死亡370万人，全部人群因慢性病长期失能[2]86亿天/年，其中劳动力人口（15~64岁）过早死亡271万，因慢性病长期失能37亿天/年[18]。慢性病具有高致残率的特点，如脑卒中患者中，约有75.0%不同程度丧失劳动力，40.0%重度致残，丧失生活能力，需要

1　身体活动水平（physical activity level，PAL）指的是24 h体内总能量消耗与24 h基础代谢能量消耗的比值，身体活动充分即PAL≥1.7，身体活动充分率指身体活动充分的人数占全部人数的比例。

2　长期失能（long-term disability）指日常生活中主要活动的长期受限，WHO推荐使用包含13个标准问题的问卷对长期失能进行判断。

长期护理[19]。

慢性病不仅对居民健康有重要的影响,还带来了巨大的经济负担。调查显示慢性病所占的疾病经济负担比例由 1993 年的 54% 上升到 2005 年的 65%,达 15340 亿元,相当于当年 GDP 的 8.4%[20]。持续增加的慢性病医疗费用是部分居民因病返贫、因病致贫的主要原因。因慢性病住院一次,需花费我国城镇居民人均可支配年收入的一半以上,农村居民人均年纯收入的 1.5 倍[21]。据 WHO 预测,2005 ~ 2015 年,中国因心脏病、卒中和糖尿病所致过早死亡引起的国民收入损失将累计达 5580 亿美元[3]。

慢性病的高患病率、高致残率和高死亡率,给个人带来了巨大的痛苦和沉重的医疗负担,并且严重消耗社会资源,制约国家的发展;且慢性病危险因素水平居高不下,未来一段时间内,我国慢性病发病仍将持续在较高的水平,慢性病仍将是我国居民健康的最大威胁。因此,必须采取措施有效的预防和控制慢性病。

(二) 我国慢性病的预防和控制

我国慢性病防治的相关研究和实践可以追溯到 1958 年,至今已走过 50 年的风雨路程。早期的慢性病防治以专家行为为主,医疗机构是慢性病防治的主力军。近年来,这种局面有所改观。人们逐渐认识到政府以及卫生部门以外的其他部门在慢性病防治中的重要地位,并从单纯的临床治疗拓展到慢性病的防治结合,开展了以社区为基础的综合防治,努力实践"重心下移、关口前移"。总结起来,我国慢性病防治研究分为三个阶段:

1. 早期,我国慢性病研究以专家个人兴趣为主,缺乏国家层面的支持;同时,慢性病重治疗轻预防,医疗机构是慢性病治疗的主力军,疾病预防控制系统主要负责传染性疾病的防控。

2. 自 20 世纪 60 年代开始,我国先后进行了四次全国高血压流行病学调查和全国营养调查,四次全国卫生服务调查,两次以恶性肿瘤为主的全国死因回顾调查[22]。通过流行病学调查,初步掌握了主要慢性病的患病情况及危险因素,并建立了一批心脑血管疾病和肿瘤的防治科研基地。1969 年北京阜外心血管医院在首都钢铁公司建立了人群防治基地，开始了心血管疾病的干预研究；1984 年天津在全市开展"四病"（高血压、脑卒中、冠心病、恶性肿瘤）防治；20 世纪 80 年代以来，以国家"七五科技攻关课题"、"八五科技攻关课题"为依托，国内近 20 家单位协作，开展了 MONICA 研究，对我国不同地区的人群进行了心血管疾病发病、死亡及危险因素的监测。20 世纪 90 年代初，北京、上海、长沙等地进一步开展了以社区为基础的人群防治。

　　3. 1994 年卫生部慢病处的成立都标志着我国从国家层面上开始重视慢性病的防治工作。2002 年建立了国家慢性非传染性疾病预防控制中心，是国家级慢性病防控的专业指导机构，负责慢性病相关的监测、人才培训和政策研究等各个方面。此外，我国还成立了国家癌症中心、国家心血管病中心、中国控制吸烟协会、中国癌症基金会、中国健康促进基金会等一系列国家性机构，在各类慢性病的防控研究与实践工作发挥了重要的作用。1996 年卫生部制定了《全国心脑血管病社区人群防治 1996～2010 年规划》，从 1997 年卫生部先后在全国北京、天津、上海、浙江等 24 个省（市）建立了 30 个慢性病社区综合防治示范点，为我国慢性病的防治积累了经验[23]。2003 年卫生部颁布了《中国癌症与预防与控制规划纲要（2004～2010）》，先后在 13 个癌症高发区建立了早诊早治示范基地，筛检子宫颈癌、食管癌、鼻咽癌、大肠癌、胃癌和肝癌 6 种癌症[24]。自 2007 年开始，卫生部号召深入开展全民健康生活方式行动，在全国 700 多个县开展了健康生活方式行动，创建 500 余个示范单位（社区、单位、食堂等）[25]。我国签署了《烟草控制框架公约》，出台了《北京市公共场所禁止吸烟的规定》、《食品营养标签管理规范》等相关法规条例，颁布了《中国高血压防治指南》、《中国居民膳食指南》等多个慢性病相关指南[26, 27]。

（三）我国慢性病防治研究与实践的回顾性分析

　　我国针对慢性病开展了多项研究，采取了很多防治措施，但需要意识到我国慢性病的负担依然很重，而且根据当前主要慢性病危险因素的流行水平，预计我国未来将面临更严峻的慢性病挑战。因此，及时的回顾历史，总结经验和教训，发现我国当前慢性病防治工作中存在的问题，继而深入思考，对我国今后慢性病防治工作方向做出必要的调整和规划，将是非常必要的。本次研究从以下角度对我国慢性病的防治研究与实践进行总结：

1. 我国近 20 年主要慢性病防治研究文献的回顾性分析　我国慢性病相关的研究已经开展了几十年，那么不同时期的研究热点内容有无变化？研究所关注的问题是什么？研究都采用了哪种设计方法？哪些机构在从事慢性病的研究？这是本研究第一部分想要解决的问题，即采用文献计量学的思路，对我国近 20 年慢性病相关的研究文献进行回顾分析，以恶性肿瘤、冠心病、高血压、脑卒中、糖尿病、COPD 这几类主要的慢性病为例，通过对研究数量、研究内容、研究问题、研究方法、作者来源以及基金支持等情况的描述，总结我国慢性病相关研究的基本情况及发展历程。

2. 我国慢性病领域指南的制定依据分析　2004 年 WHO 报告指出，医学研究的目的不仅仅是获得科研知识，更是为了改善人类的健康状况[28]。我国每年开展多个科研项目，投入大量资金用于慢性病防治的研究，如在九五科技攻关项目中就有 47 个专题是关于恶性肿瘤、心脑血管疾病的综合防治研究[29]，但是这些研究的效果如何？是否为防治疾病、促进健康提供了证据？以往研究中经常采用发表论文数量及影响因子作为科学研究的重要评价指标[30, 31]，但是这仅评价了研究的学术影响，而研究的资助者每年提供大量的资金用于医学研究，关心的不仅仅是研究的学术质量及影响，更关心研究在医疗实践中的应用效果[28]，是否为慢性病的临床治疗和预防措施提供科学依据。因此，需要对我国慢性病防治研究在医疗实践中的实际应用情况进行评价。

循证指南（evidence-based guideline）是医学实践工作的重要依据，是基于现有最好的证据，根据实际情况、病人需要、现有资源和人们的价值取向，制定的医疗卫生服务实践的原则性、指导性建议，能够直接应用于临床和预防工作实践以促进健康[32]。目前很多国家将指南作为规范医疗服务、控制医疗费用、指导健康生活方式的重要方法[33]。研究能够被指南引用，成为循证指南的制定依据，是评价研究用于改善医疗实践的一个重要方面，是医学研究产出评价的重要思路[34]。本研究第二部分旨在通过对我国近年来慢性病相关领域指南的制定依据进行分析，并结合国内外指南制定依据分析结果进行比较，总结在指南制定中我国文献研究的利用情况及与国外的差距，为今后加强我国科学证据的生产提供支持性证据。

3. 应用特尔菲法对我国慢性病防治研究与实践进行评价　慢性病防治包括疾病预防和治疗的研究、医疗实践及预防工作的开展、政策及指南的制定、慢性病防治人员数量及素质等多个方面。那么，针对目前我国慢性病的流行情况和防治现状，哪些方面是最重要的？这些工作完成的如何？近年来这些方面是否有所进步？哪些方面目前仍是空白？这是本文第三部分想要解决的问题，即通过特尔菲法，对我国近20年来慢性病防治研究与实践的各个方面进行评价，包括科学研究、实践工作、策略与措施、人员、经费、规划/政策/指南、职能定位等各个方面的重要性及不同时期的实际开展情况，了解专家对我国慢性病防治工作的意见以及对未来慢性病防治工作的建议，为今后卫生部开展相关工作提出政策性建议。

二、研究目的

对1990～2009年我国主要慢性病防治相关研究与实践状况进行回顾性分析，了解我国慢性病防治工作的发展及变化，总结以往取得的成绩和存在的问题，并为今后慢性病防治工作提出政策性建议。

1. 通过对1990～2009年我国发表的主要慢性病防治相关研究文献的回顾性分析，了解我国慢性病研究的基本特点及发展历程。

2. 对我国近年来慢性病领域指南和国内外高血压指南的参考文献进行检索和分析，总结指南制定中我国慢性病研究的利用情况及与国外的差距，为今后加强我国科学证据生产提供支持性证据。

3. 通过特尔菲法对我国近年来慢性病防治研究与实践状况进行评价，了解慢性病防治各方面的重要性与实际开展情况，总结专家对我国慢性病防治工作的看法及意见，为今后卫生部开展相关工作提出建议。

第二部分　我国主要慢性病防治相关研究文献的回顾性分析

一、研究方法

（一）相关背景

文献计量学（bibliometrics）是以文献外部特征为研究对象，采用数学、统计学等方法，研究文献信息的分布结构、数量关系和变化规律，并进而探讨科学技术的特征和规律的一门学科[35]，其结果经常用于评价、预测某领域的研究现状与发展趋势[36,37]。随着网络和电子期刊的普及，文献计量学被广泛应用于各个学科[38,39]。医学领域中文献计量学的应用也逐渐增多，在 CNKI 数据库的医药卫生类期刊进行检索，发现应用文献计量学方法的文献呈指数型增长，研究内容涉及各个方面，如"国内外基层卫生服务人力资源建设"、"肺癌研究文献"等。也有以某个期刊为对象的分析，如"《护理学杂志》1998～2007 年文献被引分布研究"。通过文献计量法，能够对学科的研究历程进行总结，并对今后研究发展方向有较好的预测作用。

本次采用文献计量学的思路对我国慢性病防治相关研究文献进行分析，目的是对近 20 年来我国慢性病相关研究进行描述，总结文献数量、研究内容、研究方法、研究问题、作者来源和基金支持等的基本情况及变化趋势。

（二）文献的纳入排除标准

1. 文献的纳入标准

（1）期刊公开发表的文章。

（2）发表时间为 1990 年 1 月 1 日至 2009 年 12 月 31 日。

（3）研究第一作者所在机构从属中国，且研究对象为中国人群。

（4）将研究内容分为 3 类，包括主要慢性病、主要危险因素和体格指标，慢性病包括恶性肿瘤、冠心病、高血压、脑卒中、糖尿病和 COPD，主要危险因素包括烟草使用、不健康膳食、缺乏体力活动、超重/肥胖，体格指标包括血压、血糖、血脂。检索有关上述三类内容的研究文献。本研究也纳入某些并非仅针对一种或两种慢性病，而是针对某时间段或地区的多种慢性病的研究文献，称为慢性病概况。

2. 文献的排除标准

（1）相关领域的研究进展、综述、述评等非原创性研究。

（2）基础类研究，主要包括动物实验、病理学研究、细胞学研究等。

（三）文献检索策略

1. 外文文献检索策略　外文文献在 PubMed 数据库检索。首先在 PubMed 中限定文献发表时间、文献类型、研究对象、研究作者从属中国等条件，限定检索式如下：

（（（China［Affiliation］）NOT "veterinary"［MeSH Subheading］）AND（"humans"［MeSH Terms］AND（Clinical Trial［type］OR Meta-Analysis［type］OR Randomized Controlled Trial［type］OR Case Reports［type］OR Classical Article［type］OR Clinical Trial, Phase I［type］OR Clinical Trial, Phase II［type］OR Clinical Trial, Phase III［type］OR Clinical Trial, Phase IV［type］OR Comparative Study［type］OR Controlled Clinical Trial［type］OR Corrected and Republished Article［type］OR English Abstract［type］OR Evaluation Studies［type］OR Historical Article［type］OR Journal Article［type］OR Multicenter Study［type］OR Twin Study［type］）AND（"1990/01/01"［PDAT］:"2009/12/31"［PDAT］））

按照所检索的慢性病/危险因素/体格指标，检索入口选择题目和关键词，各具体检索式为：

（（（（smoke［Title］OR smoking［Title］）OR nicotine［Title］）OR cigarette［Title］）OR tobacco［Title］）

((((obesity [Title] OR obese [Title]) OR overweight [Title]) OR BMI [Title]) OR body mass index [Title])

(((((nutrition [Title]) OR diet [Title]) OR food [Title]) OR salt [Title]) OR vegetable [Title]) OR fruit [Title]) OR eat [Title])

(((physical activity [Title] OR physical work [Title]) OR exercise [Title])

((((stroke [Title] OR apoplexy [Title]) OR cerebral infarction [Title]) OR cerebral thrombosis [Title]) OR cerebral embolism [Title])

((((coronary heart disease [Title] OR CHD [Title]) OR coronary artery disease [Title]) OR myocardial infarction [Title]) OR angina [Title])

(((blood pressure [Title] OR hypertension [Title]) OR EH [Title]) OR HBP [Title])

((glucose [Title] OR DM [Title]) OR hyperglycemia [Title]) OR diabetes [Title])

((("pulmonary disease, chronic obstructive" [MeSH Terms] OR chronic pulmonary disease [Title]) OR emphysema [Title]) OR COPD [Title])

(((((((cancer [Title] OR carcinoma [Title]) OR sarcoma [Title]) OR lymphoma [Title]) OR leukemia [Title]) OR neoplasm [Title]) OR tumor [Title]) OR oncology [Title]) OR malignancy [Title])

　　按照检索策略获得文献后，阅读文献题目和摘要，排除不符合要求的文献，对剩余文献按照纳入排除标准进行筛选，最后对符合要求的文献进行信息摘录。

　　2. 中文文献检索策略　目前我国医药卫生类期刊较多，如 CNKI 期刊数据库目前收录有一千两百余种医药卫生类期刊。如果对这些期刊全部进行检索，需要花费大量的时间与人力，且考虑到好的研究文献主要发表于质量较高的期刊，本研究参照 2008 年《北大中文核心期刊要目总揽》[40]，按照各学科等比例的原则，选择每种分类中影响因子位于前

20% 的期刊为本次研究的期刊。最终从 251 种医药卫生类核心期刊中挑选 50 种期刊进行检索。分别包括 7 种综合性医药卫生期刊、5 种预防医学类期刊、4 种中国医学期刊、5 种基础医学期刊、4 种特种医学期刊、5 种内科学期刊、5 种外科学期刊、10 种临床分支学科期刊、2 种放射学期刊和 3 种药学期刊（期刊列表见附录 1）。

中文文献检索选择中国期刊全文数据库（CNKI）、万方数据库和中国生物医学文献数据库（CBM）。检索前将时间确定为 1990～2009 年，限定研究期刊，文献类型排除综述，检索入口选择题目和关键词，具体检索词如下：

癌 or 恶性肿瘤 or 肉瘤 or 白血病 or 淋巴瘤

心血管 or 心脑血管 or 心脏病 or 循环系统 or 猝死 or 冠心病 or 心肌梗死 or 冠脉综合征

卒中 or 中风 or 脑血管 or 脑梗死 or 脑血栓 or 脑出血

高血压 or 血压

慢性支气管炎 or 慢性阻塞性肺疾病 or COPD or 肺气肿

血糖 or 糖尿病 or 糖耐量

慢性病 or 慢性非传染性疾病

超重 or 肥胖 or BMI or 体重 or 腰臀比 or 腰围

烟 or 尼古丁

饮食 or 膳食 or 营养 or 蔬菜 or 食物 or 盐 or 钠

体力活动 or 运动 or 锻炼 or 生活方式

按照以上检索策略，依次检索 50 种期刊，通过阅读文献题目和摘要，排除不符合要求的文献，对剩余文献按照纳入排除标准进行筛选，最后对符合要求的文献进行信息摘录。

（四）信息摘录内容

1. 文献基本信息　包括文献发表时间、所在期刊、基金支持和作者来源机构等。其中，基金支持情况按照文献标记的基金支持情况进行统计。作者来源机构以文献第一作者来源为代表，分类参考国家卫生人力资源统计数据中分类方法，主要分为医疗机构、高等院校、科研机构、疾病预防控制系统（简称疾控系统）和其他，统计不同类别机构来源的作者分布情况。

2. 文献研究内容　根据文献的关注内容分为慢性病（包括恶性肿瘤、冠心病、高血压、脑卒中、糖尿病、COPD）、危险因素和体格指标。

3. 文献研究问题　根据文献所关注的主要问题，分为病例特征、频率（如发病率、患病率、病死率等）、病因、临床诊断及评价、治疗、预防/控制、预后、其他[41]。其中，病例特征指的是一个或成组病例的临床表现、实验室检查、性别、年龄等人口学因素或其他因素的构成情况。部分文献涉及多个研究问题，本次摘录其关注的最主要的研究问题。

4. 文献研究方法　按照文献所标明的研究方法进行摘录。根据流行病学研究方法进行分类[42]，包括描述性研究、分析性研究、实验性研究和其他。其中描述性研究包括横断面调查、生态学研究、历史资料分析等，分析性研究包括病例对照研究和队列研究，实验性研究包括随机对照试验、社区干预和现场试验，其他研究指不易归为上述分类的研究类型，如理论研究、卫生经济学研究等。

（五）数据录入及分析

采用 EpiData3.1 建立数据库，同一文献采用平行双录入。数据采用 SPSS17.0 进行分析，统计慢性病相关研究的文献数量及期刊分布情况；检索 1990~2009 年间 50 种中文期刊发表的全部文献数量及 PubMed 数据库全部慢性病相关的文献数量，并分别计算我国发表的中外文慢性病相关文献所占比例及变化趋势；将 1990~2009 年分为 4 个时期（1990~1994 年、1995~1999 年、2000~2004 年、2005~2009 年），分别统计每个时期文献的研究内容、研究方法、研究问题、作者来源和基金支持情况。

（六）质量控制

1. 设计阶段　对调查方案、调查条目内容进行严格的讨论；正式调查前开展预调查，检验调查条目的合理性和可行性，并及时修改完善调查问卷。

2. 调查阶段 确定调查方案，并严格执行；调查条目采用客观指标，避免调查者的主观偏倚；调查员为北京大学医学部公共卫生学院本科生及研究生，具有较好的责任心和知识背景；双平行检索及录入，保证检索的全面性及录入质量；采用区间检错和逻辑性检错的方法，对所录入的数据随时进行检错。

3. 资料的整理和分析阶段 分析前对数据进行逻辑核查，保证数据的正确性；保留原始记录，发现问题后及时核对更正。

二、研究结果

采用外文检索策略在 PubMed 数据库中检索外文文献 26 968 篇，排除不合格文献后剩余文献 5335 篇。采用中文检索策略在 50 种期刊中检索中文文献 81 676 篇，排除不合格文献后剩余文献 21 087 篇。

（一）文献数量

1. 50 种中文期刊检索文献数量 从图 1 可以看出，中文文献数量随年份呈逐渐增加趋势，1990 年仅有 439 篇，而 2009 年达到 1626 篇。检索 50 种期刊 1990~2009 年间发表文献总数量，共计 290 566 篇。计算慢性病文献占全部文献总数的比例，可以看到慢性病文献所占比例较

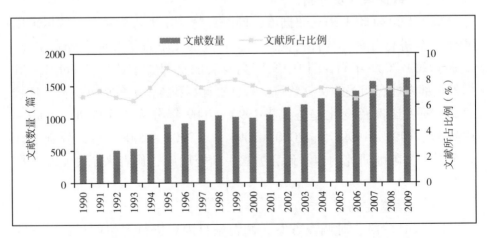

图 1　1990~2009 年 50 种中文期刊慢性病相关文献数量及所占比例

稳定，一直处于6.4%～8.5%之间。

2. PubMed 数据库检索外文文献数量变化情况　图2显示的是慢性病防治相关外文文献数量的年份分布情况，可以看出我国发表在 PubMed 数据库的慢性病相关文献数量较少，2000年及以前文献数量仅有百余篇，之后文献数量增加较快，从2000年的176篇逐渐增长至2009年的1000篇。采用外文文献检索策略，不限定国家，检索1990～2009年间 PubMed 数据库收录的慢性病文献数量，共885 192篇（检索于2010年4月29日至4月30日进行）。计算我国发表的慢性病防治相关外文文献数量占 PubMed 数据库全部慢性病相关文献数量的比例，结果显示该比例呈逐渐增加趋势，从2000年的0.4%增长至2009年的1.3%。

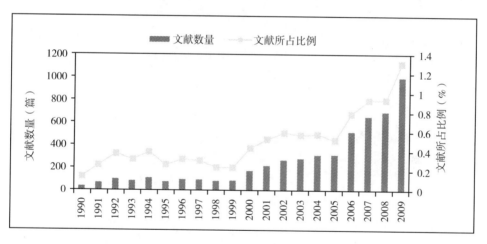

图2　1990～2009年我国慢性病相关外文文献数量及所占比例

（二）文献特征描述

1. 文献所在期刊分布情况　对慢性病中文文献的期刊分布情况进行描述，结果见表1。可见，综合性医药卫生和各临床分支学科类别的期刊来源文献数量较多，其余类别期刊文献数量较少，如来自预防医学类期刊的文献仅有1103篇，占全部文献量的5.2%。

表1 慢性病中文文献所在期刊分布（N＝21087）

期刊所属类别/名称	文献数量	百分比（%）	百分比a（%）	期刊所属类别/名称	文献数量	百分比（%）	百分比a（%）
R 综合性医药卫生	4638	29.0		细胞与分子免疫学杂志	2	0.0	0.1
中华医学杂志	1124	5.3	7.9	中华病理学杂志	56	0.3	1.2
实用医学杂志	2636	12.5	12.1	生理学报	541	2.6	26.4
中山大学学报·医学科学版	235	1.1	12.7	中国临床解剖学杂志	12	0.1	0.3
中国医学科学院学报	153	0.7	4.7	病毒学报	2	0.0	0.1
浙江大学学报·医学版	187	0.9	14.7	R4/8 临床医学/特种医学	1565	7.4	
北京大学学报·医学版	152	0.7	9.2	中华护理杂志	549	2.6	5.7
中国现代医学杂志	1651	7.8	1.1	中国危重病急救医学	515	2.4	8.9
R1 预防医学、卫生学	1103	5.2		中华检验医学杂志	207	1.0	6.0
中华流行病学杂志	535	2.5	7.7	中华物理医学与康复杂志	294	1.4	10.5
中华医院感染学杂志	220	1.0	2.6	R5 内科学	2502	11.8	
中华医院管理杂志	18	0.1	0.2	中华结核和呼吸杂志	556	2.6	8.9
中华预防医学杂志	269	1.3	5.8	中华心血管病杂志	969	4.6	16.7
中国卫生经济	61	0.3	0.9	中华消化杂志	114	0.5	2.1
R2 中国医学	1186	5.6		中华肝脏病杂志	184	0.9	5.0
中国中西医结合杂志	546	2.6	6.9	中华内分泌代谢杂志	679	3.2	21.5
中国中西医结合急救杂志	316	1.5	16.5	R6 外科学	1674	8.0	
中国中药杂志	62	0.3	0.6	中华骨科杂志	89	0.4	1.7
中成药	262	1.2	2.6	中华显微外科杂志	37	0.2	0.9
R3 基础医学	613	3.0		中国修复重建外科杂志	74	0.4	1.7

续　表

期刊所属 类别/名称	文献 数量	百分比 （%）	百分比 a （%）	期刊所属 类别/名称	文献 数量	百分比 （%）	百分比 a （%）
中华神经外科杂志	230	1.1	4.5	中华耳鼻咽喉头颈 外科	383	1.8	7.9
中国实用外科杂志	1244	5.9	17.0				
R7 临床分支学科	4757	22.6		中华眼科杂志	138	0.7	2.9
中华妇产科杂志	402	1.9	6.6	中华口腔医学杂志	146	0.7	3.7
中华儿科杂志	207	1.0	3.2	R8 放射学	1298	6.2	
中华肿瘤杂志	1813	8.6	37.5	中华放射学杂志	861	4.1	11.3
中华放射肿瘤学 杂志	994	4.7	38.1	介入放射学杂志	437	2.1	14.2
				R9 药学	251	1.2	
中华精神科杂志	85	0.4	5.5	中国药理学通报	4	0.0	0.1
中国行为医学科学	325	1.5	6.2	药学学报	1	0.0	0.0
中华皮肤科杂志	264	1.3	3.6	中国药房	246	1.2	2.6

注：百分比 a（%）指某期刊刊载慢性病文献量/该期刊全部文献总量×100.0%

分别统计每本期刊 1990～2009 年间发表的文献数量，计算每种期刊中慢性病文献所占百分比并进行比较，50 种期刊中慢性病文献所占百分比较多的是疾病专科期刊，包括《中华放射肿瘤杂志》、《中华内分泌代谢杂志》、《中华心血管病杂志》，其中百分比最大的是《中华放射肿瘤学杂志》，占全部期刊文献的 38.1%。

对 PubMed 检索到的外文文献进行分析，5335 篇文献共来自 1027 种期刊，每种期刊刊载中国慢性病文献数量的中位数为 2 篇。期刊分布显示出严重的不均衡性，表 2 显示刊载量在 20 篇及以上的期刊有 52 种，涉及 1978 篇文献，占全部文献的 37.1%，而剩余 3357 篇文献刊载于 975 种期刊。对刊载量在 20 篇及以上的 52 种期刊的影响因子进行描述，除了 2 种期刊在 JCR 上无相应数据，其余 50 种期刊的 5 年影响因子中位数为 3.01，最高的是 J Clin Oncol，数值为 15.97。

表2　慢性病外文文献所在期刊分布（N=5335）

期刊名称	5年IF	文献数量	百分比（%）	期刊名称	5年IF	文献数量	百分比（%）
Cancer	5.6	113	2.1	J Gastroenterol Hepatol	2.3	32	0.6
Int J Radiat Oncol Biol Phys	4.8	90	1.7	J Hum Hypertens	2.2	32	0.6
Int J Cancer	4.6	86	1.6	Oncol Rep	1.6	32	0.6
Hepatobiliary Pan DisInt	1.2	73	1.4	Br J Cancer	4.5	30	0.6
Lung Cancer	3.2	67	1.3	Breast Cancer Res Treat	4.5	30	0.6
Hepatogastroenterology	0.8	58	1.1	Kaohsiung J Med Sci	—	30	0.6
Diabetes Res Clin Pract	2.1	52	1.0	J Int Med Res	1.0	30	0.6
J Cancer Res Clin Oncol	2.4	51	1.0	Am J Cardiol	3.5	29	0.5
Clin Cancer Res	6.8	50	0.9	Cancer Epidemiol Biomarkers Prev	4.9	29	0.5
Clin Chim Acta	2.7	48	0.9	Cerebrovasc Dis	3.3	27	0.5
Gynecol Oncol	3.4	48	0.9	Cancer Res	8.2	26	0.5
World J Surg	2.7	45	0.8	Int J Gynecol Cancer	2.1	26	0.5
BMC Cancer	3.0	43	0.8	J Clin Oncol	16.0	26	0.5
Hypertens Res	2.7	43	0.8	Clin Cardiol	1.2	24	0.4
Anticancer Res	1.5	41	0.8	Eur J Surg Oncol	—	24	0.4
Diabetes Care	8.3	41	0.8	Neurol Res	1.9	24	0.4
J Surg Oncol	2.8	41	0.8	Radiother Oncol	4.1	24	0.4
Clin Nucl Med	3.1	40	0.7	Urology	2.4	24	0.4
Ann Surg Oncol	4.4	37	0.7	Ann Surg	9.5	23	0.4
Cancer Lett	3.5	37	0.7	Diabet Med	3.2	23	0.4
Biomed Environ Sci	0.9	36	0.7	Jpn J Clin Oncol	1.7	22	0.4
J Hypertens	4.5	36	0.7	Cancer Invest	2.1	21	0.4
Am J Hypertens	3.2	35	0.7	Am Heart J	4.1	20	0.4
Stroke	7.3	35	0.7	Am J Gastroenterol	6.4	20	0.4
Carcinogenesis	5.1	32	0.6	Dis Colon Rectum	2.9	20	0.4
Int J Cardiol	2.9	32	0.6	Int J Epidemiol	5.9	20	0.4

注：5年IF指科学信息研究所（ISI）期刊引用报告（JCR）中5年期刊影响因子；"—"指该项数值缺失

2. 研究内容

（1）研究内容变化情况：21 087 篇中文期刊文献中，恶性肿瘤相关的文献最多，占到全部文献量的60.2%；其次是糖尿病（10.5%）和冠心病（10.4%）相关的文献，COPD 相关的文献较少，仅占2.6%。单纯以危险因素和体格指标为研究内容的文献数量也较少，仅占0.5%和2.7%。不同时期比较，糖尿病、COPD、危险因素、体格指标等相关的文献所占比例逐渐增多，而恶性肿瘤相关文献所占比例逐渐下降（表3）。

表3　不同时期1990～2009年慢性病相关中文文献研究内容

研究内容	时期1 (N=2104)		时期2 (N=4915)		时期3 (N=576)		时期4 (N=7702)		合计 (N=21087)	
	文献数量	百分比（%）	文献数量	百分比（%）	文献数量	百分比（%）	文献数量	百分比（%）	文献数量	百分比（%）
恶性肿瘤	1854	68.6	2990	60.8	3364	58.3	4444	57.7	12652	60.2
冠心病	266	9.8	656	13.4	549	9.6	721	9.4	2192	10.4
高血压	156	5.8	320	6.5	475	8.2	483	6.3	1434	6.8
脑卒中	185	6.8	464	9.4	476	8.2	595	7.8	1720	8.1
COPD	43	1.6	96	2.0	138	2.4	280	3.6	557	2.6
糖尿病	177	6.6	374	7.6	710	12.4	967	12.6	2288	10.5
慢性病概况	1	0.1	14	0.3	32	0.6	80	1.0	120	0.6
危险因素	4	0.1	12	0.2	22	0.4	64	0.8	102	0.5
体格指标	54	2.0	105	2.1	161	2.8	244	3.1	564	2.7

与中文文献的研究内容分布较为相似，5335 篇外文文献中，恶性肿瘤所占比例最大（61.6%），其次是冠心病（10.7%）和糖尿病（10.2%）相关的文献，COPD 相关文献较少，仅占0.5%。危险因素和体格指标相关的文献较少，仅有1.5%和0.9%。不同时期比较，恶性肿瘤相关文献所占比例逐渐下降，冠心病、脑卒中、糖尿病、危险因素和体格指标相关的文献所占比例逐渐增加（表4）。

表4 不同时期 1990~2009 年慢性病相关外文文献研究内容

研究内容	时期1 (N=417)		时期2 (N=445)		时期3 (N=1278)		时期4 (N=3195)		合计 (N=5335)	
	文献数量	百分比 (%)	文献数量	百分比 (%)	文献数量	百分比 (%)	文献数量	百分比 (%)	文献数量	百分比 (%)
恶性肿瘤	313	75.1	305	68.5	868	67.9	1800	56.3	3286	61.6
冠心病	21	5.0	33	7.4	118	9.2	395	12.4	567	10.7
高血压	36	8.6	45	10.1	92	7.2	268	8.4	441	8.3
脑卒中	8	1.9	10	2.2	68	5.4	285	8.9	371	6.9
COPD	2	0.5	0	0.0	8	0.6	17	0.5	27	0.5
糖尿病	33	8.0	42	9.4	106	8.3	365	11.4	546	10.2
慢性病概况	0	0.0	4	0.9	8	0.6	8	0.3	37	0.8
危险因素	5	1.2	6	0.3	13	1.0	54	1.7	78	1.5
体格指标	6	1.4	2	0.4	8	0.6	31	0.9	46	0.9

（2）研究内容与疾病负担：查找卫生部信息统计中心发布的我国居民主要慢性病的死因构成比，并与本次研究中主要慢性病相关文献所占比例进行比较，由图3可见，与其他慢性病相比，COPD相关研究文献

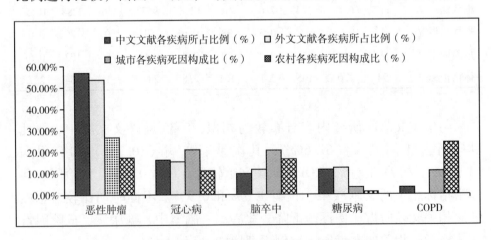

图3 慢性病相关文献所占比例与疾病死因构成比

所占比例仅为 2.6%（中文）和 0.5%（外文），远远低于其造成的居民死因构成比。

　　3. 研究问题　图 4、5 显示的是中外文文献研究问题的分布情况。可以看到，关于病例特征以及治疗等问题的文献数量最多，关于疾病频率和预防/控制方面的文献较少。不同时期比较，病因、预后等方面所占比例随着年份而增加，病例特征方面文献所占比例则逐渐减少。与中文文献相比，外文文献中关于病因方面的文献所占比例较大。

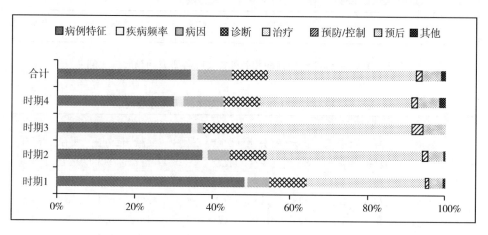

图 4　1990～2009 年慢性病相关中文文献各研究问题所占比例

　　4. 研究方法　将文献所使用的研究方法按照流行病学方法进行分类，包括描述性研究、分析性研究、实验性研究和其他。由表 5 可以看到，中文文献中，描述性研究所占比例最高，为 74.6%。分析性研究和实验性研究所占比例较少，分别为 9.0% 和 14.2%。不同时期比较，描述性研究方法所占比例逐渐下降，而其他研究方法所占比例逐渐增加，如分析性研究从第一时期（1990～1994 年）的 4.2% 上升至第四时期（2005～2009 年）的 10.5%。

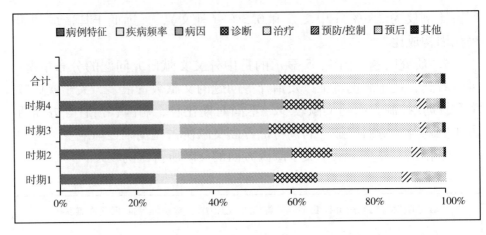

图5 1990~2009年慢性病相关外文文献各研究问题所占比例

表5 1990~2009年慢性病中文文献研究方法构成

研究方法	时期1 文献数量	时期1 百分比（%）	时期2 文献数量	时期2 百分比（%）	时期3 文献数量	时期3 百分比（%）	时期4 文献数量	时期4 百分比（%）	合计 文献数量	合计 百分比（%）
描述性研究	2357	87.2	4008	81.4	3942	68.3	5405	70.3	15712	74.6
横断面调查	73	2.7	138	2.8	262	4.5	490	6.4	963	4.6
生态学研究	8	0.3	2	0.0	12	0.2	15	0.2	37	0.2
随访研究	40	1.5	99	2.0	295	5.1	419	5.5	853	4.0
筛检	9	0.3	22	0.4	19	0.3	66	0.9	116	0.6
病例系列	2227	82.4	3747	76.2	3354	58.2	4415	57.3	13743	65.2
分析性研究	113	4.2	304	6.1	677	11.7	809	10.5	1903	9.0
队列研究	8	0.3	22	0.4	49	0.8	94	1.2	173	0.8
病例对照	105	3.9	282	5.7	628	10.9	715	9.3	1730	8.2
实验性研究	229	8.1	554	11.2	977	17.0	1253	16.2	3003	14.2
其他研究类型	15	0.5	49	1.0	49	1.1	235	3.1	469	2.2
理论研究	3	0.1	8	0.2	8	0.2	57	0.7	96	0.5
Meta分析	0	0.0	3	0.1	3	0.1	58	0.8	91	0.4
经济学研究	3	0.1	12	0.2	12	0.2	60	0.8	104	0.5
其他方法	9	0.3	26	0.5	26	0.6	60	0.8	178	0.8
合计	2704	100.0	4915	100.0	5766	100.0	7702	100.0	21087	100.0

与中文文献相比，外文文献中分析性研究（26.4%）和实验性研究（16.8%）所占比例稍多，描述性研究所占比例较低。不同时期相比，外文文献各研究方法所占比例变化不明显（表6）。

表6 1990~2009年慢性病外文文献研究方法构成

研究方法	时期1		时期2		时期3		时期4		合 计	
	文献数量	百分比（%）	文献数量	百分比（%）	文献数量	百分比（%）	文献数量	百分比（%）	文献数量	百分比（%）
描述性研究	126	30.2	164	36.7	791	61.9	1730	54.2	2811	52.7
横断面调查	69	16.5	90	20.2	89	7.0	286	9.0	534	10.0
生态学研究	0	0.0	1	0.2	3	0.2	4	0.1	8	0.1
随访研究	11	2.6	10	2.1	87	6.8	270	8.5	378	7.1
筛检	4	1.0	7	1.6	32	2.5	57	1.8	100	1.9
病例系列	42	10.1	56	12.6	580	45.4	1113	34.8	1791	33.6
分析性研究	131	31.4	154	34.6	290	22.7	832	26.0	1407	26.4
队列研究	20	4.8	23	5.2	50	3.9	163	5.1	256	4.8
病例对照	111	26.6	131	29.4	240	18.8	669	20.9	1151	21.6
实验性研究	159	38.1	122	27.4	174	13.6	420	13.8	895	16.8
其他研究类型	1	0.2	5	1.1	23	1.9	193	6.1	222	4.1
理论研究	0	0.0	0	0.0	1	0.1	16	0.5	17	0.3
Meta分析	0	0.0	3	0.7	10	0.8	137	4.3	150	2.8
经济学研究	0	0.0	0	0.0	0	0.0	5	0.2	5	0.1
其他方法	1	0.2	2	0.4	12	1.0	35	1.1	50	0.9
合计	417	100.0	445	100.0	1278	100.0	3195	100.0	5335	100.0

表7显示的是中文文献中不同研究问题使用最多的前两位研究方法，可以看到研究病例特征和疾病频率问题的文献最常使用的是描述性研究方法；关于疾病频率问题，以横断面调查最为常用；但关于病因的研究中，病例对照研究方法所占比例仅为36.5%，队列研究所占比例更低；治疗和预防/控制方面，实验性研究所占比例不到50.0%。不同时期比较，疾病频率方面，横断面调查所占比例逐渐增加；治疗方面，实验性研究所占比例逐渐增加。

表7　中文文献不同研究问题所使用前两位研究方法（%）

时期		病例特征	频率	病因	诊断	治疗	预防/控制	预后	其他
1	方法1	病例系列 (95.2)	横断面调查 (56.0)	病例系列 (35.1)	病例系列 (82.6)	病例系列 (75.0)	实验性研究 (37.5)	病例系列 (81.8)	病例系列 (64.7)
	方法2	横断面调查 (1.5)	历史资料 (12.0)	病例对照 (28.5)	实验性研究 (6.5)	实验性研究 (22.3)	病例系列 (33.3)	随访研究 (11.6)	横断面调查 (11.7)
2	方法1	病例系列 (92.2)	横断面调查 (53.8)	病例系列 (41.2)	病例系列 (81.8)	病例系列 (70.4)	实验性研究 (46.4)	病例系列 (73.1)	病例系列 (35.3)
	方法2	病例对照 (4.2)	病例系列 (12.8)	病例对照 (28.7)	实验性研究 (4.6)	实验性研究 (24.5)	病例系列 (28.2)	随访研究 (14.0)	横断面调查 (17.6)
3	方法1	病例系列 (81.4)	横断面调查 (67.5)	病例对照 (41.2)	病例系列 (68.5)	病例系列 (52.5)	实验性研究 (42.2)	病例系列 (59.2)	历史资料 (47.2)
	方法2	病例对照 (9.1)	历史资料 (12.0)	病例系列 (27.2)	病例对照 (13.9)	实验性研究 (37.5)	横断面调查 (21.1)	随访研究 (10.9)	病例系列 (25.0)
4	方法1	病例系列 (83.8)	横断面调查 (72.0)	病例对照 (36.8)	病例系列 (61.0)	病例系列 (54.0)	实验性研究 (41.4)	病例系列 (46.1)	横断面调查 (42.1)
	方法2	病例对照 (6.9)	历史资料 (12.5)	病例系列 (19.8)	病例对照 (14.9)	实验性研究 (35.5)	横断面调查 (24.2)	随访研究 (23.1)	历史资料 (8.8)
合计	方法1	病例系列 (87.4)	横断面调查 (65.8)	病例对照 (36.5)	病例系列 (70.6)	病例系列 (59.8)	实验性研究 (42.5)	病例系列 (58.2)	病例系列 (58.2)
	方法2	病例对照 (5.9)	历史资料 (12.1)	病例系列 (26.7)	病例对照 (12.0)	实验性研究 (32.0)	病例系列 (18.2)	随访研究 (16.8)	横断面调查 (24.2)

　　外文文献中不同研究问题使用最多的前两位研究方法见表8。可以看到，各研究方法的排名及所占比例与中文文献基本一致。不同时期比较，各研究方法所占比例变化较小。

表8 外文文献不同研究问题所使用前两位研究方法（%）

时期		病例特征	频率	病因	诊断	治疗	预防/控制	预后	其他
1	方法1	病例系列（29.8）	横断面调查（66.7）	病例对照（53.8）	实验性研究（50.0）	实验性研究（78.5）	病例对照（55.6）	实验性研究（56.8）	病例系列（66.6）
	方法2	横断面调查（26.0）	队列研究（12.5）	横断面调查（18.3）	病例系列（26.1）	病例对照（9.7）	实验性研究（22.2）	病例对照（32.4）	横断面调查（33.3）
2	方法1	横断面调查（42.1）	横断面调查（48.0）	病例对照（58.9）	实验性研究（51.0）	实验性研究（73.5）	横断面调查（27.3）	实验性研究（50.0）	病例系列（50.0）
	方法2	病例系列（31.8）	历史资料（16.0）	横断面调查（19.4）	病例对照（24.5）	病例对照（10.6）	实验性研究（18.2）	病例对照（38.5）	历史资料（50.0）
3	方法1	病例系列（68.6）	横断面调查（55.6）	病例对照（50.2）	病例对照（45.6）	病例系列（38.2）	实验性研究（45.0）	随访研究（43.6）	病例系列（50.0）
	方法2	病例对照（13.4）	病例系列（14.8）	横断面调查（14.0）	实验性研究（17.0）	实验性研究（37.3）	横断面调查（15.0）	病例对照（12.7）	横断面调查（16.7）
4	方法1	病例系列（71.7）	横断面调查（54.2）	病例对照（51.8）	病例系列（44.1）	实验性研究（43.3）	实验性研究（34.7）	病例系列（36.1）	横断面调查（60.0）
	方法2	横断面调查（5.8）	历史资料（15.0）	病例系列（13.6）	实验性研究（21.4）	病例系列（27.8）	横断面调查（22.2）	随访研究（24.4）	病例系列（20.0）
合计	方法1	病例系列（69.7）	横断面调查（52.2）	病例对照（52.2）	病例系列（38.2）	实验性研究（48.7）	实验性研究（34.0）	病例系列（22.8）	横断面调查（48.5）
	方法2	横断面调查（9.1）	历史资料（11.7）	横断面调查（13.4）	病例对照（18.5）	病例系列（27.7）	横断面调查（21.0）	随访研究（22.4）	病例系列（27.3）

5. 作者来源 本文以第一作者来源机构为代表对作者单位类型进行分析。中文文献中89.4%（18 862篇）的作者来自医疗机构，其余类型机构来源的作者较少，疾控系统来源作者仅有0.9%（187篇）（图

6)。外文文献中，69.6%（3395篇）文献的作者来源于医疗机构，29.1%（1554篇）的作者来源于高等院校，科研机构和疾控系统来源的作者较少（图7）。外文文献中高等院校来源的作者所占比例（28.5%）高于中文文献（4.9%）。

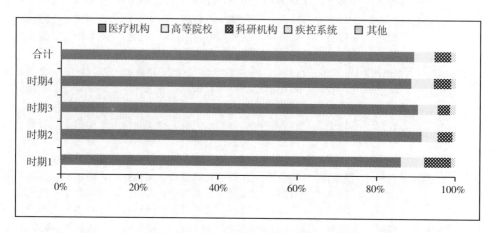

图6　1990～2009年慢性病相关中文文献作者来源机构所占比例

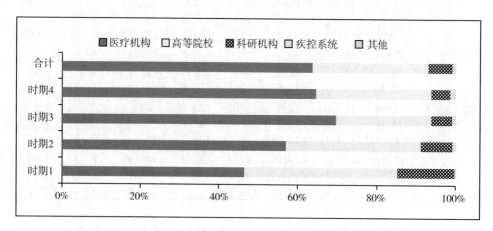

图7　1990～2009年慢性病相关外文文献作者来源机构所占比例

6. 基金支持　对文献标记基金支持情况进行分析，21087 篇中文文献中有 3007 篇（14.3%）文献标记有基金支持，5335 篇外文文献中有 2570 篇（43.7%）文献标记有基金支持。总体来看，文献的标记基金支持率逐年增加，且外文文献的基金支持率高于中文文献的基金支持率（图 8）。

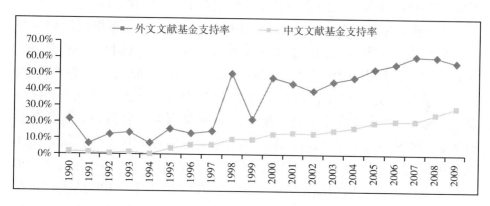

图 8　1990～2009 年慢性病相关文献标记基金支持情况

三、讨论

慢性病是我国重要的公共卫生问题。为更好地应对慢性病的挑战，我国开展了大量的慢性病防治实践，以降低慢性病给个人、家庭和社会带来的沉重负担[17]。同时，我国还开展了大量的科学研究，生产各类研究证据，为慢性病的临床治疗和预防实践工作提供重要的科学依据。我国慢性病研究已有几十年历程，需要及时的回顾和总结，分析研究的特点和变化趋势，发现研究中存在的不足。文献是研究成果的客观载体，也是学术交流的重要方式[43]。通过对近年来我国慢性病研究文献的回顾性分析，能够了解我国慢性病研究的基本情况和发展历程，发现我国慢性病研究存在的不足。

（一）研究特征

1. 文献数量　文献数量在时间上的分布反映了该领域学术研究的

研究水平和发展历程[44]。本次对我国近 20 年慢性病相关研究文献的分析显示，文献数量逐年增加，体现了我国开展的慢性病相关研究逐渐增多。但中文文献的相对数量稳定在 6.4% ~ 8.8% 之间，这也提示我国慢性病研究在整个医学研究中所占比例并未增加。外文文献早期数量较少，但 2000 年后呈现明显的增加趋势，反映了我国学者逐渐重视慢性病研究的国际交流，同时也与我国慢性病研究质量的提高有关。

2. 研究内容　通过对文献研究内容的统计，可以掌握慢性病领域关注的热点内容及变化情况。本次文献分析显示，恶性肿瘤一直是研究关注的热点，所占比例较大，心脑血管疾病相关文献所占比例较稳定，而对 COPD 的关注较少，所占比例仅为 2.7%（中文）和 0.5%（外文）。诚然，恶性肿瘤不是一个疾病，而是包括多个脏器和部位的各类肿瘤，因此研究数量也相对较多。然而结合同时期我国卫生部统计的居民死因构成比进行分析[45]，恶性肿瘤、心脑血管疾病、糖尿病、COPD均位于我国居民死因构成比的前几位，且在农村地区 COPD 的流行情况更加严重，但 COPD 相关文献所占比例却远远低于死因构成比。这也提示我国学者应根据疾病流行情况适当调整研究关注的内容，加强 COPD方面的研究。

3. 研究问题　对文献研究问题的分析显示，目前我国慢性病研究中大部分仍为对病例特征和治疗方面的研究，而频率、预防/控制等方面的文献所占比例较低。然而国内外慢性病防治经验表明，单纯提高慢性病的诊治水平并不能阻止慢性病的流行，贯彻预防为主，防治结合的战略方针才能控制或降低慢性病对人类的危害[46]。我国也提出要积极开展三级预防的慢性病防治策略，不仅重视慢性病的治疗和康复，更要注重一级预防和二级预防，如健康促进和健康教育，早期筛检和诊断[47]。而结合文献研究问题的分析结果，可以看到我国慢性病研究关注问题的分布情况与慢性病三级预防的实践策略仍有一定差距，也提示今后研究中应注重频率和预防/控制相关的研究，为慢性病的一级预防和二级预防提供充足的研究证据。

4. 研究方法应用的适宜性　不同研究问题应采用最适宜的研究设

计，如针对疾病治疗和预防的最佳证据为随机对照试验，针对危险因素的最佳证据为病例对照研究和队列研究[48, 49]。本研究结果显示，大部分研究根据研究问题选择了较为恰当的设计方法，如针对疾病频率的研究主要为描述性研究。然而，结果也显示，针对治疗的研究主要采用的是描述性研究而非实验性研究，针对危险因素的研究中队列研究所占比例不到10.0%。不恰当的研究设计所提供的证据强度较低或不能提供有效的证据，这也提示今后开展慢性病研究时，应根据研究关注的不同方面选择最适宜的设计方法。

（二）研究的优势与不足

1. 优势 研究采用文献计量学的思路，以文献为研究对象，结合统计学分析，客观、全面地描述了我国慢性病防治研究的特点及变化规律，相比以往定性分析和综述更具有客观性和科学性[50, 51]。

2. 研究的不足

（1）文献计量学的不足：文献计量学的各项指标在不同学科领域的研究中不具有可比性，包括研究数量分布情况、研究所在期刊分布规律、研究主题及变化等；同时文献计量学相对于其他评价方法如项目评价、专家同行评议等有一定的滞后性，其各项指标的计算均需等到研究成果发表一段时间之后[52]。且本文统计的文献标记基金支持率上升与近几年基金标注规范性的提高密切相关，不能完全反映慢性病领域研究的基金支持力度。

（2）本研究的不足：研究以公开发表的期刊文献为医学科研产出的代表，但未对其他形式的产出进行研究，包括专著、会议、内部资料、项目总结等。且研究中文文献部分仅选择了来自50种质量较好的期刊，不能代表全部中文期刊的结果。信息摘录基于文献标注所得，未对其正确性进行分析。

（三）结论与建议

1. 1990～2009年我国慢性病相关研究文献呈逐渐增长趋势，体现了我国开展的慢性病研究也逐渐增加。外文文献增加较明显，体现了我国研究者重视慢性病的国际交流，这也与研究质量的提高有关。

2. 我国学者对不同慢性病的关注度分布不均，恶性肿瘤相关的文献所占比例较大，但对 COPD 等的关注程度相对较低。应根据疾病负担开展各类慢性病研究，适当增加 COPD 相关的研究。

3. 我国慢性病研究关注问题分布不均，针对频率、预防/控制方面的文献所占比例较少，与我国慢性病三级预防的实践策略有一定差距，应注重开展这类研究，为慢性病的一级预防和二级预防提供必要的研究证据。

4. 不同研究问题应采用最适宜的研究设计，我国慢性病相关研究文献存在研究设计不佳的情况。今后慢性病研究应根据研究关注问题和实际情况开展最适宜的研究设计。

第三部分　慢性病领域指南制定依据的分析

一、研究背景

（一）相关概念

指南（guideline）是医疗实践工作的重要依据，又称临床实践指南，是基于现有最好的证据，根据实际情况、病人需要、现有资源和人们的价值取向而制定的医疗实践指导性建议，能够直接应用于临床和预防工作实践及促进健康[53]。根据指南制定方法将指南分为两类，基于专家共识的指南和基于循证角度制定的指南。基于专家共识制定的指南主要根据某一领域相关专家的意见和建议，结合专家个体主观经验和群体专家共识来制定。但由于指南制定中主观色彩较浓，其结论受专家水平及个人见解的限制，且目前缺乏系统的研究方法将这些经验和建议进行规范化研究并充分利用其价值[54]，因此目前国内外更关注基于循证角度制定的指南。循证指南一般采用结构化的制定方法，包括提出临床问题、系统检索文献、证据评分并最终提出推荐意见。目前已有机构研究出循证指南的制定过程及规范性方法[55,56]。循证指南通过综合评估目前相关领域的研究得到全面的结论，较少受到主观影响。

（二）研究内容

本部分研究从两个角度进行分析，首先是针对我国慢性病领域相关指南的研究证据进行分析，总结指南制定中我国研究文献的利用情况及与其他国家的差距。其次以高血压指南为例，选择国际有较高影响力的高血压指南与我国高血压指南的制定依据进行比较分析，总结国内外指南制定依据的特点及各国研究在指南制定依据中的应用情况，为今后加强我国科学证据生产提供依据。

二、我国慢性病领域指南参考文献分析

(一) 研究方法

1. 指南的纳入排除标准

纳入标准：

（1）中国公开发布的指南，由国家性机构或学术组织发布。

（2）指南研究内容为恶性肿瘤、冠心病、脑卒中、高血压、糖尿病、COPD、血压、血糖、血脂、肥胖/超重、烟草使用、膳食和体力活动。

（3）应用于临床治疗或预防。

排除标准：

（1）国外发布的指南，在中国应用或经过改动后在中国应用。

（2）研究内容不是上述几类慢性病/危险因素。

（3）明确指出为基于专家共识的指南。

（4）适用人群为具有某类特征的人群，如高血压病维吾尔医诊疗指南、妊娠糖尿病治疗指南。

2. 指南检索 指南的检索应尽量全面。本次检索指南主要通过临床智库网、期刊数据库、临床指南平台三个途径。临床智库网（http://www.cicaline.com/）内含有较多指南信息，通过题目和类别进行检索。期刊网主要采用 CNKI 数据库、维普数据库和万方数据库，通过题目和关键词进行检索。我国目前正在建立临床指南平台（http://epilab.bj-mu.edu.cn:820/index.aspx），包括我国近年来发表的多项指南，通过题目和内容检索符合要求的指南。此外，为保证指南检索的全面性，同时咨询相关专业临床医务人员。

按照上述三种途径进行检索后，排除重复检索的指南；进一步阅读指南正文，按照纳入排除标准进行筛选；最后对合格的指南进行信息摘录。

3. 指南信息摘录及质量评价 包括指南的名称、发布年份、发布

机构、研究内容等基本信息，采用 AGREE Ⅱ（各条目见附录4）工具进行指南质量评价。AGREE Ⅱ是由13个国家和组织的研究者制定的一种指南研究和评估工具[57]，旨在充分强调指南制定中潜在的偏倚，推荐建议的内/外部真实性和可行性，包括指南制定中设计的利益、危害、花费等，帮助实现指南制定的规范性[58]。2001年该组织出版了 AGREE 第一版，并被多个国家和机构应用。经过8年时间，2009年该组织出版了 AGREE Ⅱ，对其中部分条目进行修改和完善，并修改了评分分数[59]。AGREE Ⅱ包括6个领域和23个条目。6个领域分别为指南的范围和目的、指南制定的参与人员、指南制定的严谨性、指南的表述清晰性、指南的应用性和指南编撰的独立性。评分时应至少由2名评估人员对指南进行评估，每个条目按照从1分（强烈不同意）到7分（强烈同意）打分，计算方法采用某领域得分等于该领域每个条目的得分总和，并标化为最高可能得分百分比[60]，得分计算方法见图9。

	条目1	条目2	条目3	总分
评估员1	6	4	5	15
评估员2	5	6	5	16
评估员3	6	7	4	17
评估员4	7	6	5	18
总分	24	23	19	66

最高可能分数 = 7（强烈同意）×3（条目）×4（评估员）= 84
最低可能分数 = 1（强烈不同意）×3（条目）×4（评估员）= 12
该领域标化分数 = （实际得分 − 最低可能分数）/（最高可能分数 − 最低可能分数 = （66 − 12）/（84 − 12）×100 = 75

图9　各领域得分计算方法示例

　　4. 参考文献信息摘录　参考文献的信息包括数量、文献类型、文献发表年份、研究作者来源机构及国家、研究类型、研究方法、基金支持情况等。其中，文献类型包括期刊文献、会议文献、报告、书籍、网页等。以文献第一作者代表作者信息，收集第一作者来源机构及所在国家，其中来源机构分为医疗机构、科研院所、高等院校和疾病预防控制机构。研究类型主要分为基础类研究和非基础类研究，其中基础类研究主要包括细胞学研究、动物实验等；非基础类研究主要指临床研究和预防研究等。文献所使用的研究方法按照流行病学研究方法分为描述性研究、分析性研究、实验性研究和其他。研究问题分为病例特征、频率、病因、临床诊断及评价、治疗、预防/控制、预后、其他。

5. 指标计算

（1）知识周期：文献的知识周期指文献从发表到被指南引用的时间，可以用文献发表年份与指南发布年份的差值得到。

（2）应用研究比值：文献研究应用比值为综合考虑不同国家应用于指南中的文献数量及所发表的文献总量进行比较得出的比值。考虑到各国应用于指南参考文献的数量不仅与该国文献研究质量高低有关，同时也与该国文献发表总量有关，因此，采用应用研究比值衡量某国慢性病研究的质量及其在指南中的应用情况。在 PubMed 检索各个国家慢性病领域文献数量，发表时间限制为 1990～2009 年，限定作者所在国家，检索词同文献分析部分。计算不同国家研究产出文献数及占同时期慢性病全部文献总数的比例，用某国在指南参考文献中所占比例除以其研究文献比例，得到应用研究比值。若该比值大于 1，则显示该国慢性病研究较多地应用于我国指南的制定中，若小于 1，则显示该国慢性病研究较少应用于指南中。

6. 数据录入及分析　采用 EpiData3.1 建立数据库，相同文献由两人同时进行查找和摘录，采用 SPSS17.0 软件进行数据分析。

7. 质量控制

（1）指南的检索通过三种渠道进行，保证指南检索的全面性。

（2）同一篇文献的检索和信息摘录由两人分别进行，保证检索的正确性和数据录入的质量。

（3）数据分析前进行严格的逻辑核查；保留原始记录和指南原文，发现不合理之处通过查找原始记录和原文查找来确定。

（二）研究结果

截止到 2010 年 10 月，本次调查共检索到慢性病领域相关指南 44 篇。其中有 7 个指南是以往指南的更新版本。按照指南研究内容，关于肿瘤防治的指南有 9 篇，冠心病防治的指南有 15 篇，高血压防治指南 6 篇。此外，糖尿病、COPD、脑卒中、高血脂防治指南分别有 3 篇、3 篇、2 篇、1 篇。针对慢性病主要危险因素的防治指南共 5 篇，分别是膳食指南 2 篇，肥胖防治指南 2 篇，戒烟指南 1 篇。44 个指南中，仅有 22 篇附注参考文献，本次对这 22 个指南参考文献进行分析（44 个指南的基本情况见附录 5）。

1. 基本情况介绍

（1）指南基本情况介绍：纳入分析的 22 篇指南中，有 4 个指南是分别针对相同内容指南的不同版本，分别是《胺碘酮抗心律失常治疗应用指南》的 2004 年和 2008 年版本、《射频导管消融治疗快速心律失常指南》的 1996 年和 2002 年版本。

根据指南的研究内容，共有关于冠心病的指南 10 篇，关于肿瘤的指南 4 篇，关于脑卒中的指南 2 篇，关于糖尿病的指南 1 篇。此外，关于肥胖的指南 2 篇，血糖的指南 1 篇，血脂的指南 1 篇。对指南的发布机构进行分析，发现有 16 个指南由中华医学会各分会编写。对指南的发布时间分析，发现仅有 1 个指南发布时间在 2000 年之前，4 个指南发布时间在 2004 年以前，大部分指南在 2005 年及以后发布（结果见表 10）。

AGREE Ⅱ 质量评价结果见表 9。指南在范围和目的（领域 1）、表达清晰性（领域 4）两个领域得分较高，而在制定参与人员（领域 2）、制定严谨性（领域 3）、应用性（领域 5）、编撰独立性（领域 6）等领域的质量评价结果较差。

表9　指南质量评价不同领域标化得分（％）

指南编号	领域					
	1	2	3	4	5	6
1	86	19	34	94	10	21
2	94	44	26	78	8	0
3	64	17	24	92	10	17
4	83	19	30	92	15	17
5	86	53	30	100	29	21
6	47	19	15	69	6	0
7	31	19	23	78	17	21
8	78	47	26	94	10	54
9	89	33	22	97	13	58
10	83	36	26	97	8	58
11	81	44	32	94	13	21
12	72	19	29	92	10	58
13	78	44	24	81	10	25
14	72	28	23	81	10	25
15	97	61	27	94	48	25
16	78	47	32	97	15	25
17	86	56	32	89	8	25
18	89	50	34	86	17	58
19	72	19	23	67	10	25
20	78	58	17	72	31	54
21	67	44	16	75	13	25
22	83	39	22	92	8	25

表 10　22 个指南参考文献基本情况

编号	疾病	题目	发布机构	时间	页数	出处
1		口腔颌面部恶性肿瘤治疗指南	中华口腔医学会口腔颌面外科专业委员会肿瘤学组	2010 年	9	中国口腔颌面外科杂志
2		胰腺癌诊治指南	中华医学会外科学分会胰腺外科学组	2007 年	3	中国实用外科杂志
3	肿瘤	四川大学华西医院结直肠癌手术治疗指南	四川大学华西医院肛肠外科多位作者	2008 年	14	中国普外基础与临床杂志
4		涎腺肿瘤的诊断和治疗指南	中华口腔医学会口腔颌面外科专业委员会涎腺疾病学组；中国抗癌协会头颈肿瘤外科专业委员会涎腺肿瘤协作组	2010 年	4	中华口腔医学杂志
5		经皮冠状动脉介入治疗指南	中华医学会心血管病学分会；中华心血管病杂志编辑委员会	2009 年	22	中华心血管病杂志
6		胺碘酮抗心律失常治疗应用指南	中华医学会心血管病学分会；中国生物医学工程学会心律分会胺碘酮抗心律失常治疗应用指南工作组	2004 年	7	中国心脏起搏与心电生理杂志
7	冠心病	胺碘酮抗心律失常治疗应用指南	中国生物医学工程学会心脏起搏与电生理分会；中华医学会心血管病学分会；中华心血管病杂志编辑委员会；中国心脏起搏与心电生理杂志编辑委员会	2008 年	9	中国心脏起搏与心电生理杂志
8		急性心力衰竭诊断和治疗指南	中华医学会心血管病学分会；中华心血管病杂志编辑委员会	2010 年	14	中华心血管病杂志
9		慢性心力衰竭诊断治疗指南	中华医学会心血管病学分会；中华心血管病杂志编辑委员会	2007 年	20	中华心血管病杂志
10		慢性稳定性心绞痛诊断与治疗指南	中华医学会心血管病学分会；中华心血管病杂志编辑委员会	2007 年	12	中华心血管病杂志

续 表

编号	疾病	题目	发布机构	时间	页数	出处
11		室上性快速心律失常治疗指南	中华医学会心血管病学分会；中国生物医学工程学会心脏起搏与心电生理分会；中华心血管病杂志编辑委员会；中国心脏起搏与心电生理杂志编辑委员会	2005 年	14	中华心血管病杂志
12	冠心病	不稳定性心绞痛和非 ST 段抬高心肌梗死诊断与治疗指南	中华医学会心血管病学分会；中华心血管病杂志编辑委员会	2007 年	10	中华心血管病杂志
13		射频导管消融治疗快速心律失常指南	中国生物医学工程学会心脏起搏与电生理分会导管消融学组	1996 年	6	中国心脏起搏与心电生理杂志
14		射频导管消融治疗快速心律失常指南	中国生物医学工程学会心脏起搏与电生理分会；中华医学会心电生理和起搏分会	2002 年	15	中国心脏起搏与心电生理杂志
15	高血压	中国高血压防治指南（2005 年修订版）	卫生部心血管病防治研究中心；中国高血压联盟	2005 年	59	中国卒中
16	脑卒中	中国急性缺血性脑卒中诊治指南	中华医学会神经病学分会脑血管病学组急性缺血性脑卒中诊治指南撰写组	2010 年	8	中华神经科杂志
17		中国缺血性脑卒中和短暂性脑缺血发作二级预防指南	中华医学会神经病学分会脑血管病学组缺血性脑卒中二级预防指南撰写组	2010 年	7	中华神经科杂志
18	糖尿病	中国 2 型糖尿病防治指南	中华医学会糖尿病学分会	2007 年	70	中国内分泌代谢杂志
19	血糖	中国动态血糖监测临床应用指南	中华医学会糖尿病学分会	2009 年	4	中华医学杂志
20	肥胖	中国成人超重和肥胖症预防与控制指南	中华人民共和国卫生部疾病控制司	2003 年	50	营养学报
21		中国肥胖病外科治疗指南	中华医学会外科学分会内分泌外科学组等 4 个组	2007 年	4	中国实用外科杂志
22	血脂	中国成人血脂异常防治指南	卫生部心血管病防治中心；中国成人血脂异常防治指南制订联合委员会	2007 年	30	中华心血管病杂志

　　（2）指南参考文献基本情况介绍：22 个指南共有参考文献 1149 篇。其中期刊来源参考文献 1105 篇（96.2%），书籍来源参考文献 22 篇（1.9%），报告来源参考文献 13 篇（1.1%），会议来源参考文献 6 篇（0.5%），网站来源参考文献 3 篇（0.3%）。对 1149 篇参考文献进行检索，共检索到文献 1125 篇（97.9%）。未能检索到的 24 篇（2.1%）文献中，包括 16 篇期刊来源文献和 5 篇书籍来源文献（结果见表 11）。

表 11　22 个指南参考文献基本情况

编号	参考文献数量（%）	可检索参考文献数量（%）	期刊来源文献数量	书籍来源文献数量	报告来源文献数量	会议来源文献数量	网站来源文献数量
1	44（3.8）	43（3.8）	43	0	0	0	0
2	16（1.4）	15（1.3）	14	1	0	0	0
3	9（0.8）	9（0.8）	9	0	0	0	0
4	17（1.5）	14（1.2）	12	2	0	0	0
5	172（15.0）	171（15.2）	167	0	2	2	0
6	8（0.7）	8（0.7）	8	0	0	0	0
7	77（6.4）	75（6.7）	74	1	0	0	0
8	39（3.4）	39（3.5）	39	0	0	0	0
9	42（3.7）	42（3.7）	42	0	0	0	0
10	48（4.2）	48（4.3）	48	0	0	0	0
11	3（0.3）	3（0.3）	3	0	0	0	0
12	25（2.2）	25（2.2）	25	0	0	0	0
13	6（0.5）	6（0.5）	6	0	0	0	0
14	74（6.4）	68（6.1）	68	0	0	0	0
15	88（7.7）	88（7.8）	88	0	0	0	0
16	58（5.0）	58（5.2）	57	1	0	0	0
17	41（3.6）	41（3.6）	41	0	0	0	0
18	139（16.1）	136（12.1）	127	3	3	2	1
19	48（4.2）	45（4.0）	45	0	0	0	0
20	20（1.7）	20（1.8）	20	0	0	0	0
21	152（13.7）	150（13.3）	143	6	0	1	0
22	23（2.2）	21（1.9）	10	3	7	1	0
合计	1149（100.0）	1125（100.0）	1089	17	12	6	1

（3）指南参考文献标注错误情况：对参考文献标注错误情况进行分析，在能检索到的 1125 篇文献中，共有 58 篇（5.2%）文献存在标注错误，其中，标注错误情况出现较多的是作者信息和题目两个条目，分别出现 18 次和 19 次。其次是标注页码、年份、期刊名称、期数，分别出现 11 次、7 次、6 次和 6 次。

2. 参考文献分析　对能够检索到的 1125 篇参考文献进行描述性分析，结果如下。

（1）参考文献来源分析　对 1089 篇期刊来源参考文献的来源期刊进行分析，中文期刊来源的文献共有 215 篇（19.7%），分布于 47 种中文期刊；外文期刊来源的文献有 874 篇（80.3%），分布于 169 种外文期刊。

具体来看，发表指南参考文献数在 5 篇及以上的期刊共有 36 种，包括中文期刊 11 种，外文期刊 25 种，累计刊载文献 828 篇，占可检索期刊来源参考文献的 76.0%（具体刊名见表 12）。可见，中文期刊主要是中华医学会系列期刊；外文期刊中，主要为各领域顶级期刊，包括 the Lancet、the Journal of the American Medical Association（JAMA）、New England Journal of Medicine（NEJM）、British Medical Journal（BMJ）、Stroke、Circulation 等。

对剩余 36 篇非期刊来源文献进行分析，共包括 17 篇书籍来源文献、12 篇报告来源文献、6 篇会议文献和 1 篇网站来源文献。36 篇文献中，共有中文参考文献 13 篇，外文参考文献 23 篇。

（2）发表时间与知识周期：1125 篇参考文献发表时间从 1965 年至 2010 年，其中 2004 年前后是发表时间的高峰，有 39.5% 的文献发表于 2003～2006 年这四年。有 95.8% 的文献发表于 1990～2009 年间。本次研究采用此时间段与各个国家慢性病研究产出进行对比（结果见图 10）。

表 12 刊载 5 篇及以上文献的期刊列表

期刊名	数量	百分比（%）	期刊名	数量	百分比（%）
Circulation	111	10.2	Am Heart J	12	1.1
NEJM	100	9.2	Arch Intern Med	11	1.0
The Lancet	81	7.5	中华心律失常学杂志	9	0.8
中华心血管病杂志	73	6.7	中华流行病学杂志	9	0.8
J Am Coll Cardiol	67	6.2	中华糖尿病杂志	7	0.6
JAMA	48	4.4	中华内分泌代谢杂志	7	0.6
Diabetes Care	39	3.6	Obes Surg	7	0.6
Eur Heart J	35	3.2	Catheter Cardiovasc Interv	7	0.6
Am J Cardiol	29	2.7	Int J Radiat Oncol Biol Phys	6	0.6
Stroke	17	1.6	Heart	6	0.6
中国心脏起搏与心电生理杂志	16	1.5	Chest	6	0.6
Ann Intern Med	15	1.4	中华内科杂志	5	0.5
中华医学杂志	13	1.2	中华口腔医学杂志	5	0.5
Cochrane Database Syst Rev	13	1.2	中华高血压杂志	5	0.5
BMJ	13	1.2	Int J Cardiol	5	0.5
中华神经科杂志	12	1.1	Crit Care Med	5	0.5
J Hypertens	12	1.1	Cerebrovasc Dis	5	0.5
J Clin Oncol	12	1.1	Am J Clin Nutr	5	0.5

如前所述，知识周期在本次研究中指的是文献从发表到被指南引用的时间差。本研究中 1125 篇文献知识周期的中位数为 4 年；25%（379 篇）的文献知识周期为 7 年及以上，5%（51 篇）的文献知识周期为 17 年及以上，0.5%（6 篇）的文献知识周期为 30 年及以上。知识周期最长的为 42 年，是一篇来自 N Eng J Med 杂志的期刊文献。图 11 显示的是 1125 篇文献知识周期的分布情况。由图可以看出，知识周期主要集中在 1~5 年，其中在 3~4 年达到高峰，知识周期≥10 年的文献数量急

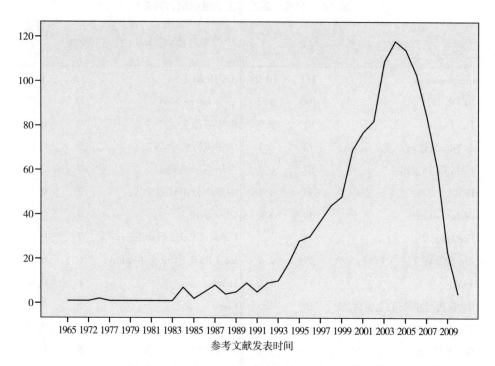

图 10　1125 篇指南参考文献发表时间分布情况

剧减少。对不同语言文献的知识周期进行分析，中文文献知识周期中位数为 3 年，外文文献知识周期中位数为 5 年。可见，外文文献从发布到被我国指南所引用所需时间较长。对不同类型文献知识周期分析，期刊、报告来源文献的知识周期中位数为 4 年，会议来源文献的知识周期中位数为 2 年，书籍来源文献的知识周期中位数为 3 年，网站来源文献仅有 1 篇，知识周期为 1 年。

（3）研究类型：对文献研究类型进行分析，1125 篇文献中，仅有基础类研究 14 篇（1.2%），其余 1111 篇均为临床研究或预防研究。14 篇基础类研究文献主要集中于冠心病治疗相关的指南，其中胺碘酮抗心律失常治疗应用指南（2008 年版）、射频导管消融治疗快速心律失常指南（2002 年版）两个指南就有 5 篇基础类研究。

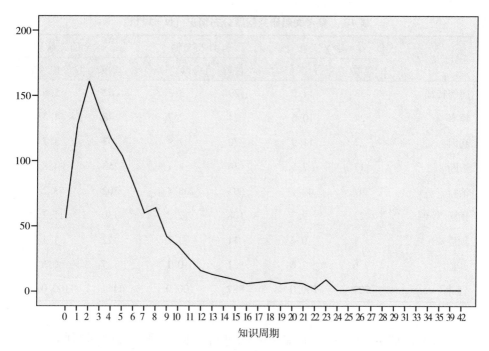

图 11　参考文献知识周期分布情况

对 14 篇基础类研究文献所在期刊进行分析，仅有 1 篇（7.1%）来源于中文期刊（来源于《中华心血管病学杂志》），其余文献均来自外文期刊。

对 14 篇基础类研究文献的知识周期分析，最长的为 35 年，最短的为 2 年，中位数为 7 年。对非基础类 1111 篇研究文献的知识周期分析，最长为 42 年，最短为 0 年，中位数为 4 年。

（4）研究问题：对非基础类文献的研究问题进行分析，治疗（63.2%）和预防/控制（11.7%）方面的文献数量最多，其次是关于病因（8.7%）、病例特征（5.6%）和诊断（4.7%）方面的文献。不同语言来源文献比较，外文文献中治疗和预防/控制方面的文献比例较高，中文文献中病因、病例特征、频率等方面的文献比例较高，各研究问题分布情况见表 13。

表 13　参考文献研究问题分布情况（N=1111）

研究问题	中文文献		外文文献		全部文献	
	频数	百分比（%）	频数	百分比（%）	频数	百分比（%）
病例特征	33	14.5	29	3.3	62	5.6
频率	24	10.6	24	2.7	48	4.3
病因	27	11.9	70	7.9	97	8.7
诊断	17	7.5	36	4.1	53	4.8
治疗	97	42.7	605	68.4	702	63.2
预防/控制	22	9.7	108	12.2	130	11.7
预后	1	0.4	11	1.2	12	1.1
其他	6	2.6	1	0.1	7	0.6
合计	227	100.0	887	100.0	1111	100.0

　　对不同研究问题文献的知识周期进行分析，研究病因问题的文献知识周期中位数最长，为5年；治疗、预防/控制研究问题的文献知识周期均为4年；预后、病例特征、诊断、频率、费用和其他研究问题的文献知识周期中位数分别为4.5年、3.5年、3年、3年、2年和2年。

　　（5）研究方法：1111篇非基础类文献中，实验性研究最多，共有425篇（38.3%）；其次是描述性研究，有238篇（21.4%）；综述/述评、以往研究指南等类型的研究文献分别为173篇（15.5%）、121篇（10.9%）；Meta分析类型的研究文献共70篇（6.3%）。中文文献中描述性研究较多（45.7%），外文文献中实验性研究（44.0%）较多（表14）。

表 14　参考文献研究方法分布情况（N = 1111）

研究方法	中文文献		外文文献		全部文献	
	频数	百分比（%）	频数	百分比（%）	频数	百分比（%）
描述性研究	104	45.7	134	15.1	238	21.4
横断面调查	29	12.8	24	2.7	53	4.8
监测	6	2.6	1	0.1	7	0.6
历史常规资料分析	6	2.6	1	0.1	7	0.6
随访研究	11	4.8	19	2.1	30	2.7
病例系列	52	22.9	89	10.1	141	12.7
分析性研究	10	4.4	54	6.1	64	5.8
队列研究	6	2.6	23	2.6	29	2.6
病例对照研究	4	1.8	31	3.5	35	3.2
实验性研究	36	15.9	389	44.0	425	38.3
其他研究	75	33.9	303	33.7	384	34.5
Meta 分析	1	0.4	69	6.8	70	6.3
筛检	1	0.4	2	0.2	3	0.3
综述、述评等	36	15.9	137	15.5	173	15.5
以往的指南、推荐等	30	13.2	91	10.3	121	10.9
理论研究	9	4.0	8	0.9	17	1.5
合计	227	100.0	884	100.0	1111	100.0

　　1）知识周期：对采用不同研究方法的文献知识周期进行分析，采用历史常规资料分析的文献知识周期最长，中位数为 7 年；病例系列、队列研究、实验性研究的知识周期中位数为 5 年；病例对照研究、理论研究的知识周期中位数为 4 年；其余研究方法类型文献的知识周期中位数为 3 年。

　　2）不同研究方法的应用：表 15 显示应用于每个研究问题中应用频数最多的前五位研究方法。可见，研究病例特征和频率主要采用病例系列，病因主要采用病例对照和队列研究，治疗主要以实验性研究方法为主，预防控制以以往指南推荐和实验性研究方法为主。

表15　不同研究问题所应用最多的前五位研究方法（顺次及百分比%）

研究问题	研究方法				
	1	2	3	4	5
病例特征	病例系列 (56.5)	横断面调查 (11.3)	综述/述评 (9.7)	随访研究 (8.1)	病例对照 (4.8)
频率	病例系列 (58.3)	理论研究 (10.4)	病例对照 (8.3)	随访研究 (6.3)	历史常规资料 (4.2)
病因	病例对照 (21.6)	队列研究 (17.5)	综述/述评 (13.4)	随访研究 (11.3)	横断面调查 (8.2)
诊断	综述/述评 (41.5)	病例系列 (22.6)	以往指南/推荐 (7.5)	理论研究 (5.7)	病例对照 (5.7)
治疗	实验性研究 (50.0)	综述/述评 (14.0)	病例系列 (11.7)	以往指南/推荐 (10.1)	Meta 分析 (7.7)
预防/控制	以往指南/推荐 (33.1)	实验性研究 (33.1)	综述/述评 (17.7)	Meta 分析 (7.7)	病例系列 (3.1)
预后	病例系列 (33.3)	随访研究 (16.7)	病例对照 (16.7)	理论研究 (16.7)	综述/述评 (16.7)
其他	以往指南/推荐 (28.6)	病例系列 (14.3)	横断面调查 (14.3)	综述/述评 (14.3)	实验性研究 (14.3)

（6）作者分析

1）作者个数分析：1125篇文献中，39篇文献未能检索到作者相关信息，有125篇文献作者为集体作者，如指南的撰写委员会、基金会等。对剩余961篇文献的作者个数进行分析，共有7298位作者（同一作者在不同文献中多次出现以累加计算）。作者个数的中位数为6位；作者个数最少的为1位，共有91篇文献；作者个数最多的有43位，共有1篇文献。各文献作者个数分布见图12。可见，文献作者个数最多的是1~10位，超过20位作者个数的文献数量较少。

2）第一作者来源国家：对1086篇文献第一作者的来源国家进行分析。结果显示，作者共来自44个国家和地区。作者个数较多的国家包

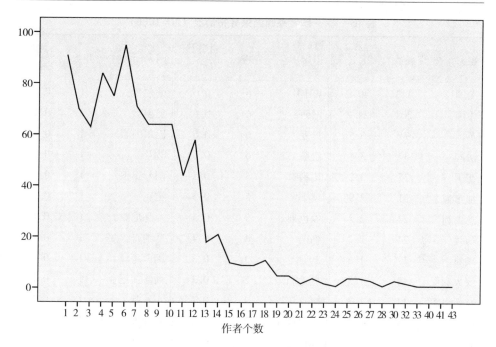

图 12 文献作者个数分布情况

括美国（40.8%）、中国（24.2%）、英国（6.5%）、法国（3.4%）和德国（3.2%）（表 16）。在 263 篇作者来源国家为中国的文献中，有 223 篇文献语言为中文，有 40 篇文献语言为外文。

3）不同国家来源指南参考文献与研究产出综合分析：截止到 2010 年 10 月 19 日，在 PubMed 共检索到 1990~2009 年间发表的慢性病相关文献 869 641 篇。各国家慢性病研究文献数量及比例见表 17。可见，世界卫生组织（简称 WHO）和欧洲各组织发表的文献数量较少，但应用研究比值达到 12 及以上。分析发现，WHO 和欧洲组织发表文献主要为综述、指南、Meta 分析等类型，有较高的综合性和概括性，易于应用于指南的制定。剩余 20 个国家比较，应用研究比值大于 1 的主要是欧洲和北美的国家，其中美国的应用研究比值最高，为 1.9；英国、法国、挪威、加拿大和瑞典等欧洲国家的应用研究比值在 1.1~1.4 之间。中国来源的文献数量较多，但应用研究比值仅为 1.1。

表16　第一作者来源国家分布情况（N=1086）

国家	频数	百分比（%）	国家	频数	百分比（%）	国家	频数	百分比（%）
美国	443	40.8	WHO	6	0.6	爱尔兰	1	0.1
中国	263	24.2	巴西	6	0.6	奥委会	1	0.1
英国	71	6.5	丹麦	6	0.6	巴尔的摩	1	0.1
法国	37	3.4	希腊	6	0.6	波兰	1	0.1
德国	35	3.2	比利时	5	0.5	国际组织	1	0.1
加拿大	31	2.9	瑞士	5	0.5	捷克	1	0.1
意大利	24	2.2	以色列	5	0.5	罗马尼亚	1	0.1
荷兰	24	2.2	韩国	4	0.4	摩纳哥	1	0.1
瑞典	17	1.6	新西兰	3	0.3	墨西哥	1	0.1
澳大利亚	14	1.3	奥地利	2	0.2	斯洛文尼亚	1	0.1
欧洲组织	14	1.3	捷克	2	0.2	土耳其	1	0.1
西班牙	14	1.3	克罗地亚	2	0.2	新加坡	1	0.1
日本	13	1.2	苏格兰	2	0.2	匈牙利	1	0.1
芬兰	8	0.7	印度	2	0.2	智利	1	0.1
挪威	7	0.6	阿根廷	1	0.1			

4）第一作者来源机构：对1086篇文献第一作者来源机构进行分析，医疗机构来源作者最多，占总数的38.3%。其次是高等院校（30.4%）和科研机构（16.3%）。疾控系统来源作者最少，仅有5篇（0.5%）。其他来源机构包括集体作者、基金会、政府部门等。

5）作者来源机构与研究问题的综合分析：对非基础类研究文献的第一作者来源机构进行分析，共有符合条件的文献1072篇（有39篇文献未检索到作者，剩余的1086篇文献中有14篇文献为基础类研究）。本研究对每类研究机构发表文献的研究方法进行分析，结果如表18。治疗方面的文献数量较多，故各类机构来源发表文献中也以治疗方面的文献所占比例较高。医疗机构来源的作者除了发表关于治疗、病例特征、诊断方面的文献，危险因素/病因、预防/控制等方面的文献数量也较多。高等院校和科研机构所发表的文献的研究问题较相似，均以治疗方面所占比例最大，其次是危险因素/病因、预防/控制方面文献。疾控系统主要研究问题为疾病频率和预防/控制。

表17　22个国家指南研究文献总数与应用指南参考文献比值情况

国家	指南参考文献数量	指南参考文献百分比（%）	慢性病研究文献数量	慢性病研究文献百分比（%）	应用研究比值
美国	443	40.8	189039	21.7	1.9
中国	40	3.7	29096	3.3	1.1
英国	71	6.5	41189	4.7	1.4
法国	37	3.4	22923	2.6	1.3
德国	35	3.2	32615	3.8	0.9
加拿大	31	2.9	21633	2.5	1.1
意大利	24	2.2	34858	4.0	0.6
荷兰	24	2.2	18430	2.1	1.0
瑞典	17	1.6	12883	1.5	1.1
澳大利亚	14	1.3	13932	1.6	0.8
欧洲组织	14	1.3	924	0.1	12.1
西班牙	14	1.3	11911	1.4	0.9
日本	13	1.2	70906	8.2	0.1
芬兰	8	0.7	6905	0.8	0.9
挪威	7	0.6	4229	0.5	1.3
WHO	6	0.6	402	0.0	12.0
巴西	6	0.6	5310	0.6	0.9
丹麦	6	0.6	6674	0.8	0.7
希腊	6	0.6	5829	0.7	0.8
比利时	5	0.5	6295	0.7	0.6
瑞士	5	0.5	6406	0.7	0.6
以色列	5	0.5	7975	0.9	0.5

注：慢性病研究百分比（%）：各国慢性病研究文献数量/PubMed 数据库全部慢性病文献数量（869641 篇）×100.0%

指南参考文献数量百分比（%）：各国应用于指南参考文献数量/指南全部参考文献数量（1125篇）×100.0%

应用研究比值：各国指南参考文献数量百分比（%）/各国慢性病研究百分比（%）

表 18 　不同作者来源机构关注的研究问题（%）（N＝1072）

作者来源	研究问题							
	病例特征	频率	病因	诊断	治疗	预防/控制	预后	其他
医疗机构	39(9.3)	23(5.5)	38(9.1)	32(7.7)	238(56.9)	37(8.9)	9(2.2)	2(0.4)
高等院校	12(3.7)	9(2.8)	30(9.2)	5(1.5)	244(74.6)	23(7.0)	3(0.9)	1(0.3)
科研机构	6(3.2)	11(5.8)	14(7.4)	6(3.2)	127(66.8)	24(12.6)	0(0.0)	2(1.1)
疾控系统	0(0.0)	3(60.0)	0(0.0)	1(20.0)	0(0.0)	1(20.0)	0(0.0)	0(0.0)
其他	5(3.8)	2(1.5)	6(4.5)	9(6.8)	68(51.5)	40(30.3)	0(0.0)	2(1.5)

（7）基金支持情况：对研究文献标记基金支持情况进行分析，共有519篇（46.1%）文献标记有基金支持，其中中文文献标记基金支持率为28.5%，外文文献标记基金支持率为50.6%。

1）不同研究问题基金支持率：对非基础类研究的文献标记基金支持情况进行分析，发现标记基金支持率最高的是关于危险因素/病因以及预防/控制方面的文献。英文文献中针对治疗、临床诊断及评价方面的文献基金支持率比中文文献高（表19）。

表 19 　不同研究问题的文献基金支持率（N＝1111）

研究问题	中文文献		外文文献		全部文献	
	频数	支持率（%）	频数	支持率（%）	频数	支持率（%）
病例特征	14	42.4	16	55.2	30	48.4
频率	13	54.2	1i	45.8	24	50.0
病因	16	59.3	42	60.0	58	59.8
诊断	4	23.5	16	44.4	20	37.7
治疗	10	10.3	311	51.4	321	45.7
预防/控制	7	31.8	49	45.4	56	43.1
预后	0	0.0	5	45.5	5	41.7
其他	1	20.0	0	0.0	1	1.7
合计	65	28.6	450	50.9	515	46.4

2）不同研究方法基金支持率：标记基金支持率最高的研究方法是队列研究（79.3%），其次是实验性研究（67.8%）和理论研究（64.7%）。基金支持率最低的是筛检（0.0%），综述/述评、历史常规资料分析、以往指南/推荐等研究方法的基金支持率均低于30.0%（表20）。

表20　不同研究方法的文献基金标记支持率（N=1111）

研究方法	中文文献		外文文献		全部文献	
	频数	支持率（%）	频数	支持率（%）	频数	支持率（%）
描述性研究	42	40.4	54	40.3	96	40.3
横断面调查	17	58.6	10	41.7	27	50.9
监测	3	50.0	1	100.0	4	57.1
历史常规资料分析	1	16.7	0	0.0	1	14.3
随访研究	5	45.5	8	42.1	13	43.3
病例系列	16	30.8	35	39.3	51	36.2
分析性研究	7	70.0	30	55.6	37	57.8
队列研究	5	83.3	18	78.3	23	79.3
病例对照研究	2	50.0	12	38.7	14	40.0
实验性研究	7	19.4	281	72.2	288	67.8
理论研究或数学模型	6	66.7	5	62.5	11	64.7
其他研究	3	14.5	80	27.1	83	22.6
Meta 分析	0	0.0	33	47.8	33	47.1
筛检	0	0.0	0	0.0	0	0.0
综述、述评等	1	2.8	41	29.9	42	24.3
以往的指南、推荐等	2	6.7	6	6.6	8	6.6
合计	65	28.6	450	50.9	515	46.4

3）不同机构来源文献基金支持率：对含有作者信息的1086篇文献标记基金支持情况进行分析，基金支持率最高的是高等院校来源的文

献，其他类型来源文献基金支持率最低（24.2%）。除疾控系统外，外文文献各机构来源文献标记基金支持率均比中文文献高（表21）。

表21　不同研究问题的文献基金支持率（N＝1086）

作者来源机构	中文文献		外文文献		全部文献	
	频数	支持率（%）	频数	支持率（%）	频数	支持率（%）
医疗机构	51	32.3	133	50.6	184	43.7
高等院校	2	50.0	190	57.2	192	57.1
科研机构	6	20.0	80	49.4	86	44.8
疾控系统	2	66.7	0	0.0	2	40.0
其他	4	12.5	28	28.0	32	24.2
合计	65	28.6	431	50.2	496	45.7

（三）讨论

早在1987年BMJ就发表文章指出"研究本身也是需要研究的（we need to research research）"[61]，医学研究更是如此。慢性病带来了沉重的疾病负担和经济负担[62]，我国也开展了大量的研究与实践用于慢性病的防治工作[63]。但目前缺乏针对这些研究对改善慢性病防治的实际效果的考察。这就需要我们及时回顾与总结，发现以往研究在实践应用中的缺点。指南是基于现有最好的研究证据进行总结并用于指导医疗实践的重要工具，是连接医学研究与实践的桥梁，成为指南的研究证据是评价研究应用于实践的重要指标。因此，本研究对我国慢性病领域指南研究证据进行系统描述与分析，以发现我国慢性病在实践应用中的特点。

22个指南涉及我国主要的慢性病以及危险因素的防治，发布机构主要为国家级学术团体，对我国慢性病领域指南有较好的代表性。通过对其证据来源的分析，能够较好的反映我国慢性病从研究到实践应用的特征及不足。

1. 指南参考文献标注规范性及质量　22个指南共有1149篇参考文

献，平均每个仅有 52 篇文献，部分指南参考文献数量甚至少于 20 篇。即使标注参考文献的指南，也存在标注信息有错误、标注格式不规范等情况。这些都反映了我国对指南参考文献标注不重视的现状，与以往研究结果一致[64]。而与之对应，国外对指南参考文献则较为重视，如高血压指南，国际高血压联盟、欧洲、美国等的高血压指南参考文献均有几百条，不仅每篇指南的参考文献标注较全、信息标注正确，且将参考文献与指南内容一一对应，利于阅读者和科研工作者对指南推荐值进行深入研究。我国今后在指南制定过程中，应借鉴国外指南参考文献的标注范例，加强参考文献的标注规范性，保证指南制定有据可依，有据可循。

对指南质量的评价结果显示，我国慢性病相关指南在范围与目的、表达清晰性两个领域得分较高，而其余四个领域质量评价结果较差，尤其在应用性和编撰独立性领域。诚然，这些指南主要来自于期刊发表，由于篇幅限制，可能未详细描述细节部分，且 AGREE Ⅱ 指南质量评价方法由国外制定，不一定适合中国指南。但需要认识到，我国指南制定确实存在不规范性。2009 年的一项调查显示 76 篇中国临床指南中有97.4% 未描述综合证据的方法，国外也有研究显示指南制定过程中存在较多不规范性[65, 66]。目前已有国际组织制定了指南制定的步骤，如苏格兰 SIGN 机构等[67,68]，能够帮助各国按照严格步骤制定规范性指南。同时，国内也逐渐重视指南制定中的证据分级及规范化制定，如中华医学会肠内肠外营养分会出台了"制定肠内肠外营养临床指南"的方法学、推荐意见分级等[69]。

2. 期刊与研究质量　研究结果表明，指南参考文献主要分布于影响因子较高的期刊。外文期刊主要是 JAMA 等顶级期刊以及 Circulation 等慢性病领域顶级期刊，中文期刊主要是中华医学会系列的期刊。

虽然期刊的质量并不等价于其刊载文献的质量，但一般较好的研究倾向于发表在较好的期刊上。本次虽然未对各文献一一进行质量分析评价，但从文献所在期刊看，指南参考文献的质量要高于一般研究的平均水平，而高质量的研究能够更好地为指南制定提供研究依据。同时也反映了在目前信息爆炸的时代，指南制定者更倾向于从顶级期刊获取想要的信息及证据依据。如果研究想有更多的机会被应用于指南并成为实践的依据，则更应该提高研究质量，争取发表在顶级期刊。

3. 知识周期与应用　知识周期反映了从研究到应用的时间差。对于 22 个指南的 1125 篇参考文献，知识周期的中位数为 4 年，即平均每篇文献从发表到应用需要平均 4 年的时间。对每篇文献的知识周期进行描述发现，研究在发表后 1~5 年最常被引用，发表 10 年后其被指南引用的可能性急剧下降。英国于 2000 年对 15 个指南进行分析，其参考文献的知识周期中位数为 8 年，研究在发表后 3~11 年最常被引用[70]。与英国相比，说明我国在指南制定中更易引用最新发表的文献。

诚然，指南的知识周期不仅与制定者阅读和获取研究的敏感性有关，同时也与指南制定的时间有关。高质量的研究经常在发表十余年甚至几十年后仍然被引用，而较新的研究则需要经过其他相似研究的验证。但知识周期的长短仍是反映研究到应用中知识流的最好反映指标。本次研究显示基础类研究的知识周期较长，中位数为 7 年。基础类研究重点在于疾病的机制，其转化到为防治疾病服务需要更多的环节和更长的时间。这也提示我们在进行基础类研究时，要意识到其长周期的影响，并考虑到目前的研究重点是否还能满足 7 年甚至更长时间后医学研究与实践的需要。

4. 研究类型　本次研究显示仅有 14 篇（1.2%）的文献属于基础类研究，绝大部分文献属于临床或预防类研究。且基础类研究应用到指南中的知识周期较长。英国学者进行了进一步的研究，随机挑选 5% 的指南参考文献，分析其文献研究类型，并从这些文献的参考文献中挑选 5% 分析，直至"第四代"文献[70]。结果提示基础类研究所占比例持续增高，从"第一代"的 0.5% 到"第四代"的 8%。因此，作者认为，基础类研究需要花费更长的时间（17 年）才能真正用于实践。且基础研究到转化性研究再到应用性研究存在递减现象，只有人群应用性研究的结果而不是基础性研究和转化性研究的结果，才可以直接应用于指导医学实践，因此，研究者应结合慢性病防治实践需要来开展基础类研究。

5．研究方法与关注方面　流行病学研究方法种类很多，其提供证据的质量和可靠性也各不相同。实验性研究尤其是随机对照试验（RCT）的研究证据较强，位于证据金字塔的上端部分。Meta 分析是随着循证医学发展的一类研究方法，能够汇总同一领域的研究证据。但随机对照试验并不是提供所有医学实践问题的最好证据，不同的医学问题应区别对待。根据研究问题确定最适宜的研究方法[32]，随机对照试验主要应用于干预、诊断、筛检等，前瞻性研究主要用于疾病的预后和转归，分析性研究主要用于发现病因等。本次研究调查显示，描述性研究则应用于疾病的特征、频率等方面；分析性研究主要用于疾病危险因素/病因方面；实验性研究主要用于疾病治疗和预防/控制方面；Meta 分析主要用于疾病预防/控制，说明我国慢性病研究能够采用较为恰当的方法用于疾病防治的各个方面。

6．来源国家与应用研究比值　指南参考文献中，来自美国的作者最多，所占比例达到 40.8%，说明在我国指南制定中来自美国的文献证据起了重要的作用。对不同国家的应用研究比值进行分析，加拿大和欧洲部分国家的应用研究比值也较高，说明这些国家的文献质量较好，我国指南制定中更倾向于引用这些国家的研究证据。尽管德国、意大利、澳大利亚、日本的文献数在指南中较多，但其应用研究比值均小于 1，即我国指南并未倾向于应用这几个国家慢性病研究证据。对比国外类似研究，发现各国指南对本国研究的引用较多，应用研究比值远远大于 1[34]。而我国文献的应用研究比值仅为 1.1，说明我国指南制定中并未过多的引用本国的研究证据。结合第一部分我国慢性病发表文献进行分析，虽然我国文献数量较多，但研究质量不高，很少发表在质量较好的期刊上，这也是我国研究未应用于指南的原因之一。因此，在今后的研究中，不仅要注重研究的数量，更要提高研究的质量，才能保证我国研究更好的被应用于医疗实践中。

三、国内外高血压指南参考文献分析

（一）研究方法

1. 指南检索　本次研究选择我国 2005 年《高血压指南》以及美国 the Joint National Committee 第七次会议（JNC7）制定的高血压指南、World Health Organization（WHO）和 International Society of Hypertension（ISH）于 2007 年制定的高血压指南、英国 2004 年制定的高血压指南作为研究标准。5 种指南均为最新版本（截止至 2010 年 10 月），且指南应用范围广泛，对高血压的防治影响较大。

2. 信息摘录　包括指南基本信息及质量评价结果，参考文献基本信息及特征等。同我国慢性病指南参考文献研究信息摘录部分内容。

3. 数据录入与分析　数据采用 Epidata3.1 进行平行双录入，采用 SPSS17.0 进行数据分析。

4. 基本描述　同我国慢性病指南参考文献特征描述部分内容。

5. 比较分析　比较 5 种指南参考文献与我国慢性病领域指南参考文献结果的异同。

（二）研究结果

1. 基本情况介绍

（1）指南基本情况介绍：5 种指南的基本情况见表 22。其中，2006 年英国 BHS 针对药物治疗部分进行了指南更新，但其大部分指南推荐值未变化且更新指南中参考文献标注不全，因此，本研究仍采用 2004 年版指南作为英国指南。中国颁布了 2009 年基层版高血压防治指南，但由于其主要针对基层医务人员，且缺少参考文献标注，因此仍旧采用 2005 年高血压防治指南作为中国指南。从表 22 可以看出，5 种指南均由国际组织或国家性学术机构制定，发表在国内外主要期刊，且保持更新。不同指南的篇幅和发布形式有所差异。

表22　5种指南参考文献基本情况

特征	WHO/ISH	ESH/ESC	JNC	BHS	中国
题目	2003 World Health Organization（WHO）/International Society of Hypertension（ISH）statement on management of hypertension	2007 Guidelines for the Management of Arterial Hypertension	the Seventh Report of the Joint National Committee on Prevention, Detection, Evaluation, and Treatment of High Blood Pressure（JNC7）	Essential hypertension：managing adult patients in primary care	中国高血压防治指南（2005年修订版）
时间	2003年	2007年	2003年	2004年	2003年
出处	Journal of Hypertension	Journal of Hypertension	JAMA	NICE Clinical Guidelines	中国卒中杂志
制定机构	World Health Organization, International Society of Hypertension	the European Society of Hypertension（ESH）and of the European Society of Cardiology（ESC）	U. S. Department of Health and Human Services；National Institutes of Health；National Heart, Lung, and Blood Institute；National High Blood Pressure Education Program	Centre for Health Services Research, School of Population and Health Sciences, University of Newcastle upon Tyne；BHS（British Hypertension Society）	卫生部心血管病防治研究中心；中国高血压联盟
作者信息	提及作者姓名,未阐述负责任务	提及作者姓名及任务分类,但缺乏具体负责任务	提及作者姓名及任务分类,缺乏具体负责任务	未提及具体每位作者姓名	提及作者姓名,未阐述负责任务
更新情况	1999年颁布	2003年颁布,2009年重新评审版本	1976/1980/1984/1992/1997/2003年分别颁布JNC1~JNC6,2011年期望颁布JNC8	1989/1993/1999年分别由BHS颁布,2006年更新药物治疗部分	1999/2003/2004/2005/2009年不同更新版本
页数	10	83	104	262	59

续 表

特征	WHO/ISH	ESH/ESC	JNC	BHS	中国
发布形式	ISH 网站指南版块,各类语言版本以及简易口袋版本	ESH 网站指南版块,同时附有2009年评审版本	NHLBI 网站专门版块,附有前6次指南,以及针对病人、专业人员的文件,附有 PPT 等资料	NICE 网站,同时提供适应不同人群的长短版本,提供示范病例及经济成本等	以报告、文件和期刊文献形式发布
参考文献	83篇,指南证据与参考文献一一对应	825篇,指南证据与参考文献一一对应	386篇,指南证据与参考文献一一对应	558篇,指南证据与参考文献一一对应	88篇,指南证据未与参考文献一一对应

采用 AGREE Ⅱ 对指南进行质量评价,结果如表23。5 种指南质量得分均较高,其中各指南在制定参与人员领域(领域2)、制定严谨性(领域3)、应用性(领域5)、编撰独立性(领域6)质量评价得分高于我国慢性病指南得分。

(2)指南参考文献基本情况介绍:5 种指南共有参考文献 1940 篇。其中期刊来源参考文献 1814 篇(93.5%),书籍来源参考文献 64 篇(3.3%),网站来源参考文献 42 篇(2.2%),报告来源参考文献 17 篇(0.9%),会议来源参考文献 3 篇(0.2%)。对 1940 篇参考文献进行检索,共检索到文献 1825 篇(94.0%)。在未能检索到的 115 篇(6.0%)文献中,包括书籍来源文献 60 篇,网站来源文献 26 篇,期刊来源文献 16 篇,报告来源文献 11 篇,会议来源文献 2 篇;仅有 7 篇(6.0%)参考文献发表时间在 2005 年及以后,主要是书籍来源文献;有 15 篇(12.9%)文献发表时间在 1990 年及以前,主要是期刊和书籍来源文献。

表23　5种指南质量评价标准化得分（%）

国家/地区	领域1	领域2	领域3	领域4	领域5	领域6
WHO	94	94	50	78	72	83
欧洲	97	94	49	97	69	83
美国	100	97	83	97	63	92
英国	97	97	65	94	54	83
中国	97	61	27	94	48	25

与我国22篇慢性病领域指南参考文献相比，国际高血压指南的参考文献数量较多。不同来源类型的文献相比，国际高血压指南参考文献中，期刊来源参考文献数稍微下降，网站、书籍等来源文献增加（表24）。

表24　5种指南参考文献基本情况

国家/地区	参考文献数量（%）	可检索参考文献数量（%）	期刊来源数量	书籍来源数量	报告来源数量	会议来源数量	网站来源数量
WHO	83（4.3）	82（4.5）	80	0	2	0	0
欧洲	825（42.5）	803（44.0）	799	1	0	0	3
英国	558（28.8）	498（27.3）	497	0	1	0	0
美国	386（19.9）	354（19.4）	334	3	3	1	13
中国	88（4.5）	88（4.8）	88	0	0	0	0
合计	1940（100.0）	1825（100.0）	1798	4	6	1	16

（3）指南参考文献标注错误情况：本次研究对参考文献标注错误情况进行分析，在能检索到的1825篇文献中，共有109篇（6.0%）文献标注错误。其中，标注错误情况出现较多的是页码和题目两个条目，分别出现47次和40次。其次是作者、期刊名称、期数、年份，分别出现

21次、8次、8次和6次。

2．参考文献分析　对能够检索到的1825篇参考文献进行描述性分析，结果如下。

（1）参考文献来源分析：对1798篇期刊来源参考文献的来源期刊进行分析，仅有中文文献38篇，全部分布在中国高血压防治指南。中文文献主要来自于《中华心血管病杂志》（30篇）和《高血压杂志》（4篇）两种期刊。5种指南共可检索到1760篇外文期刊文献，分布于249种期刊。具体来看，发表外文文献数在5篇及以上的期刊共有37种，包括外文文献1461篇，占全部可检索外文文献的83.1%，占全部可检索文献的81.3%。37种期刊主要是医学领域顶级期刊，如Lancet、JAMA、NEJM、BMJ等；以及高血压领域顶级期刊，如Journal of Hypertension、Hypertension、American Journal of Hypertension等。对不同国家指南参考文献来源最多的期刊进行分析，欧洲高血压指南引用文献最多的是Journal of Hypertension（146篇），这是由ESH/ESC负责的期刊；美国高血压指南引用文献最多的是NEJM（42篇），这是由美国马萨诸塞州医学协会主办的期刊；英国高血压指南引用文献最多的是BMJ（67篇），这是由英国医学会主办的期刊；ISH/WHO高血压指南引用文献最多的是NEJM（15篇），中国高血压防治指南引用文献最多的是《中华心血管病杂志》（30篇），引用外文文献最多的是Lancet（16篇）（表25）。

我国慢性病领域指南分析结果中，大部分外文文献来自Lancet、JAMA、NEJM、BMJ、Stroke、Circulation等顶级期刊，与本部分国际高血压指南中英文期刊有较大重合。

（2）发表时间与知识周期：1825篇参考文献发表时间从1939年至2007年，1980年之前发表的文献较少被指南引用，有95.9%的文献发表于1985~2007年间，本次研究采用此时间段对各个国家慢性病相关文献数量与其研究产出进行对比（图13）。

表25　5 种指南参考文献来源期刊分布情况

来源期刊	文献数量（篇）					
	中国	美国	欧洲	英国	ISH/WHO	合计
J Hypertens	9	2	146	33	5	195
Lancet	16	30	72	39	9	166
Hypertension	0	24	73	30	4	131
JAMA	9	33	47	29	7	125
New Engl J Med	5	42	49	13	15	124
Circulation	1	28	69	14	2	114
Br Med J	2	8	28	67	4	109
Arch Intern Med	0	28	25	18	5	76
Am J Hypertens	0	10	30	18	2	60
Ann Intern Med	0	10	22	6	3	41
J Hum Hypertens	0	3	7	17	1	28
Stroke	1	9	14	3	0	27
Am J Cardiol	0	1	16	6	1	24
J Am Coll Cardiol	0	5	14	2	1	22
Eur Heart J	0	1	12	7	1	21
Diabetes Care	0	5	10	4	0	19
Am Heart J	0	2	9	5	2	18
Blood Press	1	0	9	7	0	17
Kidney Int	0	4	10	0	0	14
Am J Med	0	5	4	3	0	12
Blood Press Monit.	0	2	4	5	0	11
J Clin Hypertens	0	6	5	0	0	11
Am J Kidney Dis	0	3	7	0	0	10
CMAJ	0	0	1	8	1	10
Heart	0	0	2	4	2	8
Am J Clin Nutr	0	0	2	4	1	7
Prev Med	0	1	1	5	0	7
Psychosom Med	0	0	1	6	0	7
Am J Obstet Gynecol	0	2	4	0	0	6
J Clin Endocrinol Metab	0	1	5	0	0	6
Am J Epidemiol	0	4	1	0	0	5
Am J Respir Crit Care Med	0	4	1	0	0	5
Arch Neurol	0	4	1	0	0	5
Chin Med J	2	0	1	1	1	5
J Am Soc Nephrol	1	0	4	0	0	5
J Cardiovasc Pharmacol	0	1	2	2	0	5
J Intern Med	0	0	2	3	0	5

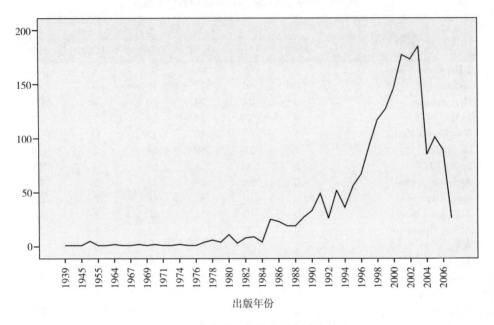

图 13　指南参考文献发表时间分布情况

对 1825 篇参考文献的知识周期进行分析，其中位数为 5 年；25%
（495 篇）的文献知识周期为 9 年及以上，5%（92 篇）的文献知识周
期为 20 年及以上，0.5%（9 篇）的文献知识周期为 50 年及以上。知
识周期最长的为 68 年，是欧洲高血压指南中一篇来自 Am J Med Sci 杂
志的期刊文献。图 14 显示的是 1825 篇文献知识周期的分布。可以看
出，文献在发表后的 1～7 年之间最容易被指南引用，其中在 2～3 年达
到高峰，在发表 12 年后被引用的可能性急速下降（图 14）。

对 5 种高血压指南参考文献的知识周期进行分析，发现英国高血压
指南参考文献的知识周期最长，中位数为 7 年；其次是欧洲，知识周期
为 5 年；美国和 ISH／WHO 的高血压指南参考文献的知识周期中位数均
为 3 年；中国高血压指南参考文献的知识周期最短，中位数为 2 年，其
中中文文献的知识周期中位数为 2 年，英文文献的知识周期中位数为
4 年。

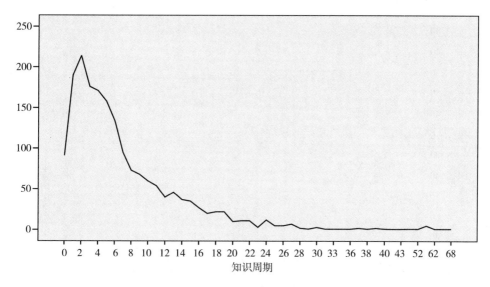

图 14　参考文献知识周期分布情况

　　对不同类型文献知识周期分析，网站来源参考文献的知识周期最短，大部分与指南发布年份相同；期刊、书籍来源参考文献的知识周期中位数分别为 5 年和 5.5 年，会议、报告来源参考文献知识周期中位数为 1 年。

　　（3）研究类型：对文献研究类型进行分析，1825 篇参考文献中基础类研究仅有 34 篇（1.9%），其余 1791 篇均为临床研究或预防研究。34 篇基础类研究文献均为外文文献，分布于欧洲（15 篇）、美国（14 篇）和英国（5 篇）三种高血压指南。

　　34 篇基础类研究参考文献的知识周期较短，最短的为 0 年，最长的为 43 年，中位数为 3.5 年；其余 1791 篇非基础类（临床/预防）研究参考文献的知识周期较长，最短的为 0 年，最长的为 68 年，中位数为 5 年（图 15）。

　　（4）研究问题：对非基础类参考文献的具体研究问题进行分析，关于疾病治疗（38.9%）、危险因素/病因（23.8%）、预防/控制

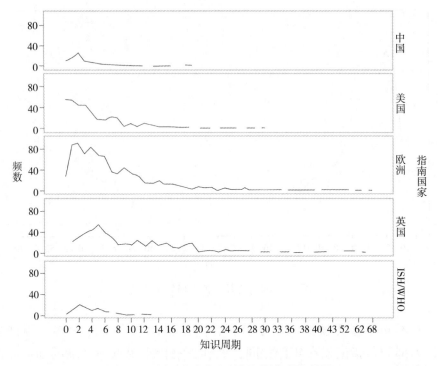

图 15　不同国家参考文献知识周期分布情况

（16.4%）的参考文献数量最多。不同国家相比较，英国和 ISH/WHO
高血压指南的参考文献中，治疗方面文献所占比例较大，而美国和欧洲
指南的参考文献中，病因和预防/控制方面文献所占比例较大（表26）。

　　与我国慢性病指南参考文献比较，治疗方面的文献比例较少，预
防/控制和危险因素/病因方面的文献比例较多。这主要与 22 篇慢性病
指南中有50%是关于某种疾病的临床治疗，而高血压治疗指南中是兼顾
疾病的治疗和预防。

表26 参考文献研究问题分布情况 (N = 1791)

研究问题	中国		美国		欧洲		英国		ISH/WHO		合计	
	频数	百分比（%）	频数	百分比（%）	频数	百分比（%）	频数	百分比（%）	频数	百分比（%）	频数	百分比（%）
病例特征	5	2.7	23	6.8	48	6.1	14	2.8	0	0.0	90	5.0
频率	7	8.0	37	10.9	35	4.4	26	5.3	6	7.3	111	6.2
病因	17	19.3	81	23.8	232	29.5	80	16.2	16	19.5	426	23.8
诊断	2	2.3	16	4.7	84	10.7	33	6.7	0	0.0	135	7.5
治疗	38	43.2	113	33.2	243	30.9	258	52.3	45	54.9	697	38.9
预防/控制	17	19.3	58	17.1	131	16.5	73	14.8	15	18.3	293	16.4
预后	0	0.0	3	0.9	10	1.3	4	0.8	0	0.0	17	0.9
其他	5	2.2	9	2.6	5	0.3	5	1.0	0	0.0	17	1.1
合计	88	100.0	340	100.0	788	100.0	493	100.0	82	100.0	1791	100.0

（5）研究方法：对5种高血压指南的研究方法进行分析，采用较多的研究方法是实验性研究（34.1%）、综述/述评（14.7%）、病例系列（10.6%）、Meta分析（9.3%）、横断面调查（7.2%）等。与我国慢性病领域指南参考文献研究方法比较，对以往指南/推荐、综述/述评等文献的引用比例减少，但Meta分析的引用比例增加。描述性研究的文献所占比例增加，实验性研究的文献所占比例略微下降（表27）。

1）不同研究方法的应用：对5种高血压指南参考文献的研究方法与研究问题进行综合分析，比较研究方法使用的适宜性。表28中显示每个研究问题中应用频数最多的两种研究方法。可见，频率以横断面调查为主，治疗和预防/控制主要以实验性研究为主（表28）。

表27　参考文献研究方法分布情况（N=1791）

研究方法	中国 频数	中国 百分比（%）	美国 频数	美国 百分比（%）	欧洲 频数	欧洲 百分比（%）	英国 频数	英国 百分比（%）	ISH/WHO 频数	ISH/WHO 百分比（%）	合计 频数	合计 百分比（%）
描述性研究	20	22.7	107	31.5	218	27.7	87	17.6	12	14.7	444	24.8
横断面调查	11	12.5	27	7.9	63	8.0	27	5.5	0	0.0	128	7.2
监测	0	0.0	2	0.6	0	0.0	0	0.0	0	0.0	2	0.1
历史资料分析	0	0.0	8	2.4	6	0.8	9	1.8	4	4.9	27	1.5
随访研究	6	6.8	14	4.1	68	8.6	5	1.0	0	0.0	97	5.4
病例系列	3	3.4	56	16.5	81	10.3	46	9.3	4	4.9	190	10.6
分析性研究	6	6.8	29	8.5	73	9.3	12	2.4	1	1.2	121	6.8
队列研究	5	5.7	20	5.9	52	6.6	8	1.6	1	1.2	86	4.8
病例对照研究	1	1.1	9	2.6	21	2.7	4	0.8	0	0.0	35	2.0
实验性研究	44	50.0	97	28.5	276	35.0	251	50.9	35	42.7	702	34.1
理论研究	1	1.1	3	0.9	0	0.0	1	0.2	0	0.0	5	0.3
其他研究	17	19.3	104	30.96	221	28	142	28.8	34	45.1	514	28.9
Meta 分析	1	1.1	34	10.0	72	9.1	47	9.5	9	19.5	163	9.3
综述、述评等	14	15.9	53	15.96	112	14.2	70	14.2	15	18.3	264	14.7
以往指南推荐	2	2.3	17	5.0	37	4.7	25	5.1	6	7.3	87	4.9
合计	88	100.0	340	100.0	788	100.0	493	100.0	82	100.0	1790	100.0

　　与我国慢性病指南结果相比较，在对危险因素/病因的研究中，分析性研究所使用比例下降，更多地采用综述/述评、以往指南/推荐等；美国、英国的指南在治疗、预防/控制方面更注重来自 Meta 分析的研究证据。

　　2）知识周期：对不同研究方法文献的知识周期进行分析，病例系列、病例对照研究的知识周期最长，中位数为7年；理论研究、监测的知识周期最短，中位数分别为2年和0.5年；其余研究方法的知识周期中位数为4~5年。

表28　不同研究问题所应用最多的前两位研究方法（%）

指南		病例特征	频率	病因	诊断	治疗	预防/控制	预后	其他
中国	方法1	病例系列(40.0)	横断面调查(71.4)	队列研究(29.4)	综述/述评(50.0)	实验性研究(78.9)	实验性研究(47.1)	-	实验性研究(50.0)
	方法2	横断面调查(20.0)	随访研究(14.3)	随访研究(23.5)	随访研究(50.0)	综述/述评(15.8)	综述/述评(17.6)	-	综述/述评(50.0)
英国	方法1	病例系列(50.0)	病例系列(50.0)	综述/述评(23.8)	综述/述评(48.5)	实验性研究(74.0)	实验性研究(41.1)	综述/述评(41.5)	病例系列(66.7)
	方法2	综述/述评(35.7)	病例系列(11.5)	指南/推荐(23.8)	实验性研究(15.2)	Meta分析(8.5)	指南/推荐等(20.5)	病例系列(58.3)	病例系列(22.2)
美国	方法1	病例系列(60.9)	横断面调查(17.1)	病例系列(27.2)	病例系列(31.3)	实验性研究(56.6)	综述/述评(32.2)	实验性研究(66.7)	综述/述评(44.4)
	方法2	综述/述评(13.0)	队列研究(18.9)	队列研究(13.6)	综述/述评(25.0)	Meta分析(15.5)	Meta分析(15.5)	随访研究(33.6)	指南/推荐(33.3)
ISH/WHO	方法1	-	病例系列(66.7)	综述/述评(31.3)	-	横断面调查(12.2)	实验性研究(40.0)	-	-
	方法2	-	随访研究(33.3)	随访研究(25.0)	-	综述/述评(14.0)	综述/述评(33.3)	-	-
欧洲	方法1	病例系列(56.3)	横断面调查(14.6)	指南/推荐(33.1)	病例系列(31.0)	实验性研究(70.0)	实验性研究(33.1)	随访研究(40.0)	综述/述评(40.0)
	方法2	横断面调查(14.6)	随访研究(37.1)	病例对照(21.6)	随访研究(23.8)	综述/述评(12.8)	综述/述评(20.8)	实验性研究(20.0)	指南/推荐(20.0)
合计	方法1	病例系列(54.4)	横断面调查(27.0)	综述/述评(15.5)	病例系列(25.9)	实验性研究(63.6)	实验性研究(34.1)	实验性研究(29.4)	综述/述评(66.7)
	方法2	综述/述评(12.2)	病例系列(28.0)	队列研究(14.1)	综述/述评(21.5)	综述/述评(10.9)	综述/述评(22.9)	随访研究(23.5)	指南/推荐(19.1)

注："－"表示不存在这一项内容

与我国慢性病分析结果相比，病例系列的知识周期增长，由 5 年增加为 7 年；理论研究的知识周期缩短，由 4 年缩短为 0.5 年；大部分研究方法的知识周期中位数为 3 年增长为 4 ~ 5 年。

（6）作者分析

1）作者个数分析：1825 篇文献中，有 85 篇作者标注为集体作者，未列出详细作者个数。对剩余 1740 篇检索到的指南参考文献作者个数进行分析，共有 1067 位作者（同一作者在多篇文献中出现则累加计算），作者个数的中位数为 5 位。作者个数最少的为 1 位，共有 219 篇文献；作者个数最多的有 48 位，共有 1 篇文献；有 18 篇文献有 20 位及以上作者。各文献作者个数分布见图 16。由图可见，文献作者个数最多的是 1 ~ 7 位，超过 14 位及以上作者个数的文献数量较少。

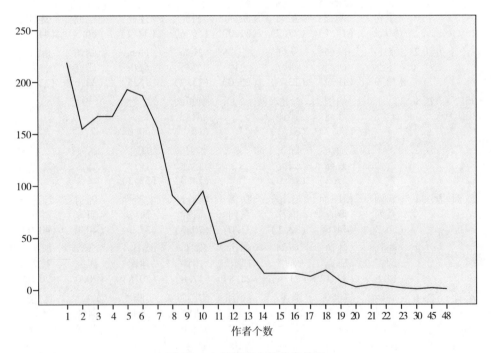

图 16　文献作者个数分布情况

2）第一作者来源国家：对指南参考文献的第一作者来源国家进行分析，共来自 42 个国家和地区。作者个数较多的国家包括美国（38.4%）、英国（12.1%）、意大利（8.3%）、加拿大（3.8%）等。61 篇第一作者来源于中国的文献中，有 37 篇文献语言为中文，有 24 篇文献语言为英文。

与我国慢性病指南结果比较，各国家文献比例基本相同，以美国、加拿大和欧洲各国为主，亚洲主要是日本、韩国和印度，具体结果见表 29。

表 29　第一作者来源国家/组织分布情况（N = 1825）

国家	频数	百分比（%）	国家	频数	百分比（%）
美国	701	38.4	德国	40	2.2
英国	220	12.1	丹麦	38	2.1
意大利	152	8.3	日本	34	1.9
加拿大	69	3.8	芬兰	23	1.3
瑞典	66	3.6	爱尔兰	19	1.0
澳大利亚	64	3.5	挪威	16	0.9
中国	61	3.3	西班牙	16	0.9
比利时	55	3.0	欧洲集体	14	0.8
法国	46	2.5	国际组织	13	0.7
荷兰	43	2.4			

对 5 种指南参考文献的第一作者来源分别进行分析，可以看到高血压指南的研究证据主要来自于美国、英国、意大利、瑞典、澳大利亚、德国、芬兰等国家。其中，美国和英国在各个指南研究证据中所占比例均较大。美国高血压指南中，来自美国的研究证据占到了 72.1%，在 5 种指南中所占比例最大；英国高血压指南中，来自英国的研究证据占 19.4%，高于其余 4 种指南中英国研究证据的比例；欧洲高血压指南中，来自欧洲各国家的研究证据所占比例最大；中国高血压指南中，来自中国的研究证据最多，为 57.3%。对我国研究证据在其他 4 种指

南山所起作用进行分析，发现引用篇数在 1~6 篇之间，所占比例仅为 0.6%~1.3% 之间（表 30）。

表 30　5 种指南参考文献第一作者来源国家/组织分布情况（国家/%）

顺次	中国		美国		欧洲		英国		ISH/WHO	
	国家	百分比	国家	百分比	国家	百分比	国家	百分比	国家	百分比
1	中国	52.3	美国	73.4	美国	31.8	美国	32.7	美国	38.8
2	美国	18.2	英国	4.9	意大利	14.4	英国	20.8	英国	13.8
3	英国	10.2	意大利	2.3	英国	11.3	意大利	6.1	瑞典	5.0
4	瑞典	6.8	澳大利亚	2.3	法国	4.2	加拿大	5.9	加拿大	5.0
5	法国	1.1	比利时	2.3	比利时	4.1	澳大利亚	4.6	意大利	3.8
6	加拿大	1.1	加拿大	2.0	澳大利亚	4.0	瑞典	4.4	澳大利亚	3.8
7	意大利	1.1	瑞典	2.0	加拿大	3.8	爱尔兰	2.9	德国	2.5
8	比利时	1.1	法国	1.7	德国	3.7	比利时	2.9	芬兰	2.5
9	澳大利亚	1.1	日本	1.4	荷兰	3.7	芬兰	2.6	荷兰	2.5
10	欧洲	1.1	芬兰	1.4	瑞典	3.7	日本	2.6	南非	2.5

3）不同国家来源指南参考文献与研究产出综合分析：在 PubMed 数据库检索各国发表文献总量，限定所在国家，检索策略为：（（（（hypertension［MeSH Terms］）OR hypertension［Title］）OR blood pressure［Title］）AND "1985"［Publication Date］："2007"［Publication Date］）。截止到 2010 年 11 月 2 日，共检索到 1985~2007 年间高血压相关文献 132 501 篇。各国高血压研究文献数量及比例见表 31。欧洲组织和世界卫生组织发表的文献数量较少，主要为指南、报告等类型，在指南中引用较多。各国应用研究比值比较，比利时、爱尔兰、丹麦、英国、瑞典、挪威等欧洲国家的应用研究比值较高，德国、中国、西班牙、瑞士、日本这五个国家的应用研究比值小于 1。

表31　不同国家研究文献总数与应用指南参考文献比值情况

国家	指南参考文献数量	指南参考文献百分比（%）	高血压研究文献数量	高血压研究文献百分比（%）	应用研究比值
美国	701	38.4	18839	14.2	2.7
英国	220	12.1	4825	3.6	3.3
意大利	152	8.3	5450	4.1	2.0
加拿大	69	3.8	2810	2.1	1.8
瑞典	66	3.6	1982	1.5	2.4
澳大利亚	64	3.5	2358	1.8	2.0
中国	24	1.3	2039	1.5	0.9
比利时	55	3.0	855	0.6	4.7
法国	46	2.5	3424	2.6	1.0
荷兰	43	2.4	1954	1.5	1.6
德国	40	2.2	3485	2.6	0.8
丹麦	38	2.1	853	0.6	3.2
日本	33	1.8	8023	6.1	0.3
芬兰	23	1.3	900	0.7	1.9
爱尔兰	18	1.0	382	0.3	3.4
挪威	16	0.9	544	0.4	2.1
西班牙	16	0.9	1828	1.4	0.6
瑞士	8	0.4	1071	0.8	0.5
南非	7	0.4	324	0.2	1.6

　　对5种指南的应用研究比值分别进行分析，发现各国指南更倾向于引用来自本国的研究证据。如英国高血压指南的应用研究比值为5.3，远远高于其他国家的比值，说明在英国指南中更多的引用了来自英国的研究。除了本国研究以外，5种高血压指南中来自美国、加拿大、英国、澳大利亚、意大利、瑞典、芬兰的研究更容易被高血压指南所引用（表32）。

表32　5 种指南参考文献中不同国家应用研究比值情况

中国指南		美国指南		欧洲指南		英国指南		ISH/WHO 指南	
国家	比值	国家	比值	国家	比值	国家	比值	国家	比值
中国	13.3	美国	5.1	美国	2.2	美国	2.1	美国	2.7
美国	2.0	英国	1.4	意大利	3.6	英国	5.3	英国	3.8
英国	4.2	意大利	0.6	英国	2.9	意大利	1.4	瑞典	3.3
瑞典	10.3	澳大利亚	1.4	比利时	6.6	加拿大	2.6	加拿大	2.4
法国	1.0	比利时	3.8	法国	1.6	澳大利亚	2.4	意大利	0.9
加拿大	1.2	加拿大	1.0	加拿大	1.9	瑞典	2.7	澳大利亚	2.1
意大利	0.6	瑞典	1.4	德国	1.5	爱尔兰	9.1	德国	1.0
比利时	4.0	法国	0.7	荷兰	2.6	比利时	4.1	芬兰	3.7
澳大利亚	1.4	日本	0.3	瑞典	2.6	芬兰	3.6	荷兰	1.7
欧洲集体	212.3	芬兰	2.2	丹麦	5.8	日本	0.4	南非	10.2

4）第一作者来源机构：1825 篇文献中，作者来源机构最多的是高等院校，占总数的 49.4%。其次是医疗机构（21.5%）和科研机构（19.2%）。疾控系统来源作者最少，仅占 1.1%（20 篇）。其他来源机构包括集体作者、基金会、政府部门等。

与我国慢性病指南相比较，医疗机构来源的作者比例减少，高等院校来源的作者比例明显增加。

5）作者来源机构与研究问题的综合分析：对非基础类研究文献的第一作者来源机构进行分析，共有符合条件的文献 1634 篇（有 180 篇文献未检索到作者，剩余的 1665 篇文献中有 31 篇文献为基础类研究）。本研究对每类研究机构发表文献的研究方法进行分析，结果如表33。治疗方面的文献数量较多，故各类机构来源发表的文献中也以治疗方面的文献所占比例较高。医疗机构来源的作者除了发表关于治疗方面的文献，病因、预防/控制等方面的文献数量也较多。高等院校和科研机构所发表文献研究问题较相似，均以治疗方面所占比例最大，其次是危险因素/病因、预防/控制方面文献。疾控系统主要研究问题为频率和预防/控制。

表33 不同作者来源机构关注的研究问题（%）（N=1634）

来源机构	研究问题							
	病例特征	治疗	诊断	危险因素	预防/控制	疾病频率	预后	其他
医疗机构	25(6.4)	148(37.9)	39(10.0)	95(24.4)	44(11.3)	28(7.2)	3(0.8)	8(2.1)
高等院校	43(4.9)	345(39.2)	54(6.0)	239(27.2)	130(14.8)	48(5.5)	11(1.3)	10(2.1)
科研机构	16(4.7)	135(39.6)	30(8.8)	68(19.9)	69(20.2)	18(5.3)	3(0.9)	2(0.6)
疾控系统	0(0.0)	1(5.0)	0(0.0)	6(30.0)	5(25.0)	8(4.0)	0(0.0)	0(0.0)
其他	0(0.0)	1(33.3)	1(33.3)	0(0.0)	1(33.3)	0(0.0)	0(0.0)	0(0.0)

（7）基金支持情况：对研究基金支持情况进行分析，发现本次可以检索的1825篇文献中有874篇（47.9%）文献标记有基金支持，其中38篇中文文献标记基金支持率为36.8%，英文文献标记基金支持率为8.1%。34篇基础类研究中，共有11篇（32.4%）文献标记有基金支持。

1）不同研究问题基金支持率：对非基础类研究的文献标记基金支持情况进行分析，发现最高的是关于疾病频率、病因以及治疗方面的文献。

与我国慢性病指南文献的基金支持率比较，国际高血压指南文献在疾病频率和治疗方面的基金支持率较高，在病因方面的基金支持率较低（表34）。

表34 不同研究问题文献基金支持率（N=1791）

研究问题	频数	支持率（%）
病例特征	42	46.7
频率	63	56.8
病因	231	54.2
临床诊断及评价	49	36.3
治疗	361	51.8
预后	7	41.2
其他	6	28.6

2）不同研究方法基金支持率：由表35可知，分析性研究的基金支持率较高，为70.3%，其中队列研究的基金支持率达到77.9%；综述、指南等的基金支持率较低，仅有20.0%左右；实验性研究的基金支持率为55.5%。

与我国慢性病指南结果比较，国际高血压指南参考文献中，描述性研究、分析性研究的基金支持率较高，实验性研究的基金支持率较低（表35）。

表35　不同研究方法文献基金支持率（N=1791）

研究方法	频数	支持率（%）
描述性研究	234	52.7
横断面调查	66	51.6
监测	2	100.0
历史常规资料分析	13	48.1
随访研究	64	66.0
病例系列	89	46.8
分析性研究	85	70.3
队列研究	67	77.9
病例对照研究	18	51.4
实验性研究	387	55.5
理论研究或数学模型	3	60.0
其他研究	83	22.6
Meta分析	90	53.9
综述、述评等	44	16.7
以往的指南、推荐等	20	23.0

3）不同机构来源文献基金支持率：对含有作者信息的1665篇文献基金支持情况进行分析，标记基金支持率最高的高等院校来源的文献（52.0%），医疗机构和科研系统来源文献基金支持率分别为48.0%和

45.2%，疾控系统来源文献基金支持率最低（25.0%）。

（三）讨论

高血压是全世界主要的慢性病之一，造成了沉重的经济负担和社会负担[71]。为了更有效的防治高血压，各个国家和组织积极利用高血压相关的研究成果，结合本国实际特点，制订了高血压防治指南[27,72-75]。本次研究所选择的 5 种高血压指南是国际上应用较为广泛的指南，对高血压的临床治疗和预防实践有重要作用。通过对不同国家高血压指南参考文献的分析，能够了解不同国家的研究在高血压实践中所起作用的情况。同时，结合前一节我国慢性病指南研究证据分析，对比国内外指南研究证据的特点，找到我国从研究到实践中的不足，能够为今后的慢性病研究提出更好的建议。

1. 指南基本情况与参考文献标注　5 种高血压指南均为公开发表的指南，且对于高血压的防治有重要的作用。采用 AGREE Ⅱ 进行质量评价的各领域得分也较高。5 种高血压指南参考文献的标注情况也较完整规范，利于研究者的学习与探索。与我国慢性病指南相比较，其在指南标注完整性、参考文献标注规范性、指南编撰独立性等方面更加完善。这也提示我国在指南制定时应在这些方面做出改进。

2. 期刊分布　本部分研究结果与我国慢性病指南文献结果一致，指南研究证据主要来源于医学顶级期刊。高质量期刊上所刊载文献质量较好，且影响力广泛，易于被指南制定者发现和引用。这也提示研究想要成为指南的制定依据，不仅要保证好的研究设计及执行，也要争取发表在顶级期刊上，才能在信息时代更快地被指南所引用。而对比我国1990~2009 年发表的文献情况，虽然外文文献数量在不断增加，但发表在顶级期刊的文献数量仍处于较低水平。高质量研究的不足是限制我国研究应用于实践的重要因素。应开展质量较好的慢性病相关研究，为慢性病实践提供重要的科学证据。

3. 知识周期与应用　指南参考文献的知识周期中位数为 5 年，即平均每篇文献从发表到被指南引用需要 5 年的时间。不同高血压指南参考文献知识周期相差较多，英国最长为 7 年，我国最短为 2 年。这与指南的更新速度有重要的关系。我国高血压指南于 1999、2003、2005 年分别进行了更新，因此我国高血压指南更倾向于引用近几年发表的研究证据。同时，知识周期也提示慢性病研究需要有前瞻性，注意到从研究开始设计、实施，到结果展示、文章发表均需要一定的时间，再加上从发表到被指南引用的知识周期，研究者在开展慢性病防治研究时应考虑到其研究结果应用于实践中的滞后性。

4. 研究类型　本研究结果中基础类研究仅占 1.9%，其余均为临床或预防类研究。基础类研究着重对疾病发病机制进行探索，而慢性病更侧重疾病的防治，因此基础类研究在慢性病指南中所起作用较少。这与以往研究结果较一致[34, 76]。当然，指南本身偏重疾病的治疗和预防，忽视疾病的机制方面，基础类研究在指南中所占比例少与本次研究选择产出指标为指南有关。但需要注意的是，基础类研究在应用于实践过程中，不仅需要花费较长的时间，且大部分研究仅停留在研究阶段，并未对改善医疗实践做出贡献。即使能够进一步发展应用的基础研究，也需要花费更长的时间开展动物实验、临床实验等，才能最终应用于人群实践中。因此，研究者在开展基础类研究时，应注意与慢性病防治的临床和预防实践需要相结合。

5. 研究方法　不同指南侧重疾病的不同方面，因此，各指南参考文献中使用研究方法和关注方面则各有侧重，如我国高血压指南兼顾治疗和预防，而美国指南中则对高血压的治疗部分描述较为详细。本研究显示 Meta 分析在高血压指南中所占比例仅为 9.3%，而实验性研究包括随机对照试验、社区干预等所占比例达 34.1%。尤其是中国高血压指南中，Meta 分析所占比例并未成为证据体系的金标准，这与以往研究结果一致[77, 78]。诚然，并不是所有研究领域都进行了 Meta 分析，故一些内容仍需要参考单个实验性研究的结果。更主要的是，Meta 分析将各个情况下的研究综合到一起，忽略了人群特异性等，而单个干预研究则有特定临床条件和适用人群，在条件允许时更易于被指南引用直接推荐到实践中。

6. 作者来源机构类型　高等院校作者来源的文献比例较多，占到总文献量的54.1%。高校一向是医学研究主要的科研力量，且美国、英国等国家拥有更多质量较好的高校，能够为慢性病防治提供高质量的研究。而我国慢性病指南文献作者分析中，医疗机构来源的作者文献比例较高，高等院校来源作者比例较少，这可能与我国医疗系统人员较多有关。统计数据显示，我国每千人医务人员配置数量高于世界平均值。疾控系统作者来源的文献比例较低，这与我国慢性病指南文献结果一致，疾控系统人员主要负责日常工作，较少发表文章，因此应用于指南中的文献比例也较少。但需要注意的是，疾控系统工作人员与基层医务人员及居民接触几乎较多，能够更好的了解其疾病情况及变化；且加强疾控系统工作人员的科研能力能够帮助其更好地解决慢性病的防治问题。因此，应注重疾控系统人员的科研能力，注重其反映慢性病防治工作中的真实问题，帮助研究更好地被应用于实践中。

7. 来源国家　无论是文献数量、所占比例，还是应用研究比值，都反映出美国、加拿大、英国、意大利等欧洲国家在高血压指南制定中的重要作用。以往类似研究也显示，欧美等主要国家在慢性病领域的研究较容易被指南所引用[34]。而我国高血压研究在对应指南实践应用的情况不容乐观，在5种高血压指南中的应用研究比值仅为0.9，且主要是由于我国高血压防治指南中引用了来自中国的文献。其余4种指南中，基本不引用来自中国的研究证据。诚然，我国研究的应用比值较小，部分原因是PubMed中仅收录了我国学者以英文形式发表的文献，不利于研究者使用这些文献，同时也与本次选取的指南有关，本次选取的指南主要欧洲、美国等指南，在引用研究证据时更倾向于引用来自欧美等地区的研究。但文献检索结果显示，PubMed数据库收录我国高血压外文文献数量比例达到全部文献的1.5%，与澳大利亚和瑞典等国家水平接近，且主要为我国已开展的质量较好的研究，但仍然较少被国内外指南所引用。说明与欧美等国家相比，我国在高血压防治方面仍缺乏高质量、可信服的研究，因此，我国应该提高研究质量，保证好的研究设计，提高研究的证据强度，使研究能被各国指南所引用，真正为高血压医疗实践起到重要作用。同时，考虑到来自美国、英国等的研究更易于被指南引用，我国也应该借鉴学习北美和欧洲各国慢性病研究的方法及研究关注的内容。

四、讨论

本部分基于指南参考文献对慢性病研究产出进行评价，通过国内慢性病指南和国内外高血压指南制定依据的比较分析，总结指南制定过程中我国研究文献的利用情况及与国外的差距，为今后进一步加强科学证据的生产提供依据。

（一）研究的优势

医学产出的评价较为复杂，历来是研究者争论的热点。以往针对研究发表的文献数量、影响因子、是否被 SCI 收录等指标用于评价学术研究成果大小，但医学研究的目的不仅是发表文章，且单纯依靠文章数量及质量也不能完全代表研究产出；也有学者提出基于研究项目的项目投入产出评价，逐个对研究项目进行卫生经济学评价[30, 31]，但各国家、地区每年开展若干个项目，且每个项目间各有不同，缺乏普适的项目评价标准。国内外关于医学研究产出评价的方法一直存在争议，也是研究的热点[79]。2000 年左右，英国 Wellcome Trust 基金会政策小组的 Jonathan Grant 等人提出了以指南研究证据为产出替代指标，分析指南研究证据的来源，用于评价医学研究应用中的问题。这与依靠文章数量相比，更注重研究的实际效果，而不是研究的学术影响。且指南具有普适性，减少了基于项目评价的不足。

同时，该方法建立在指南参考文献基础上，研究资料获得性强。信息时代的发展使得指南的检索及参考文献的检索较容易，且目前有很多国际机构和组织建立了指南平台，如国际指南网络（www. g－i－n. net）、美国国立指南文库（www. guideline. gov）、英国的 NICE（www. nice. org. uk）、新西兰的 NZGG（www. nzgg. org. nz）、苏格兰的 SIGN（www. show. scot. nhs. uk/sign）、澳大利亚的（http://www. nhmrc. gov. au/publications/subjects/clinical. htm）、加拿大的 CMA（http://mdm. ca/cpgsnew/cpgs/gccpg－e. htm）等，我国目前正在建立临床指南平台（http://epilab. bjmu. edu. cn:820/index. aspx）。各指南平台的建立为本类型研究的开展提供了便利条件。

（二）研究存在的不足

1. 指南质量参差不齐　本研究是基于指南参考文献进行分析，但采用 AGREE Ⅱ 对指南质量进行描述后，发现我国指南质量情况令人堪忧。指南在疾病治疗方面描述较为细致完善，但对于指南制定中证据的检索过程、参考文献标注规范性等方面仍有欠缺。有学者对国内外指南质量进行比较，发现我国存在一些质量较差的指南，其制定过程不明确，推荐内容缺乏充分证据支持[64,80]。高质量指南才能在实践中起到重要指导意义，对其研究证据的分析才能更好地反映研究应用于实践的情况。

2. 未对指南在实际中的应用情况进行分析　本研究方法的目的是分析医学研究的应用情况。指南是一个领域医学研究证据的综合，应在实际中广泛应用，并会对医疗实践产生重要的作用，这种情况下分析指南的证据来源才能反映研究的应用情况。而实际情况中，医疗工作者并未完全遵循这些指南推荐，国内外的研究显示有些指南本身内容不够全面[81]，或者指南发表时间过早不能适应目前需要[82]，一些机构或地区不遵循指南推荐等[83]。

对指南应用情况的评价需要包括对不同级别、地区的临床医务人员的调查，本次研究由于条件和时间限制，未对指南的应用情况进行调查，是本研究的不足之处。但研究初期设计指南筛选标准时，选择由国家级机构或组织编写、公开发布的指南，保证了指南制定的高质量。

3. 参考文献检索的全面性　本次 22 个指南中共有 1149 篇参考文献，其中有 24 篇文献未检索到。在检索到的 1125 篇文献中，也有部分文献仅能检索到摘要，有些书籍、网页等无法检索到，尤其是早期的一些文献等。一些指南在标准参考文献中有错误，如作者、题目、来源等，也使得文献的检索较为困难。如果未检索到的文献与已检索到的文献有不同的文献特征，则研究结果有偏性。

4. 研究方法的限制　指南制定过程中，不同研究类型、不同研究方法的文献所起的作用是不同的。高质量、结果一致性较高的研究能提供更可靠的证据，而研究设计有缺陷的文献研究则不能较好的提供研究证据[84]。因此，在指南证据体系中，不同的文献所占的权重是不同的。本研究未考虑这种不同，将所有文献的权重均视为 1，使得高质量的研究作用被低估。目前还没有针对指南研究证据文献权重的评价体系，有学者指出可以根据研究方法、样本量、研究设计质量来对每篇文献进行"证据等级"评分[85]，作为权重的一种选择。也有学者指出，并不是高质量的实验性研究的权重就应大于描述性研究，应结合在指南中所起的作用以及文献研究的结果指标大小及一致性等综合分析。

（三）结论及建议

1. 我国慢性病领域指南存在参考文献标注形式不规范、标注内容有错误等情况，且参考 AGREE Ⅱ 质量评价标准，在指南制定严谨性、实践应用性、编撰独立性等方面存在欠缺。提示今后我国在指南制定过程中，需要借鉴国际标准，加强指南制定的规范性，提高指南的质量。

2. 我国慢性病研究数量较多，但较少应用于指南研究证据中。主要是由于我国慢性病研究的总体质量较低，高质量的研究较少是限制我国慢性病研究应用于指南研究证据的主要原因。提示我国今后应注重开展高质量的慢性病研究。

3. 医疗机构和高等院校来源的作者是指南研究证据的主力军，而疾控系统来源的作者所起作用较小。应加强疾控系统人员的科研能力，结合慢性病防治工作中的实际问题，将研究更好的应用于医疗实践中。

4. 基础类研究的知识周期较长，因此在开展基础类研究时要注意研究结果的滞后性。同时，基础类研究在指南研究证据体系中所占比例较小，对于慢性病防治实践所起作用较小，因此，应正确审视基础类研究对慢性病防治的作用，注重开展临床和预防类研究。

第四部分　我国主要慢性病防治现状的特尔菲专家咨询分析

一、研究方法

（一）相关背景

Delphi 法，中文译为特尔菲法（或德尔菲法），是采取匿名的方式广泛征集专家意见，经过反复多次交流和修正，使专家的意见逐步趋向一致，最后根据专家的综合意见，对评价对象做出科学评估和预测的方法[86]。20 世纪中期，美国兰德公司与道格拉斯公司合作，应用特尔菲法进行科技预测，之后逐渐扩大到环境、医疗、运输等各个学科。目前，特尔菲法在医疗卫生领域应用较为广泛，包括评价指标体系建立、临床治疗规范制定等多个方面。

特尔菲法具有匿名性、反馈性和统计性等特征，其中匿名性指调查问卷的发放是匿名的，被调查者之间互不见面，互不联系。匿名性保证专家能够不受任何荣誉、地位等外界干扰而独立完成调查表，充分发表意见[87]。且特尔菲法一般采用邮件的方式调查，给专家留有充足的时间思考和完成。反馈性指调查者对每一轮的咨询结果进行整理、分析，并将上一轮的结果在下一轮的咨询中反馈给被调查者，以便于被调查者根据其他专家的意见进行分析、思考，并进一步发表自己的意见。特尔菲法一般需要经过至少 3 ~ 4 轮的调查，多次反馈使得专家提出的不同意见能够得到充分讨论，并最终达到意见一致。统计性指调查者将每轮的调查结果进行整理后，用统计学方法处理，并反馈给专家。采用统计学的方法，将定性问题采用定量方法处理，能够更好地反映专家意见的一致性和离散程度[88]。

特尔菲法因具有匿名性、反馈性等特征被广泛应用，但也逐渐显现出其缺点，如第一轮调查提供信息较少，所提问题较狭隘不利于专家充分发表意见；且传统的特尔菲法一般需要经过四轮，甚至五轮的调查才能最终达到趋同性的意见结果，所需时间较长。因此，学者们经过研究形成改进的特尔菲法[89]，其特点为：①在设计专家咨询表前，通过文献综述、专家预调查等，准备一个评估事件一览表，这样相当于完成了第一轮调查；②向咨询专家提供研究的背景信息，使专家的判断建立在有效的事实基础上；③请专家对评价结果进行自我评价，自我评价越高，其预测精度也越高；④减少调查次数，只要专家的意见趋向一致，就可以结束咨询，不必一律采用四轮的调查模式。

本次研究即采用改进的特尔菲方法，通过两轮咨询，得到专家对我国近20年来慢性病防治研究与实践的各方面重要性和实际开展情况的评价得分。

（二）实施步骤

1. 专家选择　特尔菲法最重要的环节之一就是专家选择。根据本研究课题内容及特尔菲法要求，本次咨询发放问卷对象为卫生部疾病预防控制专家委员会慢性病防治分委会的65位专家，涉及临床治疗、疾病预防控制、卫生行政部门、高等院校和科研院所等多个机构中从事慢性病研究和实践的专家，其意见具有权威性和指导性。

2. 专家咨询表（附录8、9）

（1）专家咨询表的内容：咨询表前面附有致专家的一封信，包含本次研究的目的及研究背景，以及课题负责人的联系方式等。同时，在正式填写之前附注填表说明，对问卷的具体填写要求进行描述。专家咨询表的设计及具体条目依据课题前两部分的研究及课题组专家意见制定。调查表主要是对近20年来我国慢性病防治研究与实践工作的开展情况进行调查，包括慢性病防治的科学研究、实践工作、策略与措施、人员数量及人员能力、经费投入与分配、规划/政策/指南的制定和实施情况、各部分职能定位及多部门合作等方面，每个方面又包括若干条目。每个方面及评价表的最后，均附有补充问题便于专家对问卷进行修改完善。咨询表第二部分是专家权威程度调查，要求专家分别对每个方面的熟悉程度和判断依据进行自我评价。咨询表第三部分是专家背景资料及开放式问题，开放式问题主要是针对我国慢性病防治研究与实践在过去、现在和未来存在的问题以及解决方法等内容征求专家的意见。

（2）专家咨询表的评价方法：咨询表中每个条目的评价内容包括重要程度、实际情况两部分，其中实际情况又分为 1990～1999 年和 2000～2009 年两个时期。慢性病防治的目标是有效控制我国慢性病在人群中的流行水平，降低慢性病给个体、家庭和社会造成的负担。重要程度即依据各条目对实现该目标的重要性进行评价，打分范围为 1～10 分，分值越高，反映条目越重要。实际情况指按照各条目在对应时期（1990～1999 年和 2000～2009 年）的实际情况进行评价。因条目不同，实际情况可以指代研究或实践的开展情况、执行情况、人员的实际能力、经费的实际投入和分配数量、规划/政策/指南的制定和实施情况、部门职能定位是否明确、多部门实际参与情况等。打分范围为 1～10 分，分值越高，反映条目的实际情况越好。

除了针对各条目重要性和实际情况的打分，还需要对专家的权威程度进行评价，包括熟悉程度和判断依据两部分。熟悉程度指专家对该条目是否熟悉，打分范围为 1～10 分，分值越高越熟悉。判断依据包括"理论分析"、"实践经验"、"对国内外同行的了解"和"直观感觉"四项，影响程度包括"小"、"中"、"大"三类，依次记为 1～3 分。

3. 专家咨询过程　第一轮调查时间为 2010 年 12 月 28 日至 2011 年 2 月 17 日，通过电子邮箱发送至各位专家，每隔 2 周对未回复的专家进行催促。问卷回收后进行核查，有缺失项或填写错误及时联系专家进行修改。对于未及时回复的专家，分别根据第一轮咨询结果，对咨询问卷部分条目进行修改或删减，形成第二轮咨询问卷，并通过邮箱发送至各位专家。第二轮调查时间为 2011 年 2 月 22 日至 3 月 14 日，每隔 2 周对未回复的专家进行催促，回收问卷后进行数据整理与分析。

4. 数据整理及分析

（1）数据录入：采用 Epidata3.1 软件建立数据库，同一问卷由两人平行录入。

（2）数据分析：数据采用 SPSS17.0 软件进行分析，主要包括对参与咨询的专家情况进行描述，如专家的个人信息、专家的积极性、权威程度等。专家意见分析主要包括集中程度和离散程度，前者主要采用算数均数和满分率等表示，后者主要采用变异系数和专家意见协调系数等统计指标进行描述。在专家积极性高、权威程度高、意见协调的情况下，进一步评价慢性病防治评价条目的重要程度和实际情况[90]。

1）专家基本情况包括年龄、学历、所在机构类型、职称、专业和从事专业工作年限等。

2）专家积极性为咨询问卷的有效应答率，公式为 $\frac{回收有效咨询卷数}{发出咨询问卷数} \times 100.0\%$；此外，专家的积极性也表现为专家对开放式问题的回答情况。

3）专家权威系数（Cr）包括专家熟悉程度（Ca）和判断依据（Cs）两方面，公式表示为 Cr ＝（Ca ＋ Cs）/2。其中专家判断依据分为理论分析、实践经验、对国内外同行的了解和直观感觉四部分，其影响程度量化值见表36。

表36　判断依据及其影响程度量化表

判断依据	对专家判断的影响程度		
	大	中	小
理论分析	0.3	0.2	0.1
实践经验	0.5	0.4	0.3
对国内外同行的了解	0.1	0.1	0.1
直观感觉	0.1	0.1	0.1

4）专家意见的集中程度通常用算数均数和满分率表示，其中算数均数指某指标的各专家评分直接相加再除以评价的专家数，满分率指某指标评分为满分的咨询问卷占全部有效咨询问卷的百分比。

5）专家意见的协调程度由变异系数和协调系数两项指标表示。

变异系数（CV）：$V_j = \sigma_j / M_j$

其中 V_j 表示 j 评价条目的变异系数；σ_j 表示 j 评价条目的标准差；M_j 表示 j 评价条目的算数均数。

协调系数及显著性检验：变异系数仅能反映参加咨询的专家对 j 指标的协调程度，但研究往往还希望了解参加咨询的全部专家对全部指标评价的协调程度，通常用协调系数表示，也叫做肯德尔协调系数（Kendall's concordance coefficient），是表示多列等级变量相关程度的一种方法，它适用于两列以上等级变量。SPSS 中计算步骤为：Analyze→Nonparametric Tests→K Related Sample→所有变量移入 Test Variables→选择 Kendall's W→OK。协调系数 ω 在 0~1 之间，ω 越大，则表示协调程度越高。以往大型特尔菲法应用研究经过 2~3 轮咨询协调后协调系数 ω 一般在 0.5 范围波动。协调系数具体计算如下[91]：

$$\omega = \frac{12}{m^2 (n^3 - n) \sum_{i=1}^{m} T_j} \sum_{j=1}^{n} d_j^2$$

$$T_i = \sum_{l=1}^{L} (t_i^3 - t_i)$$

$$M_{sj} = \frac{1}{n} \sum_{j=1}^{n} S_j$$

$$S_j = \sum_{i=1}^{m_i} R_{ij}$$

$$d_j = S_j - M_{sj}$$

其中 ω 表示所有专家对全部评价条目的协调系数；n 表示待评估条目数；m 表示专家总数；d 表示各建议评价得分和的离均差，即各条建议所得的所有专家评价分数和与 n 个分数和均数的差；T_i 表示相同评价的建议；L 表示 i 专家在评价中相同的评价组数；t_i 表示在 L 组中的相同评价数；M_{sj} 标示全部评价得分的算数平均值；S_j 表示 j 指标的评价得分和；R_{ij} 表示 i 专家对 j 指标的评价得分。

协调系数的显著性检验采用 SPSS 中的多个相关样本的非参数检验检验[92]，按照泊松准则公式计算：

$$\chi_R{}^2 = \cfrac{1}{mn\,(n+1)\ -\cfrac{1}{n-1}\sum_{i=1}^{m}T_i}\sum_{j=1}^{n}d_j^2$$

d_f（自由度）$= n - 1$，根据自由度 α 和显著性水平，如果 $\chi_R{}^2 > \chi_\alpha{}^2$，则认为协调系数经检验后有显著性，说明专家评价意见协调性好，结果可取。反之，如果 $\chi_\alpha{}^2$ 较小，$P > 0.05$，则认为评估意见协调性差，结果不可取。

5. 评价条目的筛选　第一轮咨询后，根据专家评价后条目重要程度的算数均数≥7.00，变异系数≤0.30 为标准，保留评估条目。其余条目根据专家评分及建议进行修改或删除；结合开放式问题中专家提出的建议增加或修改评价条目。

6. 质量控制

（1）特尔菲咨询表设计前进行我国慢性病防治文献回顾研究，并对国内外慢性病防治领域新进展进行综述，全面了解慢性病防治的特点后，结合课题组专家的意见设计咨询问卷。

（2）正式调查前开展小范围预调查，及时发现问卷中的不足并进行调整。

（3）咨询表附有填表说明和背景介绍，且附有课题联系人的电话及邮箱，便于专家有问题时及时联系。

（4）咨询表由双人平行录入，有不一致及时修正；保留原始问卷，以便核查。

二、第一轮咨询

（一）第一轮问卷咨询基本情况

1. 专家积极性　共咨询 65 位慢性病防治领域的专家，回收问卷 25 份，其中有效问卷 20 份，有效回收率为 30.8%，专家积极性系数为 0.31。

在收到的 20 份有效问卷中，专家对于开放式问题的回答率达到 90.0%。

2. 专家基本情况　在本轮接受函询的 20 位专家中，60.0% 的专家年龄在 50 岁及以上，拥有博士学历的专家达到 55.0%，所有专家都拥有高级专业技术职称，从事专业工作时间在 20 年及以上的专家达到 90%。专家单位来源分布较分散，从事专业包括临床、流行病、卫生管理、营养和健康教育等多个学科。剩余未回复的 45 位专家中，有 35 位来自医疗机构，主要从事临床专业（表 37）。

表 37　参与咨询专家的基本情况（n/%）

变量	分组	人数	百分比（%）	变量	分组	人数	百分比（%）
年龄	40 ~	8	40.0	职称	高级	20	100.0
	50 ~	10	50.0	专业	健康教育	2	10.0
	60 ~	2	10.0		营养	3	15.0
学历	本科	2	10.0		卫生管理	3	15.0
	硕士	7	35.0		流行病	5	25.0
	博士	11	55.0		临床	7	35.0
单位类型	高等院校	3	15.0	工作年限	<10	1	5.0
	医疗机构	4	20.0		10 ~	1	5.0
	科研院所	6	30.0		20 ~	12	60.0
	疾控机构	7	35.0		30 ~	6	30.0

3. 专家权威系数　本轮咨询中，不同评价方面的专家权威程度在 0.67 ~ 0.84 之间。文献认为，专家权威程度在 0.7 以上则表明权威性较好[93]，本轮咨询的权威系数平均值为 0.76，说明专家权威性较高，结果可信。分开来看，7 个方面中专家权威程度最高的是"慢性病防治相关的科学研究"和"慢性病防治的实践工作"两个方面，权威系数 Cr 分别为 0.84 和 0.83。而对于"慢性病防治的经费投入与分配"和"各

部门职能定位及多部门参与"两个方面的权威程度较低，权威系数仅为 0.67 和 0.69。熟悉程度方面，除了经费和职能定位两方面，"慢性病防治的人员数量及能力"方面的熟悉程度也较低，仅为 0.62。7 个方面的判断依据得分均较高，其中得分最高的是"慢性病防治的实践工作"方面，为 0.88（表38）。

表38　特尔菲咨询专家权威程度

评价方面	熟悉程度 Cs	判断依据 Ca	权威程度 Cr
慢性病防治相关的科学研究	0.81	0.86	0.84
慢性病防治的实践工作	0.78	0.88	0.83
慢性病防治的策略与措施	0.74	0.85	0.79
慢性病防治的人员数量及能力	0.62	0.81	0.71
慢性病防治的经费投入与分配	0.57	0.76	0.67
慢性病防治的规划/政策/指南	0.70	0.84	0.77
各部门职能定位及多部门参与	0.60	0.79	0.69

4. 专家意见的协调系数　为了解参加本轮函询的专家对问卷评价的总体协调程度，研究者计算了专家对于各条目的"重要程度"、"实际情况（1990～1999年）"和"实际情况（2000～2009年）"的肯德尔协调系数，分别为 0.287、0.313 和 0.359，同时对其进行显著性检验，得到 P 值均小于 0.01，说明第一轮专家咨询意见协调性满足要求，结果可取。

（二）第一轮咨询各条目评价结果

1. 重要程度得分　7 个方面中，重要程度得分最高的是"慢性病防治的规划/政策/指南"方面，得分均分为 8.64 分，该方面 10 个条目平均得分均在 8.20 以上。得分最低的是"慢性病防治的经费投入与分配"方面，得分均分仅为 7.20 分，该方面 12 个条目中有 7 个条目的平均得分在 7.50 分以下。各条目比较，平均得分最高的是"慢性病防治的实践工作：心脑血管疾病的防治"条目，平均得分为 9.16 分，且各专家意见较一致，变异系数仅为 0.10，满分率为 0.50。得分最低的条目是"慢性病防治的经费投入：机构业务收入"，平均得分仅为 4.82 分。各条目满分率较高的是"慢性病防治的经费投入：中央政府常规经费"、"慢性病防治的实践工作：心血管疾病的防治"、"慢性病防治的实践工作：脑血管疾病的防治"、"慢性病防治的经费投入：地方政府常规经费"四个条目，满分率分别为 0.55、0.50、0.45、0.45。

条目筛选：根据第一轮咨询结果，按照专家对该条目重要性得分的算数均数低于 7.00 分，或专家意见的分歧程度（变异系数）大于 0.30 为筛选准则，筛选指标如下：

（1）健康教育的形式：发放宣传材料等。这一条目的重要性平均得分为 6.50。

（2）健康教育的形式：开展讲座。这一条目的重要性平均得分为 6.70。

（3）健康教育的形式：宣传日主题活动。这一条目的重要性平均得分为 6.75。

关于健康教育形式的三个条目重要性得分较低，且满分率均为 0.00，说明所有专家对这三个条目的重要性得分均较低。

（4）慢性病防治的经费投入：其他来源的科研项目经费。这一条目的重要性平均得分为 6.15，变异系数为 0.40，满分比为 0.10，说明不同专家对于该条目的重要性打分相差较大。

（5）慢性病防治的经费投入：其他社会来源经费。这一条目的重要性平均得分为 5.84，变异系数为 0.38，满分比为 0.05，说明不同专家对于该条目的重要性打分相差较大。

（6）慢性病防治的经费投入：机构业务收入。这一条目的重要性平均得分为 4.82，是得分最低的条目，说明专家认为该条目在慢性病防治中重要性较差。

（7）慢性病防治的经费分配：相关科学研究。这一条目的重要性平均得分为 6.76，变异系数为 0.38，满分比为 0.15，说明不同专家对于该条目的重要性打分相差较大。

2. 1990～1999年实际情况得分　7个方面实际情况得分比较，"慢性病防治的实践工作方面"得分较高，得分均分为4.95分，该方面9个条目得分均在4.00分以上，且有2个条目平均得分在6.00分以上。"慢性病防治的经费投入与分配"方面得分较低，得分均分仅为3.00分，该方面12个条目得分均在3.50分以下，且有5个条目平均得分在3.00分以下。各条目比较，得分较高的是"慢性病防治的实践工作：恶性肿瘤防治"和"慢性病防治的实践工作：心血管疾病的防治"两个条目，平均得分分别为6.16和6.11。得分较低的是"慢性病防治的经费投入：其他社会来源经费"和"开展慢性病防治的卫生经济学评价"两个条目，平均得分分别为2.50和2.56。全部条目的满分率较低，仅有13个条目的满分率为0.05，其余70个条目的满分率为0.00。

3. 2000～2009年实际情况得分　7个方面实际情况得分比较，"慢性病防治的实践工作"和"慢性病防治的科学研究"两个方面得分较高，得分均分分别为6.37分和6.33分，且分别有1个和3个条目的平均得分在7.00分以上。"慢性病防治的经费投入与分配"方面得分较低，得分均分仅为4.28分，仅有1个条目的平均得分为5.05分，其余11个条目的平均得分均在5.0分以下。各条目比较，得分较高的是"慢性病防治的实践工作：恶性肿瘤防治"和"慢性病防治的实践工作：心血管疾病的防治"两个条目，平均得分分别为7.53和7.79。得分较低的是"慢性病防治的经费投入：其他来源的科研项目经费"和"慢性病防治的经费投入：其他社会来源经费"两个条目，平均得分分别为3.42和3.29。全部条目的满分率较低，仅有20个条目的满分率为0.05，2个条目的满分率为0.10，1个条目的满分率为0.15，其余60个条目的满分率为0.00。

4. 重要程度与实际情况得分差值　由表39可以看出，各方面重要程度平均得分高于1990～1999年实际情况平均得分，差别最大的是"慢性病防治的规划/政策/指南"方面，其重要程度与1990～1999年实际情况平均得分差值达5.24分。差别较小的是"慢性病防治的科学研究"方面，差值仅为3.41分，且8个条目中有7个条目平均得分差值

小于 4.00 分。83 个条目的重要程度平均得分均高于 1990～1999 年实际
情况得分，其中差值较大的是"慢性病防治相关公共政策的实施"和
"慢性病防治的经费投入：中央政府常规经费"两个条目，差值分别为
6.05 和 6.01。差值较小的是"健康教育的形式：发放宣传材料等"条
目，差值仅为 2.00 分。各方面重要程度平均得分均高于 2000～2009 年
实际情况平均得分，差值较大的是"多部门职能定位及多部门参与"和
"慢性病防治的规划/政策/指南"两个方面，差值分别为 3.54 分和
3.49 分。差值较小的仍是"慢性病防治的科学研究"方面，差值仅为
1.85 分。各条目重要程度与 2000～2009 年实际情况得分进行比较，仍
是"慢性病防治相关公共政策的实施"和"慢性病防治的经费投入：
中央政府常规经费"这两个条目差值最大，分别为 4.73 分和 4.70 分。
差值较小的条目为"健康教育的形式：宣传日主题活动"和"健康教
育的形式：开展讲座"两个条目，差值为 0.60 分和 0.75 分。

表39　第一轮专家咨询结果

评价条目	重要程度			实际情况 (1990～1999 年)			实际情况 (2000～2009 年)			差值 a	差值 b	差值 c
	均数	CV	满分率	均数	CV	满分率	均数	CV	满分率	a	b	c
慢性病防治的科学研究	8.18	0.18	0.26	4.77	0.37	0.03	6.33	0.25	0.03	3.41	1.85	1.56
疾病流行状况调查	8.60	0.17	0.35	5.30	0.34	0.05	6.70	0.19	0.05	3.30	1.90	1.40
危险因素流行状况调查	8.60	0.13	0.30	5.05	0.36	0.05	6.95	0.19	0.05	3.55	1.65	1.90
疾病的病因研究	8.25	0.17	0.30	4.80	0.33	0.00	6.30	0.24	0.05	3.45	1.90	1.55
疾病的诊断方法研究	7.80	0.24	0.35	5.35	0.30	0.05	6.40	0.24	0.05	2.45	1.40	1.05
疾病的治疗措施研究	8.15	0.23	0.40	5.60	0.36	0.05	6.90	0.24	0.10	2.55	1.25	1.30
疾病的康复措施研究	7.60	0.19	0.15	4.15	0.36	0.00	5.40	0.26	0.00	3.20	1.45	1.25
危险因素的干预性研究	8.70	0.12	0.20	5.00	0.36	0.05	7.10	0.23	0.05	3.70	1.60	2.10
相关公共政策研究	8.30	0.18	0.30	4.05	0.49	0.00	6.05	0.24	0.05	4.25	2.25	2.00
相关卫生经济学研究	7.65	0.17	0.05	3.65	0.46	0.00	5.15	0.29	0.00	4.00	2.50	1.50

续　表

评价条目	重要程度			实际情况 (1990～1999 年)			实际情况 (2000～2009 年)			差值 a	差值 b	差值 c
	均数	CV	满分率	均数	CV	满分率	均数	CV	满分率			
慢性病防治的实践工作	8.55	0.15	0.30	4.95	0.37	0.03	6.37	0.27	0.06	3.59	2.17	1.42
恶性肿瘤的防治	8.79	0.12	0.35	6.16	0.33	0.05	7.53	0.19	0.15	2.63	1.26	1.37
心血管疾病的防治	9.16	0.10	0.50	6.11	0.23	0.05	7.79	0.16	0.10	3.05	1.37	1.68
脑血管疾病的防治	9.00	0.12	0.45	5.53	0.26	0.05	7.00	0.21	0.05	3.47	2.00	1.47
2 型糖尿病的防治	8.95	0.11	0.35	5.00	0.33	0.00	6.95	0.21	0.05	3.95	2.00	1.95
慢性阻塞性肺疾病的 防治	7.80	0.21	0.15	4.90	0.34	0.05	5.85	0.26	0.05	2.90	1.95	0.95
控制烟草使用	8.58	0.18	0.30	4.11	0.42	0.00	5.61	0.27	0.00	4.47	2.97	1.50
改善饮食习惯	8.68	0.11	0.25	4.42	0.37	0.05	5.95	0.24	0.05	4.26	2.73	1.53
增加体力活动	8.42	0.11	0.20	4.37	0.47	0.05	5.74	0.31	0.05	4.05	2.68	1.37
控制过量饮酒	7.58	0.17	0.05	4.00	0.34	0.00	4.95	0.27	0.00	3.58	2.63	0.95
慢性病防治的策略与措施	8.00	0.19	0.20	3.80	0.42	0.01	5.34	0.32	0.02	4.20	2.66	1.54
主要慢性病的发病监测	8.47	0.14	0.25	3.95	0.30	0.00	5.32	0.27	0.00	4.52	3.15	1.37
主要慢性病的死亡监测	8.30	0.18	0.30	4.70	0.28	0.00	6.00	0.17	0.00	3.60	2.30	1.30
行为危险因素监测	7.90	0.20	0.15	3.50	0.34	0.00	5.10	0.19	0.00	4.40	2.80	1.60
健康教育的开展场所： 医疗机构	8.26	0.18	0.20	4.53	0.48	0.05	6.05	0.31	0.05	3.73	2.21	1.52
健康教育的开展场所： 各级各类学校	8.80	0.13	0.40	3.30	0.46	0.00	5.30	0.38	0.00	5.50	3.50	2.00
健康教育的开展场所： 各类工作场所	7.80	0.21	0.20	3.40	0.61	0.05	4.85	0.41	0.05	4.40	2.95	1.45
健康教育的开展场所： 社区	8.65	0.14	0.35	3.30	0.46	0.00	5.45	0.30	0.00	5.35	3.20	2.15
健康教育的开展场所： 其他公共场所	7.11	0.25	0.15	3.06	0.53	0.00	4.33	0.38	0.00	4.05	2.78	1.27

续　表

评价条目	重要程度			实际情况 （1990~1999年）			实际情况 （2000~2009年）			差 值 a	差 值 b	差 值 c
	均数	CV	满分率	均数	CV	满分率	均数	CV	满分率			
健康教育的目标人群： 　老年人	8.05	0.20	0.25	4.50	0.37	0.00	6.05	0.24	0.05	3.55	2.00	1.55
健康教育的目标人群： 　劳动力人口	8.65	0.14	0.30	3.65	0.34	0.00	4.85	0.27	0.00	5.00	3.80	1.20
健康教育的目标人群： 　儿童青少年	8.85	0.12	0.40	3.79	0.45	0.00	5.16	0.46	0.05	5.06	3.69	1.37
健康教育的形式：发放 　宣传材料等	6.50	0.22	0.00	4.50	0.40	0.00	5.50	0.26	0.00	2.00	1.00	1.00
健康教育的形式：开展 　讲座	6.70	0.18	0.00	3.90	0.47	0.05	5.95	0.28	0.05	2.80	0.75	2.05
健康教育的形式：宣传 　日主题活动	6.75	0.21	0.00	4.20	0.50	0.00	6.15	0.26	0.00	2.55	0.60	1.95
健康教育的形式：大众 　媒体	8.75	0.13	0.30	3.40	0.32	0.00	5.55	0.33	0.00	5.35	3.20	2.15
健康教育的形式：医务 　人员宣教咨询	8.25	0.19	0.30	3.95	0.38	0.00	6.05	0.27	0.05	4.30	2.20	2.10
健康教育的内容：慢性 　病相关	7.40	0.21	0.05	4.05	0.40	0.00	5.75	0.30	0.00	3.35	1.65	1.70
健康教育的形式：生活 　方式相关	8.40	0.16	0.25	3.80	0.35	0.00	5.85	0.27	0.00	4.60	2.55	2.05
健康教育措施的卫生经 　济学效果评价	7.55	0.21	0.15	2.70	0.43	0.00	4.20	0.38	0.00	4.85	3.35	1.50
信息与同时代最佳科学 　证据相符	7.95	0.16	0.15	4.00	0.39	0.00	5.05	0.32	0.00	3.95	2.90	1.05
开展主要慢性病的筛查	8.37	0.18	0.25	3.83	0.35	0.00	5.44	0.33	0.00	4.54	2.93	1.61
对筛查阳性的个体配以 　后续诊断和治疗	7.95	0.17	0.10	3.83	0.34	0.00	5.05	0.35	0.00	4.12	2.90	1.22

续　表

评价条目	重要程度			实际情况 （1990～1999年）			实际情况 （2000～2009年）			差值 a	差值 b	差值 c
	均数	CV	满分率	均数	CV	满分率	均数	CV	满分率			
大规模推广筛查前后进行筛查效果评价	7.60	0.22	0.15	3.50	0.40	0.00	4.37	0.43	0.00	4.10	3.23	0.87
大规模推广筛查前后进行卫生经济学评价	7.25	0.23	0.10	3.33	0.52	0.00	3.89	0.42	0.00	3.92	3.36	0.56
针对主要慢性病的高危人群进行干预	8.75	0.12	0.30	3.50	0.42	0.00	5.15	0.36	0.00	5.25	3.60	1.65
针对主要慢性病患者进行治疗	8.10	0.17	0.20	4.45	0.24	0.00	6.10	0.18	0.00	3.65	2.00	1.65
针对主要慢性病患者进行康复	7.60	0.19	0.10	3.55	0.50	0.00	4.85	0.39	0.00	4.05	2.75	1.30
病人自我管理	8.25	0.12	0.15	3.89	0.44	0.00	5.45	0.34	0.05	4.36	2.80	1.56
疾病治疗措施与同时代最佳科学证据相符	8.35	0.15	0.25	4.15	0.43	0.00	5.45	0.26	0.00	4.90	2.90	1.30
慢性病的治疗管理规范化	8.55	0.17	0.30	3.65	0.44	0.00	5.60	0.29	0.00	4.90	2.95	1.95
慢性病防治的人员数量及能力	8.41	0.16	0.26	3.54	0.40	0.00	5.16	0.27	0.00	4.88	3.25	1.63
配备足够数量的从事慢性病防治的人员	8.80	0.15	0.40	3.30	0.44	0.00	4.70	0.32	0.00	5.50	4.10	1.40
开展科学研究的能力	7.85	0.19	0.20	3.55	0.40	0.00	5.25	0.28	0.00	4.30	2.60	1.70
开展慢性病防治工作的能力	8.75	0.11	0.25	3.60	0.40	0.00	5.40	0.23	0.00	5.15	3.35	1.80
组织管理慢性病防治的领导能力	8.25	0.16	0.20	3.70	0.36	0.00	5.30	0.24	0.00	4.55	2.95	1.60
慢性病防治的经费投入与分配	7.20	0.32	0.20	3.00	0.45	0.00	4.28	0.38	0.00	4.21	2.93	1.28
投入：中央政府常规经费	8.90	0.21	0.55	2.89	0.44	0.00	4.20	0.35	0.00	6.01	4.70	1.31

续　表

评价条目	重要程度			实际情况 （1990~1999 年）			实际情况 （2000~2009 年）			差 值 a	差 值 b	差 值 c
	均数	CV	满分率	均数	CV	满分率	均数	CV	满分率			
投入：地方政府常规 　经费	8.60	0.22	0.45	2.79	0.47	0.00	4.05	0.36	0.00	5.81	4.55	1.26
投入：各部委专项经费	7.80	0.27	0.25	3.05	0.43	0.00	4.35	0.34	0.00	4.75	3.45	1.30
投入：其他来源的科研 　项目经费	6.15	0.40	0.10	3.20	0.39	0.00	4.40	0.33	0.00	2.95	1.75	1.20
投入：其他社会来源 　经费	5.84	0.38	0.05	2.50	0.55	0.00	3.42	0.44	0.00	3.34	2.42	0.92
投入：机构业务收入	4.82	0.43	0.00	2.65	0.52	0.00	3.29	0.51	0.00	2.17	1.53	0.64
分配：相关科学研究	6.76	0.38	0.15	3.53	0.40	0.00	4.82	0.35	0.00	3.23	1.94	1.29
分配：生活方式危险因 　素干预	7.70	0.22	0.10	3.30	0.42	0.00	4.70	0.32	0.00	4.40	3.00	1.40
分配：疾病早期筛查	7.85	0.24	0.20	3.00	0.46	0.00	4.90	0.30	0.00	4.85	2.95	1.90
分配：疾病治疗管理	7.40	0.28	0.20	3.35	0.44	0.00	5.05	0.35	0.00	4.05	2.35	1.70
分配：疾病康复管理	7.00	0.30	0.15	3.05	0.49	0.00	4.10	0.51	0.00	3.95	1.05	1.05
开展慢性病防治的卫生 　经济学评价	7.11	0.20	0.00	2.56	0.41	0.00	3.89	0.33	0.00	4.55	3.22	1.33
慢性病防治的规划/政策/ 指南	8.64	0.17	0.37	3.40	0.45	0.00	5.15	0.32	0.00	5.24	3.49	1.75
慢性病防治规划的制定	8.20	0.23	0.30	3.47	0.39	0.00	5.47	0.21	0.00	4.73	2.73	2.00
慢性病防治规划的实施	8.80	0.18	0.40	3.21	0.35	0.00	4.68	0.27	0.00	5.59	4.12	1.47
慢性病防治相关公共政 　策的制定	8.60	0.17	0.40	3.16	0.46	0.00	4.63	0.40	0.00	5.44	3.97	1.47
慢性病防治相关公共政 　策的实施	9.05	0.10	0.40	3.00	0.47	0.00	4.32	0.39	0.00	6.05	4.73	1.32
慢性病防治指南的制定	8.55	0.18	0.35	3.40	0.49	0.00	5.65	0.33	0.00	5.15	2.90	2.25
指南与同时代最佳科学 　证据相符	8.70	0.13	0.35	3.75	0.53	0.00	5.95	0.27	0.00	4.95	2.75	2.20

续 表

评价条目	重要程度			实际情况 （1990～1999 年）			实际情况 （2000～2009 年）			差值 a	差值 b	差值 c
	均数	CV	满分率	均数	CV	满分率	均数	CV	满分率			
适用于中国人群	8.80	0.15	0.40	4.00	0.41	0.00	5.75	0.32	0.00	4.80	3.05	1.75
实际可操作性好	8.75	0.17	0.35	3.55	0.40	0.00	5.35	0.31	0.00	5.20	3.40	1.8
针对指南的推广应用开展专业人员培训	8.50	0.19	0.40	3.25	0.49	0.00	5.00	0.29	0.00	5.25	3.50	1.75
慢性病防治指南的实际应用	8.45	0.17	0.35	3.16	0.43	0.00	4.58	0.32	0.00	5.29	3.87	1.42
各部门职能定位及多部门参与	8.07	0.20	0.28	3.20	0.45	0.00	4.53	0.38	0.00	4.87	3.54	1.33
各级公共卫生机构职能定位明确	8.35	0.19	0.35	3.50	0.43	0.00	5.40	0.22	0.00	4.85	2.95	1.90
各级医疗机构职能定位明确	8.15	0.21	0.35	3.53	0.36	0.00	4.95	0.27	0.00	4.62	3.20	1.42
各级各类非卫生部门职责明确	7.35	0.23	0.15	2.63	0.44	0.00	3.80	0.45	0.00	4.72	3.55	1.17
公共卫生机构参与慢性病防治	8.35	0.20	0.30	3.75	0.40	0.00	5.55	0.26	0.00	4.60	2.80	1.80
医疗机构参与慢性病防治	8.35	0.17	0.30	4.16	0.39	0.00	5.60	0.29	0.00	4.19	2.75	1.44
建立卫生部门与非卫生部门间的协调机制	8.05	0.22	0.30	3.00	0.50	0.00	4.10	0.39	0.00	5.05	3.95	1.10
非卫生部门配合卫生部门的慢性病防治工作	7.53	0.20	0.15	2.63	0.44	0.00	3.79	0.35	0.00	4.90	3.74	1.16
卫生部门参与非卫生部门的政策制定和决策	8.35	0.18	0.30	2.89	0.46	0.00	3.75	0.48	0.00	5.46	4.60	0.86
非卫生部门政策支持人群采纳健康生活方式	8.10	0.22	0.25	2.63	0.42	0.00	3.75	0.46	0.00	5.47	4.35	1.12

注：差值 a 指某条目重要程度平均得分与 1990～1999 年实际情况平均得分的差值；差值 b 指某条目重要程度平均得分与 2000～2009 年实际情况平均得分的差值；差值 c 指某条目 2000～2009 年实际情况平均得分与 1990～1999 年实际情况平均得分的差值

5. 不同时间段实际情况得分差值　由表39可以看出，各方面2000~2009实际情况平均得分高于1990~1999年实际情况平均得分，差别较大的是"慢性病防治的规划/政策/指南"方面，差值为1.75分，差别较小的是"慢性病的经费投入与分配"方面，差值为1.28分。各条目在2000~2009年的实际情况平均得分高于1990~1999年的实际情况平均得分，平均得分差值最大的是"慢性病防治指南的制定"条目，差值为2.25分。平均得分差值最小的是"大规模推广筛查前后进行卫生经济学评价"条目，差值为0.56分。

（三）开放式问题分析

1. 至今为止我国慢性病综合防治实践中理念（设计）、实施（执行）、可持续性较好的项目　咨询结果显示，大多数专家在给定5个项目（卫Ⅶ健康促进项目、慢性病社区综合防治示范点项目、首钢心血管防治项目、天津四病防治项目、大庆糖尿病防治项目）中选择。

理念（设计）方面：共有19位专家回答该题，被选择次数较多的是慢性病社区综合防治示范点项目和卫Ⅶ健康促进项目，分别出现11次和9次。

实施（执行）方面：结果显示，共有16位专家回答此题，大庆糖尿病防治项目被选择次数最多，达10次，其次是首钢心血管防治项目和慢性病社区综合防治示范点项目，各出现9次。

可持续性方面：结果显示，16位专家回答此题，慢性病社区综合防治示范点项目被选择次数最多，为11次，其次是大庆糖尿病防治项目，被选择次数达7次。

此外，还有2位专家提及其他项目，包括中国癌症预防与控制规划纲要（2004-2010）、中央转移支付地方癌症早诊早治项目、国家医改重大专项——中国农村妇女两癌筛查、世界健康基金会糖尿病项目。

2. 近10年来我国开展的慢性病防治相关的科学研究存在的问题或不足　共有17位专家回复此题，提出的主要问题有：

1）研究设计不佳，项目持续性差，缺乏设计优良、长期的、前瞻性研究，尤其是以社区为基础的大样本纵向研究。

"缺乏设计精良、具有国际诊断标准的、符合循证医学原则的、长期前瞻性观察的研究";"横断面调查较多,而长期、定期的前瞻性研究较少";"缺乏规范的研究方法;缺乏以社区为基础的大样本纵向研究"。

2)重视基础研究和临床治疗,对慢性病人群防治重视不够,研究经费不足。

"用于新资源食品及功能食品研究的经费过多(科技部支持的项目),甚至大多采用动物及细胞分子生物学的方法进行研究和评价;而慢性病防治相关的科学研究应以人群为基础";"政府重视程度有待提高,相应的经费投入严重不足";"缺乏政府经费支持,重视不够,投入不足";"重治疗,轻预防;重筛查、调查,轻后续诊疗";"理论研究、临床研究多,应用性研究、公共卫生研究少,实践不足"。

3)基础研究与临床和预防的结合较差,研究转化应用缺乏。

"基础与临床、基础研究与慢性病防控结合研究少,研究成果转化少";"促进各专业、领域的研究成果运用于实践不足";"转化途径缺如,研究结果不能向应用转移";"不注重分析解决我国现实存在的慢病防控问题,研究项目停留在概念阶段,无法下沉落实,研究环境日趋浮躁,既不利于研究队伍建设和研究人员成长,也使大量研究经费付诸东流"。

3.近10年来我国开展的慢性病防治实践工作存在的问题或不足

共有17位专家回复此题,提出的主要问题有:

1)慢性病防治网络不健全,社区卫生服务机构建设不足,基层人员配备、培训和设备等方面存在缺口。

"防治网络不健全,社区医疗机构和乡镇卫生院没充分发挥作用";"在农村和基层工作的力度不够,工作人员对慢性病防治的指导能力不足;各方面对慢性病防治的经费和人力投入不足;缺乏一个完善的防治策略";"基层从事慢病防治人员缺少相应的技术培训与设备支持,更没有相应的激励政策和落实机制";"社区卫生服务中心医疗技术水平较低,服务能力有限"。

2)慢性病防治实践多为试点研究,缺乏持续性,较难转化为日常性工作。

"慢性病防治实践缺乏可持续性,很多项目只适合局部或科研所在的区域内应用,目前缺乏全国性的慢性病防治理论和操作规范,对一些特定慢性病应采取国家政策进行干预,有主管部门和实施机构";"国家资助的大量研究结果缺乏慢性病防治实践验证。不能用来指导慢性病防治实践工作";"多为试点项目,缺乏科学评估,很少能转化为日常工作"。

3)缺乏规划、系统化的慢性病防治指导文件和评价指标。

"没有不同地区、不同经济发展水平的慢病防治指导性意见";"缺少顶层规划设计,慢性病防治实践工作单打独斗没有方向和指导";"缺乏长期的规划和定量的考核,缺乏卫生经济学指标"。

4)慢性病防治实践的支撑性较差,缺乏政府支持,配套的政策、经费、机制、信息与队伍建设等存在不足。

"政府及相关部门在开展慢性病防治实践工作中过多的走形式,浮躁;缺乏扎实为老百姓健康服务的意识和开展基层卫生服务工作职业责任及能力";"政策、环境、经费支持不足";"信息化建设滞后于慢病防治实践";"没有相应的支撑政策、机制与队伍,单凭项目支撑的慢病防治实践不可能持久"。

4. 目前我国慢性病防治面临的最大问题/障碍及解决方案　共有18位专家回复此题,提出的主要问题及解决方案为:

1)政府重视不足,缺乏国家性慢性病防治的领导和部署机构,多部门协作机制未落实,应成立国家级慢性病防治的领导机构,加强与非卫生部门间的协作。

"政府支持力度不够,希望政府能像控制传染病一样重视慢性病防治";"地方政府对慢病防治的认识不到位,政府支持力度小;政策、环境、经费支持不足;缺乏部门合作;""缺乏国家各种慢性病防治中心的统一领导和部署:尽快挂牌";"建议以卫生部门为主多方建言呼吁,阐明慢病对国家社会经济发展的危害和可行的措施。争取中央及不同级别地方政府执行其职责,形成初见成效的示范力量,逐步推广";"政府高层重视不够，政府部门之间职责分工不明确，缺乏协调机制"。

2）缺乏规范性的慢性病防治指导方案，应尽快制定实施。

"缺乏规范，没有全国性的慢性病防治规范和标准要求。建议由中国疾病预防控制中心慢病防治中心牵头进行规划，提出规范化要求，全国实施，由中央财政支出"；"慢病防治工作重视不够。制定切实可行的慢病防治实施计划与督导考核方案，开展健康促进，充分利用居民健康档案，将筛查出来的慢病病人进行规范管理"。

3）慢性病防治缺乏经费支持，应由国家保障慢性病的专项经费。

"相应的经费投入严重不足"；"缺乏固定的经费支持：财政部设立专门经费支持"；"政府建立专项经费投入"。

4）慢性病防治网络不健全，社区和基层医疗机构落后。应加强基层医疗机构的人员和设备建设。

"社区防治人员任务繁重，精力不足"；"农村基层医疗机构设备简陋，人员技术水平不足"；"加强慢病防治队伍建设，逐步完善慢病防治网络。有计划、分层次地对基层慢病防治工作人员、社区卫生服务工作者进行慢病防治知识、策略、技能的培训"。

5）慢性病防治学术研究和专业技术人员不足，应加强中青年学术研究队伍和实践工作队伍。

"学科水平较低，缺乏优秀人才。应加强学科建设，培养一批优秀的中青年科学家"；"从事慢性病防治工作的人员无论是数量还是素质有待提高"；"研究人员不足，缺乏专业技术人员"。

5. 对今后我国慢性病防治的工作重点以及防治策略与措施的建议

共有18位专家回复此题，提出的主要建议为：

1）促进慢性病防治中政府的主要作用，联合多部门共同开展慢性病防治工作，切实落实"政府主导、卫生行政牵头、多部门协作"的慢性病防治模式。

"慢性病防治涉及多部门多行业与许多层面、不同单位的利益，建议长远规划、整合资源、协调利益、以人民利益为出发点和落脚点，政府主导下的开展工作"；"促进慢病防治的信息化建设；积极促进多部门的协作"。

2）建立健全慢性病防治的支撑政策、经费及队伍建设。

"①政府加大科研经费投入；②制定和健全相关的法律、法规；③增加研究人员；④建设一个全国慢性病网络系统"；"加快立法，新技术研究与推广"；"政府加强政策支持；专项经费投入；加强技术队伍建设；加强试点社区、各种规范等的建设"。

3）开展慢性病的监测、防治策略和措施的有效性研究，以卫生经济学为导向，坚持开展经济有效的慢性病防治工作。

"①加强慢病的监测和危险因素变化趋势的研究，为防治工作指明方向，建议定期进行调查；②制定可行的防治策略，有效实施；③加强效果评估和卫生经济评估，便于制定卫生经济政策"；"以卫生经济学分析为导向，坚持经济有效地开展慢病防控工作"；"加强全国统一的监测规划，针对肿瘤、心血管疾病、脑卒中、高血压和糖尿病等建立全国统一的监测系统"。

（四）问卷修改

根据第一轮咨询问卷专家对慢性病防治各条目重要程度的得分评价，结合开放式问题回答结果，对咨询问卷进行如下修改：

1．删除条目　删除"慢性病防治的经费投入：机构业务收入"条目。

2．修改条目　将"配备足够数量的从事慢性病防治的人员"条目进行细化，分为三个条目，"城市社区医疗机构配置足够数量的慢性病防治人员"、"农村医疗机构配置足够数量的慢性病防治人员"和"疾病预防控制机构配置足够数量的慢性病防治人员"。

将"慢性病防治的经费投入：其他社会来源经费"改为"慢性病防治的经费投入：其他来源经费"。

3．添加条目　根据开放式问题中提出的问题和建议，在第二轮咨询中增加以下条目：

"慢性病防治相关的科学研究"方面增加四个条目，分别为"慢性病防治的基础类研究"、"慢性病防治的临床类研究"、"慢性病防治的预防类研究"、和"慢性病防治研究的转化应用"。

"慢性病防治的人员数量及能力"方面增加三个条目,分别为"定期开展提高慢性病相关科学研究能力的培训"、"定期开展提高慢性病防治实践工作能力的培训"和"定期开展提高组织管理慢性病防治领导能力的培训"。

"慢性病防治的规划/政策/指南"方面增加两个条目,分别为"慢性病防治规范/标准的制定"和"慢性病防治规范/标准的实施"。

三、第二轮咨询

(一) 第二轮问卷咨询基本情况

1. 专家积极性   对第一轮有效回复的 20 位专家进行第二轮问卷咨询,共回收问卷 14 份,其中有效问卷 14 份,有效回收率为 70.0%,专家积极性系数为 0.70。

2. 专家基本情况   在本轮接受函询的 14 位专家中,所有专家都拥有高级专业技术职称,拥有博士学历的专家达到 64.3%,单位类型分布较平均,从事专业工作时间最长的有 54 年,最短的 3 年,中位数为 27 年(表 40)。

表 40   参与咨询专家的基本情况 (n/%)

变量	分组	人数	百分比 (%)	变量	分组	人数	百分比 (%)
年龄	40 ~	6	42.9	职称	高级	14	100.0
	50 ~	7	50.0	专业	健康教育	1	7.1
	60 ~	1	7.1		营养	3	21.4
学历	本科	1	7.1		卫生管理	3	21.4
	硕士	4	28.6		流行病	3	21.4
	博士	9	64.3		临床	3	21.4
单位类型	高等院校	3	21.4	工作年限	<10	1	7.1
	医疗机构	3	21.4		10 ~	0	0.0
	科研院所	4	28.6		20 ~	10	71.4
	疾控机构	4	28.6		30 ~	3	21.4

3. 专家权威系数　本轮咨询中，不同评价方面的专家权威程度在 0.71~0.85 之间。分开来看，7 个方面中专家权威程度最高的是"慢性病防治相关的科学研究"方面，权威系数 Cr 为 0.85。而对于"慢性病防治的经费投入与分配"和"各部门职能定位及多部门参与"两个方面的权威程度较低，权威系数仅为 0.70 和 0.71。熟悉程度方面，除了经费和职能定位两方面，"慢性病防治的人员数量及能力"方面的熟悉程度也较低，仅为 0.68。7 个方面的判断依据得分均较高，其中得分最高的是"慢性病防治的科学研究"方面，为 0.90（表 41）。

表 41　特尔菲咨询专家权威程度

评价方面	熟悉程度 Cs	判断依据 Ca	权威程度 Cr
慢性病防治相关的科学研究	0.80	0.90	0.85
慢性病防治的实践工作	0.74	0.84	0.79
慢性病防治的策略与措施	0.74	0.84	0.79
慢性病防治的人员数量及能力	0.68	0.82	0.75
慢性病防治的经费投入与分配	0.60	0.80	0.70
慢性病防治的规划/政策/指南	0.71	0.87	0.79
各部门职能定位及多部门参与	0.61	0.80	0.71

4. 专家意见的协调系数　为了解参加本轮函询的专家对问卷评价的总体协调程度，研究者计算了专家对于各条目的"重要程度"、"实际情况（1990~1999）"和"实际情况（2000~2009）"的肯德尔协调系数，分别为 0.438、0.413 和 0.436，同时对其进行显著性检验，得到 P 值均小于 0.01，说明第二轮专家咨询意见协调性满足要求，结果可取。

（二）第二轮咨询各条目评价结果

1. 重要程度得分　7 个方面中，重要程度得分最高的是"慢性病防治的规划/政策/指南"方面，得分均分为 8.61 分。得分最低的是"慢性病防治的人员数量及能力"方面，得分均分仅为 7.61 分。各条目比较，平均得分最高的是"健康教育的目标人群：青少年"条目，平均得分为 9.00 分，且各专家意见较一致，变异系数仅为 0.11，满分率为 0.36。得分最低的条目是"慢性病防治的经费投入：其他来源"，平均得分仅为 4.75 分。各条目满分率较高的是"健康教育的目标人群：青少年"、"慢性病防治的实践工作：脑血管疾病的防治"两个条目，满分率为 0.36。

2. 1990～1999 年实际情况得分　7 个方面实际情况得分比较，"慢性病防治的实践工作方面"得分较高，得分均分为 5.06 分，"慢性病防治的规划/政策/指南"方面得分较低，得分均分仅为 2.79 分。各条目比较，得分最高的是"慢性病防治的实践工作：恶性肿瘤防治"和"慢性病防治的实践工作：心血管疾病的防治"两个条目，平均得分分别为 6.46 和 6.15。得分较低的是"慢性病防治的经费投入：其他来源"条目，平均得分仅为 1.93。全部条目的满分率较低，仅有 13 个条目的满分率为 0.07，其余 80 个条目的满分率为 0.00。

3. 2000～2009 年实际情况得分　7 个方面实际情况得分比较，"慢性病防治的实践工作"和"慢性病防治的科学研究"两个方面得分较高，得分均分分别为 6.34 分和 6.19 分。"各部门职能定位及多部门参与"方面得分较低，得分均分仅为 4.55 分。各条目比较，得分最高的是"慢性病防治的实践工作：恶性肿瘤防治"和"慢性病防治的实践工作：心血管疾病的防治"两个条目，平均得分分别为 7.77 和 7.62。得分较低的是"慢性病防治的经费投入：其他来源"条目，平均得分仅为 2.95。全部条目的满分率较低，仅有 20 个条目的满分率为 0.07，2 个条目的满分率为 0.14，其余 71 个条目的满分率为 0.00。

4. 重要程度与实际情况得分差值　由表 42 可以看出，各方面重要程度平均得分高于 1990～1999 年实际情况平均得分，差别最大的是"慢性病防治的规划/政策/指南"方面，其重要程度与 1990～1999 年实际情况平均得分差值达 5.82 分。差别较小的是"慢性病防治的科学研究"方面，差值仅为 3.19 分。93 个条目的重要程度平均得分均高于 1990～1999 年实际情况得分，其中差值较大的是"慢性病防治的经费投入：地方常规经费投入"条目，差值为 6.15。差值较小的是"健康教育的形式：发放宣传材料等"条目，差值仅为 1.58 分。各方面重要程度平均得分均高于 2000～2009 年实际情况平均得分，差值较大的是"多部门职能定位及多部门参与"和"慢性病防治的规划/政策/指南"两个方面，差值分别为 3.44 和 3.77 分。差值较小的仍是"慢性病防治的科学研究"方面，差值仅为 1.81 分。各条目重要程度与 2000～2009 年实际情况得分进行比较，"慢性病防治相关公共政策的实施"条目差值最大，为 5.22 分。差值较小的条目为"健康教育的形式：宣传日主题活动"和"健康教育的形式：开展讲座"两个条目，差值为 0.00 和 0.14 分。

表 42　第二轮专家咨询结果

评价条目	重要程度			实际情况 (1990～1999 年)			实际情况 (2000～2009 年)			差值 a	差值 b	差值 c
	均数	CV	满分率	均数	CV	满分率	均数	CV	满分率			
慢性病防治的科学研究	8.00	0.18	0.14	4.81	0.35	0.02	6.19	0.22	0.02	3.19	1.81	1.38
疾病流行状况调查	8.43	0.19	0.21	5.36	0.36	0.07	6.79	0.18	0.07	3.07	1.64	1.43
危险因素流行状况调查	8.64	0.13	0.21	5.36	0.33	0.07	7.14	0.14	0.07	3.28	1.50	1.78
疾病的病因研究	8.07	0.15	0.14	4.50	0.30	0.00	6.07	0.16	0.00	3.57	2.00	1.57
疾病的诊断方法研究	7.50	0.21	0.14	5.36	0.12	0.00	6.14	0.16	0.00	2.14	1.36	0.78
疾病的治疗措施研究	7.86	0.22	0.14	5.43	0.15	0.00	6.64	0.17	0.00	2.43	1.22	1.21
疾病的康复措施研究	7.43	0.14	0.07	4.21	0.28	0.00	5.64	0.23	0.00	3.22	1.79	1.43
危险因素的干预性研究	8.64	0.11	0.07	5.14	0.35	0.07	7.21	0.16	0.07	3.50	1.43	2.07
相关公共政策研究	8.00	0.17	0.14	3.93	0.50	0.00	6.29	0.16	0.00	4.07	1.71	2.36
相关卫生经济学研究	7.57	0.16	0.07	3.79	0.51	0.00	5.36	0.28	0.00	3.78	2.21	1.57
慢性病防治的基础类研究	7.38	0.17	0.07	5.36	0.34	0.07	6.08	0.16	0.07	2.02	1.30	0.72
慢性病防治的临床类研究	7.85	0.22	0.14	5.45	0.24	0.00	5.83	0.20	0.00	2.40	2.02	0.38

续 表

评价条目	重要程度			实际情况 （1990～1999 年）			实际情况 （2000～2009 年）			差值 a	差值 b	差值 c
	均数	CV	满分率	均数	CV	满分率	均数	CV	满分率			
慢性病防治的预防类研究	8.31	0.19	0.21	4.82	0.39	0.00	5.83	0.27	0.00	3.49	2.48	1.01
慢性病防治研究的转化应用	8.31	0.17	0.21	3.91	0.40	0.00	5.17	0.34	0.00	4.40	3.14	1.26
慢性病防治的实践工作	8.41	0.15	0.22	5.06	0.35	0.04	6.34	0.27	0.07	3.35	2.07	1.28
恶性肿瘤的防治	8.62	0.11	0.21	6.46	0.26	0.07	7.62	0.17	0.14	2.16	1.00	1.16
心血管疾病的防治	8.92	0.10	0.29	6.15	0.26	0.07	7.77	0.16	0.14	2.77	1.15	1.62
脑血管疾病的防治	8.85	0.12	0.36	5.38	0.27	0.00	6.92	0.19	0.07	3.47	1.93	1.54
2 型糖尿病的防治	8.85	0.09	0.21	5.08	0.31	0.00	6.92	0.19	0.07	3.77	1.93	1.84
慢性阻塞性肺疾病的防治	7.71	0.21	0.14	4.79	0.35	0.07	5.71	0.29	0.07	2.92	2.00	0.92
控制烟草使用	8.43	0.20	0.29	4.14	0.35	0.00	5.69	0.21	0.00	4.29	2.74	1.55
改善饮食习惯	8.62	0.11	0.21	4.69	0.38	0.07	5.92	0.22	0.07	3.93	2.70	1.23
增加体力活动	8.31	0.17	0.21	4.54	0.50	0.07	5.54	0.37	0.07	3.77	2.77	1.00
控制过量饮酒	7.46	0.19	0.07	4.38	0.26	0.00	5.00	0.24	0.00	3.08	2.46	0.62
慢性病防治的策略与措施	7.86	0.18	0.14	4.00	0.36	0.01	5.37	0.31	0.02	3.86	2.49	1.37
主要慢性病的发病监测	8.36	0.14	0.14	3.79	0.28	0.00	5.36	0.28	0.00	4.57	3.00	1.57
主要慢性病的死亡监测	8.21	0.19	0.21	4.86	0.21	0.00	6.07	0.16	0.00	3.35	2.14	1.21
行为危险因素监测	7.86	0.17	0.07	3.71	0.29	0.00	5.29	0.14	0.00	4.15	2.57	1.58
健康教育的开展场所：医疗机构	8.07	0.18	0.14	4.93	0.46	0.07	6.64	0.25	0.07	3.14	1.43	1.71
健康教育的开展场所：各级各类学校	8.79	0.10	0.29	3.92	0.26	0.00	6.00	0.25	0.07	4.87	2.79	2.08
健康教育的开展场所：各类工作场所	7.64	0.17	0.07	4.00	0.50	0.07	5.43	0.32	0.07	3.64	2.21	1.43

评价条目	重要程度			实际情况 （1990～1999年）			实际情况 （2000～2009年）			差值 a	差值 b	差值 c
	均数	CV	满分率	均数	CV	满分率	均数	CV	满分率			
健康教育的开展场所： 社区	8.79	0.11	0.29	3.71	0.34	0.00	5.86	0.22	0.07	5.08	2.93	2.15
健康教育的开展场所： 其他公共场所	7.00	0.19	0.07	3.31	0.40	0.00	4.62	0.19	0.00	3.69	2.38	1.31
健康教育的目标人群： 老年人	7.93	0.19	0.21	4.79	0.34	0.00	6.29	0.23	0.07	3.14	1.64	1.50
健康教育的目标人群： 劳动力人口	8.50	0.13	0.21	3.79	0.28	0.00	4.71	0.27	0.00	4.71	3.79	0.92
健康教育的目标人群： 儿童青少年	9.00	0.11	0.36	4.08	0.34	0.00	5.77	0.33	0.07	4.92	3.23	1.69
健康教育的形式：发放 宣传材料等	6.29	0.18	0.00	4.71	0.30	0.00	5.86	0.18	0.00	1.58	0.43	1.15
健康教育的形式：开展 讲座	6.64	0.15	0.00	4.43	0.41	0.07	6.50	0.21	0.07	2.21	0.14	2.07
健康教育的形式：宣传 日主题活动	6.57	0.19	0.00	4.64	0.44	0.07	6.57	0.20	0.07	1.93	0.00	1.93
健康教育的形式：大众 媒体	8.43	0.15	0.14	3.57	0.32	0.00	5.57	0.33	0.00	4.86	2.86	2.00
健康教育的形式：医务 人员宣教咨询	7.71	0.19	0.07	4.14	0.38	0.00	6.14	0.24	0.07	3.57	1.57	2.00
健康教育的内容：慢性 病相关	7.21	0.19	0.07	4.57	0.37	0.00	6.00	0.18	0.00	2.64	1.21	1.43
健康教育的形式：生活 方式相关	8.00	0.17	0.14	3.93	0.32	0.00	5.64	0.27	0.00	4.07	2.36	1.71
健康教育措施的卫生经 济学效果评价	7.64	0.19	0.14	2.86	0.33	0.00	4.50	0.35	0.00	4.78	3.14	1.64

续　表

评价条目	重要程度			实际情况 (1990~1999年)			实际情况 (2000~2009年)			差值 a	差值 b	差值 c
	均数	CV	满分率	均数	CV	满分率	均数	CV	满分率			
信息与同时代最佳科学 　证据相符	7.64	0.15	0.00	3.86	0.36	0.00	5.07	0.30	0.07	3.78	2.57	1.21
开展主要慢性病的筛查	8.14	0.18	0.14	3.92	0.24	0.00	5.57	0.34	0.00	4.22	2.57	1.65
对筛查阳性的个体配以 　后续诊断和治疗	7.64	0.17	0.07	3.64	0.25	0.00	5.21	0.25	0.00	4.00	2.43	1.57
大规模推广筛查前后进 　行筛查效果评价	7.57	0.25	0.21	3.46	0.25	0.00	4.69	0.32	0.00	4.11	2.88	1.23
大规模推广筛查前后进 　行卫生经济学评价	7.36	0.22	0.14	3.46	0.38	0.00	4.08	0.29	0.00	3.90	3.28	0.62
针对主要慢性病的高危 　人群进行干预	8.43	0.12	0.14	3.62	0.43	0.00	4.29	0.41	0.00	4.81	4.14	0.67
针对主要慢性病患者进 　行治疗	8.07	0.16	0.21	4.43	0.25	0.00	5.21	0.32	0.00	3.64	2.86	0.78
针对主要慢性病患者进 　行康复	7.57	0.19	0.14	4.00	0.37	0.00	4.31	0.40	0.00	3.57	3.26	0.31
病人自我管理	8.07	0.12	0.14	4.00	0.35	0.00	4.50	0.44	0.00	4.07	3.57	0.50
疾病治疗措施与同时代 　最佳科学证据相符	8.29	0.15	0.21	4.21	0.44	0.00	4.64	0.42	0.00	4.08	3.65	0.43
慢性病的治疗管理规 　范化	8.29	0.15	0.14	3.64	0.44	0.00	4.57	0.45	0.00	4.65	3.72	0.93
慢性病防治的人员数量及 **能力**	7.61	0.21	0.08	3.22	0.40	0.00	4.72	0.30	0.00	4.39	2.89	1.50
城市社区医疗机构配置 　足够数量的慢性病防 　治人员	7.67	0.27	0.07	3.00	0.45	0.00	4.50	0.43	0.00	4.67	3.17	1.50
农村医疗机构配置足够 　数量的慢性病防治 　人员	7.33	0.27	0.07	2.83	0.54	0.00	4.08	0.38	0.00	4.50	3.25	1.25

评价条目	重要程度			实际情况 （1990~1999年）			实际情况 （2000~2009年）			差值 a	差值 b	差值 c
	均数	CV	满分率	均数	CV	满分率	均数	CV	满分率			
疾病预防控制机构配置足够数量的慢性病防治人员	7.00	0.51	0.21	3.17	0.46	0.00	4.58	0.38	0.00	3.83	2.42	1.41
人员具备开展慢性病相关科学研究的能力	7.86	0.15	0.14	3.36	0.36	0.00	5.07	0.25	0.00	4.50	2.79	1.71
人员具备开展慢性病防治实践工作的能力	8.43	0.10	0.07	3.64	0.40	0.00	5.36	0.21	0.00	4.79	3.07	1.72
人员具备组织管理慢性病防治的领导能力	8.00	0.11	0.07	3.29	0.33	0.00	5.07	0.24	0.00	4.71	2.93	1.78
定期开展提高科学研究能力的培训	6.83	0.11	0.00	3.25	0.35	0.00	4.42	0.30	0.00	3.58	2.41	1.17
定期开展提高实践工作能力的培训	7.33	0.27	0.07	3.25	0.37	0.00	4.67	0.28	0.00	4.08	2.66	1.42
定期开展提高组织管理领导能力的培训	6.58	0.27	0.00	3.08	0.45	0.00	4.50	0.31	0.00	3.50	2.08	1.42
慢性病防治的经费投入与分配	7.78	0.19	0.13	3.22	0.34	0.00	4.75	0.23	0.00	4.56	3.03	1.53
投入：中央政府常规经费	8.86	0.15	0.29	2.79	0.38	0.00	4.57	0.17	0.00	6.07	4.29	1.78
地方政府常规经费	8.86	0.15	0.29	2.71	0.39	0.00	4.21	0.21	0.00	6.15	4.65	1.50
各部委专项经费	8.29	0.17	0.21	3.43	0.32	0.00	4.64	0.26	0.00	4.86	3.65	1.21
其他来源的科研项目经费	6.70	0.30	0.07	3.00	0.44	0.00	4.56	0.41	0.00	3.70	2.14	1.56
其他来源经费	4.75	0.68	0.00	1.93	0.94	0.00	2.95	0.89	0.00	2.82	1.80	1.02
分配：相关科学研究	7.00	0.20	0.07	3.75	0.30	0.00	5.17	0.18	0.00	3.25	1.83	1.42
相关实践：生活方式危险因素干预	7.86	0.16	0.07	3.43	0.27	0.00	5.07	0.14	0.00	4.43	2.79	1.64

续　表

评价条目	重要程度			实际情况 (1990~1999年)			实际情况 (2000~2009年)			差值 a	差值 b	差值 c
	均数	CV	满分率	均数	CV	满分率	均数	CV	满分率			
相关实践：疾病早期 　筛查	8.07	0.10	0.07	3.29	0.28	0.00	5.07	0.12	0.00	4.78	3.00	1.78
相关实践：疾病治疗 　管理	7.21	0.17	0.07	3.57	0.31	0.00	5.43	0.19	0.00	3.64	1.78	1.86
相关实践：疾病康复 　管理	7.43	0.15	0.07	3.54	0.32	0.00	4.64	0.28	0.00	3.89	2.79	1.10
开展慢性病防治的卫生 　经济学评价	7.14	0.16	0.07	2.71	0.30	0.00	4.14	0.30	0.00	4.43	3.00	1.43
慢性病防治的规划/政策/ **指南**	8.61	0.13	0.20	2.79	0.38	0.00	4.84	0.27	0.00	5.82	3.77	2.05
慢性病防治规划的制定	8.07	0.18	0.21	3.36	0.36	0.00	5.43	0.17	0.00	4.71	2.64	2.07
慢性病防治规划的实施	8.64	0.14	0.21	3.07	0.32	0.00	4.50	0.21	0.00	5.57	4.14	1.43
慢性病防治规范/标准 　的制定	8.75	0.10	0.07	3.00	0.27	0.00	4.57	0.25	0.00	5.75	4.18	1.57
慢性病防治规范/标准 　的实施	8.63	0.14	0.14	2.71	0.41	0.00	4.14	0.26	0.00	5.92	4.49	1.43
慢性病防治相关公共政 　策的制定	8.57	0.14	0.29	2.93	0.34	0.00	4.36	0.29	0.00	5.64	4.21	1.43
慢性病防治相关公共政 　策的实施	8.93	0.09	0.29	2.86	0.38	0.00	3.71	0.27	0.00	6.07	5.22	0.85
慢性病防治指南的制定	8.50	0.16	0.21	3.14	0.39	0.00	5.29	0.29	0.00	5.36	3.21	2.15
指南与同时代最佳科学 　证据相符	8.71	0.08	0.14	3.57	0.52	0.00	5.71	0.28	0.00	5.14	3.00	2.14
适用于中国人群	8.79	0.11	0.29	3.86	0.34	0.00	5.50	0.24	0.00	4.93	3.29	1.64
实际可操作性好	8.86	0.10	0.21	3.36	0.30	0.00	5.21	0.24	0.00	5.50	3.65	1.85
针对指南的推广应用开 　展专业人员培训	8.57	0.15	0.21	3.36	0.38	0.00	4.86	0.23	0.00	5.21	3.71	1.50

续 表

评价条目	重要程度			实际情况 （1990～1999 年）			实际情况 （2000～2009 年）			差值 a	差值 b	差值 c
	均数	CV	满分率	均数	CV	满分率	均数	CV	满分率			
慢性病防治指南的实际应用	8.36	0.12	0.14	2.93	0.41	0.00	4.36	0.28	0.00	5.43	4.00	1.43
各部门职能定位及多部门参与	7.99	0.18	0.18	3.20	0.37	0.00	4.55	0.29	0.00	4.79	3.44	1.35
各级公共卫生机构职能定位明确	8.07	0.16	0.14	3.57	0.34	0.00	5.36	0.20	0.00	4.50	2.71	1.79
各级医疗机构职能定位明确	8.07	0.18	0.21	3.21	0.28	0.00	4.79	0.19	0.00	4.86	3.28	1.58
各级各类非卫生部门职责明确	7.36	0.20	0.14	2.71	0.39	0.00	4.00	0.33	0.00	4.65	3.36	1.29
公共卫生机构参与慢性病防治	8.43	0.15	0.14	3.79	0.30	0.00	5.64	0.18	0.00	4.64	2.79	1.85
医疗机构参与慢性病防治	8.57	0.14	0.21	4.14	0.36	0.00	5.43	0.26	0.00	4.43	3.14	1.29
建立卫生部门与非卫生部门间的协调机制	7.79	0.19	0.14	3.14	0.35	0.00	4.14	0.25	0.00	4.65	3.65	1.00
非卫生部门配合卫生部门的慢性病防治工作	7.43	0.21	0.14	2.86	0.33	0.00	4.00	0.26	0.00	4.57	3.43	1.14
卫生部门参与非卫生部门的政策制定和决策	8.14	0.19	0.21	2.85	0.35	0.00	3.85	0.32	0.00	5.29	4.29	1.00
非卫生部门政策支持人群采纳健康生活方式	8.07	0.19	0.21	2.50	0.34	0.00	3.71	0.36	0.00	5.57	4.36	1.21

注：差值 a 指某条目重要程度平均得分与 1990～1999 年实际情况平均得分的差值；差值 b 指某条目重要程度平均得分与 2000～2009 年实际情况平均得分的差值；差值 c 指某条目 2000～2009 年实际情况平均得分与 1990～1999 年实际情况平均得分的差值

5. 不同时间段实际情况得分差值　由表 42 可以看出，各方面 2000～2009 实际情况平均得分高于 1990～1999 年实际情况平均得分，差别较大的是"慢性病防治的规划/政策/指南"方面，差值为 2.05 分，差别较小的是"慢性病的实践工作"方面，差值为 1.28 分。各条目在 2000～2009 年的实际情况平均得分高于 1990～1999 年的实际情况平均得分，平均得分差值最大的是"慢性病防治的科学研究：相关公共政策研究"条目，差值为 2.36 分。平均得分差值最小的是"针对主要慢性病患者进行康复"条目，差值为 0.31 分。

四、杂志通讯作者咨询

为了解本次特尔菲专家咨询问卷的实际应用情况，并对问卷进行进一步完善和修改，本次选择 2009～2010 年《中华流行病学杂志》刊登的慢性病相关研究文献的通讯作者进行问卷咨询。咨询时间为 2011 年 3 月 1 日至 3 月 30 日。

（一）基本情况

1. 回收情况　本次共挑选 76 位慢性病文献通讯作者，向作者邮箱发放第二轮特尔菲专家咨询问卷，回收问卷 14 份，其中有效问卷 14 份，有效回收率为 18.4%。

2. 专家基本情况　在本轮接受函询的 14 位专家中，64.3% 年龄均在 50 岁及以上，拥有博士学历的专家达到 71.4%，单位类型集中于高等院校（78.6%），所有专家都拥有高级专业技术职称，从事专业工作时间最长的有 44 年，最短的 10 年，中位数为 25.5 年。未回复的 62 位通讯作者，71.0% 来自于高等院校，从事专业主要为流行病（表 43）。

表 43　参与咨询专家的基本情况（n/%）

项目		咨询专家		项目		咨询专家	
年龄	40 ~	5	35.7	职称	高级	14	100.0
	50 ~	7	50.0	专业	健康教育	2	14.3
	60 ~	2	14.3		营养	1	7.1
学历	本科	1	7.1		卫生管理	1	7.1
	硕士	3	21.4		流行病	9	21.4
	博士	10	71.4		临床	1	7.1
单位类型	高等院校	11	78.6	工作年限	<10	0	0.0
	医疗机构	2	14.3		10 ~	4	0.0
	科研院所	0	0.0		20 ~	5	35.7
	疾控机构	1	7.1		30 ~	5	35.7

3. 专家权威系数　本轮咨询中，不同评价方面的通讯作者专家权威程度在 0.75 ~ 0.88 之间，与前两轮专家咨询权威系数相差较不大。分开来看，7 个方面中权威程度最高的是"慢性病防治相关的科学研究"方面，权威系数 C_r 为 0.88。熟悉程度方面，"慢性病防治的经费投入与分配"、"慢性病防治的规划/政策/指南"、"各部门职能定位及多部门参与"方面的熟悉程度得分较低，分别为 0.69、0.69 和为 0.71。7 个方面的判断依据得分均较高，其中得分最高的是"慢性病防治的科学研究"方面，为 0.91（表 44）。

表 44　特尔菲咨询专家权威程度

评价方面	熟悉程度 C_s	判断依据 C_a	权威程度 C_r
慢性病防治相关的科学研究	0.85	0.91	0.88
慢性病防治的实践工作	0.77	0.86	0.82
慢性病防治的策略与措施	0.80	0.84	0.82
慢性病防治的人员数量及能力	0.75	0.80	0.78
慢性病防治的经费投入与分配	0.69	0.81	0.75
慢性病防治的规划/政策/指南	0.69	0.81	0.75
各部门职能定位及多部门参与	0.71	0.79	0.75

4. 专家意见的协调系数　为了解参加本轮函询的专家对问卷评价的总体协调程度，研究者计算了专家对于各条目的"重要程度"、"实际情况（1990～1999年）"和"实际情况（2000～2009年）"的肯德尔协调系数，分别为0.288、0.251和0.327，同时对其进行显著性检验，得到 P 值均小于0.01，说明14位杂志通讯作者专家的咨询意见协调性满足要求，结果可取。

（二）杂志通讯作者咨询各条目评价结果

1. 重要程度得分　7个方面中，重要程度得分最高的是"慢性病防治的实践工作"方面，得分均分为9.06分。得分最低的是"慢性病防治的经费投入与分配"方面，得分均分仅为7.73分。各条目比较，平均得分最高的是"慢性病防治的实践工作：心血管疾病的防治"和"慢性病防治的实践工作：脑血管疾病的防治"条目，得分均为9.57分，且各专家意见较一致，变异系数仅为0.07，满分率为0.69。得分最低的条目是"慢性病防治的经费投入：其他来源的科研项目经费"，平均得分仅为6.64分。与第二轮专家咨询结果相比，杂志通讯作者对各条目的重要性评分较高。

2. 1990～1999年实际情况得分　7个方面实际情况得分比较，"慢性病防治的科学研究"得分较高，得分均分为5.28分，"慢性病防治的人员数量及能力"方面得分较低，得分均分仅为3.83分。各条目比较，得分最高的是"慢性病防治的科学研究：疾病治疗措施"条目，得分均分为6.14分。得分较低的是"慢性病防治的人员数量及能力：农村医疗机构配置足够数量的慢性病防治人员"条目，得分均分仅为3.00分。全部条目的满分率较低，仅有4个条目的满分率为0.08，其余89个条目的满分率为0.00。与第二轮专家结果相比，杂志通讯作者对各条目的实际情况评分较高，变异系数较小。

3. 2000～2009年实际情况得分　7个方面实际情况得分比较，"慢性病防治的科学研究"方面得分最高，得分均分为6.46分。"慢性病防治的人员数量与能力"方面得分较低，得分均分仅为5.10分。各条目比较，得分较高的是"慢性病防治的临床类研究"和"慢性病防治的科学研究：疾病的治疗措施研究"两个条目，平均得分分别为 7.29 分。得分较低的是"健康教育的开展场所：其他公共场所"条目，平均得分为 3.77 分。与第二轮专家咨询结果相比，杂志通讯作者对各条目实际情况评分较高，各条目满分率较高。

4. 重要程度与实际情况得分差值　由表 45 可以看出，各方面重要程度平均得分高于 1990~1999 年实际情况平均得分，差别最大的是"慢性病防治的人员数量及能力"方面，其重要程度与 1990~1999 年实际情况平均得分差值达 4.30 分。差别较小的是"慢性病防治的科学研究"方面，差值仅为 3.45 分。93 个条目的重要程度平均得分均高于 1990~1999 年实际情况得分，其中差值较大的是"慢性病防治的人员数量及能力：农村医疗机构配置足够数量的慢性病防治人员"条目，差值为 5.93。差值较小的是"健康教育的形式：宣传日主题活动"条目，差值仅为 1.71 分。各方面重要程度平均得分均高于 2000~2009 年实际情况平均得分，差值较大的是"慢性病防治的实践工作"和"各部门职能定位及多部门参与"两个方面，差值分别为 3.05 分。差值较小的是"慢性病防治的科学研究"方面，差值仅为 2.27 分。各条目重要程度与 2000~2009 年实际情况得分进行比较，"慢性病防治的人员数量及能力：农村医疗机构配置足够数量的慢性病防治人员"条目差值最大，为 5.00 分。差值较小的条目为"健康教育的形式：宣传日主题活动条目，差值为 0.57 分。与第二轮咨询结果相比，杂志通讯作者对各条目重要程度和实际情况评分差值较小。

表 45　杂志通讯作者咨询结果

评价条目	重要程度			实际情况 (1990~1999 年)			实际情况 (2000~2009 年)			差值 a	差值 b	差值 c
	均数	CV	满分率	均数	CV	满分率	均数	CV	满分率			
慢性病防治的科学研究	8.73	0.16	0.19	5.28	0.38	0.00	6.46	0.30	0.02	3.45	2.27	1.18
疾病流行状况调查	9.43	0.12	0.77	5.57	0.37	0.00	6.79	0.27	0.08	3.86	2.64	1.21
危险因素流行状况调查	9.36	0.12	0.69	5.86	0.33	0.00	7.21	0.28	0.15	3.50	2.14	1.36

续　表

评价条目	重要程度			实际情况 (1990～1999年)			实际情况 (2000～2009年)			差值 a	差值 b	差值 c
	均数	CV	满分率	均数	CV	满分率	均数	CV	满分率	a	b	c
疾病的病因研究	9.00	0.16	0.62	5.79	0.35	0.00	7.07	0.29	0.08	3.21	1.93	1.29
疾病的诊断方法研究	8.43	0.17	0.31	6.00	0.33	0.00	7.14	0.29	0.08	2.43	1.29	1.14
疾病的治疗措施研究	8.86	0.15	0.39	6.14	0.33	0.00	7.29	0.28	0.08	2.71	1.57	1.14
疾病的康复措施研究	8.29	0.17	0.23	5.21	0.39	0.00	6.29	0.27	0.00	3.07	2.00	1.07
危险因素的干预性研究	9.21	0.10	0.54	5.21	0.45	0.00	6.29	0.28	0.00	4.00	2.93	1.07
相关公共政策研究	8.50	0.15	0.31	4.50	0.33	0.00	5.71	0.26	0.00	4.00	2.79	1.21
相关卫生经济学研究	7.57	0.21	0.15	4.07	0.43	0.00	5.43	0.34	0.00	3.50	2.14	1.36
慢性病防治的基础类研究	8.29	0.20	0.39	5.50	0.35	0.00	6.64	0.29	0.00	2.79	1.64	1.14
慢性病防治的临床类研究	8.64	0.16	0.39	6.07	0.31	0.00	7.29	0.23	0.08	2.57	1.36	1.21
慢性病防治的预防类研究	9.29	0.10	0.62	5.00	0.34	0.00	6.29	0.28	0.00	4.29	3.00	1.29
慢性病防治研究的转化应用	8.54	0.16	0.33	3.62	0.52	0.00	4.46	0.43	0.00	4.92	4.08	0.85
慢性病防治的实践工作	9.06	0.13	0.15	5.01	0.38	0.01	6.02	0.30	0.01	4.06	3.05	1.01
恶性肿瘤的防治	9.36	0.12	0.62	5.85	5.86	0.40	6.79	0.25	0.08	3.50	2.57	0.93
心血管疾病的防治	9.57	0.07	0.69	5.69	5.57	0.36	7.00	0.22	0.08	4.00	2.57	1.43
脑血管疾病的防治	9.57	0.07	0.69	5.54	5.50	0.36	6.50	0.25	0.08	4.07	3.07	1.00
2型糖尿病的防治	9.14	0.10	0.46	5.31	5.14	0.39	6.64	0.23	0.08	4.00	2.50	1.50
慢性阻塞性肺疾病的防治	8.57	0.14	0.31	4.77	4.71	0.33	5.71	0.26	0.00	3.86	2.86	1.00
控制烟草使用	9.50	0.07	0.54	4.54	4.57	0.39	5.64	0.34	0.00	4.93	3.86	1.07
改善饮食习惯	8.79	0.18	0.46	4.38	4.43	0.40	5.57	0.33	0.00	4.36	3.21	1.14
增加体力活动	8.79	0.17	0.39	5.00	4.93	0.37	5.57	0.33	0.00	3.86	3.21	0.64
控制过量饮酒	8.29	0.20	0.31	4.31	4.36	0.38	4.71	0.41	0.00	3.93	3.57	0.36

续　表

评价条目	重要程度			实际情况 （1990~1999年）			实际情况 （2000~2009年）			差 值 a	差 值 b	差 值 c
	均数	CV	满分率	均数	CV	满分率	均数	CV	满分率	a	b	c
慢性病防治的策略与措施	8.44	0.19	0.36	4.51	0.43	0.00	5.53	0.39	0.01	3.93	2.91	1.02
主要慢性病的发病监测	9.54	0.09	0.67	5.23	0.38	0.00	6.08	0.40	0.00	4.31	3.46	0.85
主要慢性病的死亡监测	9.07	0.15	0.54	5.86	0.27	0.00	6.93	0.21	0.00	3.21	2.14	1.07
行为危险因素监测	8.86	0.13	0.46	4.43	0.34	0.00	5.43	0.38	0.00	4.43	3.43	1.00
健康教育的开展场所： 医疗机构	8.79	0.17	0.46	5.07	0.39	0.00	5.57	0.41	0.00	3.71	3.21	0.50
健康教育的开展场所： 各级各类学校	9.07	0.09	0.39	4.50	0.35	0.00	5.50	0.31	0.00	4.57	3.57	1.00
健康教育的开展场所： 各类工作场所	8.50	0.16	0.23	3.93	0.45	0.00	4.71	0.40	0.00	4.57	3.79	0.79
健康教育的开展场所： 社区	9.00	0.11	0.39	4.57	0.33	0.00	5.86	0.32	0.00	4.43	3.14	1.29
健康教育的开展场所： 其他公共场所	7.79	0.23	0.23	3.23	0.59	0.00	3.77	0.58	0.00	4.55	4.02	0.54
健康教育的目标人群： 老年人	7.93	0.22	0.31	4.79	0.33	0.00	6.00	0.29	0.00	3.14	1.93	1.21
健康教育的目标人群： 劳动力人口	8.71	0.15	0.46	4.21	0.35	0.00	4.86	0.39	0.00	4.50	3.86	0.64
健康教育的目标人群： 儿童青少年	9.43	0.10	0.69	4.36	0.49	0.00	5.57	0.35	0.00	5.07	3.86	1.21
健康教育的形式：发放 宣传材料等	7.07	0.24	0.00	5.00	0.44	0.00	6.36	0.33	0.00	2.07	0.71	1.36
健康教育的形式：开展 讲座	7.14	0.26	0.15	4.86	0.46	0.00	5.71	0.44	0.00	2.29	1.43	0.86
健康教育的形式：宣传 日主题活动	7.00	0.26	0.00	5.29	0.43	0.00	6.43	0.40	0.00	1.71	0.57	1.14

续 表

评价条目	重要程度			实际情况 （1990~1999 年）			实际情况 （2000~2009 年）			差值 a	差值 b	差值 c
	均数	CV	满分率	均数	CV	满分率	均数	CV	满分率			
健康教育的形式：大众媒体	8.86	0.16	0.54	4.43	0.38	0.00	5.93	0.35	0.08	4.43	2.93	1.50
健康教育的形式：医务人员宣教咨询	8.57	0.16	0.31	4.71	0.45	0.00	5.86	0.39	0.00	3.86	2.71	1.14
健康教育的内容：慢性病相关	8.36	0.17	0.31	4.64	0.38	0.00	5.71	0.33	0.00	3.71	2.64	1.07
健康教育的形式：生活方式相关	9.21	0.15	0.62	4.64	0.42	0.00	6.07	0.34	0.08	4.57	3.14	1.43
健康教育措施的卫生经济学效果评价	7.64	0.26	0.23	3.50	0.51	0.00	4.43	0.46	0.00	4.14	3.21	0.93
信息与同时代最佳科学证据相符	8.07	0.24	0.31	4.50	0.42	0.00	5.50	0.39	0.00	3.57	2.57	1.00
开展主要慢性病的筛查	8.00	0.28	0.46	4.14	0.57	0.00	5.00	0.50	0.08	3.86	3.00	0.86
对筛查阳性的个体配以后续诊断和治疗	8.71	0.21	0.39	4.57	0.55	0.00	5.43	0.50	0.08	4.14	3.29	0.86
大规模推广筛查前后进行筛查效果评价	8.14	0.22	0.15	3.93	0.57	0.00	4.57	0.55	0.00	4.21	3.57	0.64
大规模推广筛查前后进行卫生经济学评价	7.79	0.23	0.15	3.50	0.58	0.00	4.36	0.47	0.00	4.29	3.43	0.86
针对主要慢性病的高危人群进行干预	8.93	0.16	0.46	4.36	0.44	0.00	5.43	0.35	0.00	4.57	3.50	1.07
针对主要慢性病患者进行治疗	8.43	0.20	0.39	5.71	0.29	0.00	6.86	0.25	0.00	2.71	1.57	1.14
针对主要慢性病患者进行康复	8.43	0.17	0.31	4.14	0.49	0.00	5.21	0.41	0.00	4.29	3.21	1.07
病人自我管理	8.93	0.10	0.39	4.29	0.39	0.00	5.50	0.26	0.00	4.64	3.43	1.21

续　表

评价条目	重要程度			实际情况 （1990~1999年）			实际情况 （2000~2009年）			差值 a	差值 b	差值 c
	均数	CV	满分率	均数	CV	满分率	均数	CV	满分率			
疾病治疗措施与同时代最佳科学证据相符	8.64	0.16	0.39	4.64	0.45	0.00	5.50	0.41	0.00	4.00	3.14	0.86
慢性病的治疗管理规范化	8.71	0.17	0.46	4.36	0.49	0.00	5.79	0.37	0.00	4.36	2.93	1.43
慢性病防治的人员数量及能力	8.13	0.24	0.09	3.83	0.45	0.00	5.10	0.37	0.00	4.30	3.02	1.28
城市社区医疗机构配置足够数量的慢性病防治人员	8.93	0.16	0.46	3.57	0.49	0.00	4.79	0.37	0.00	5.36	4.14	1.21
农村医疗机构配置足够数量的慢性病防治人员	8.93	0.16	0.46	3.00	0.55	0.00	3.93	0.49	0.00	5.93	5.00	0.93
疾病预防控制机构配置足够数量的慢性病防治人员	8.36	0.20	0.39	4.14	0.40	0.00	6.00	0.26	0.00	4.21	2.36	1.86
人员具备开展慢性病相关科学研究的能力	7.79	0.26	0.23	3.64	0.45	0.00	4.93	0.35	0.00	4.14	2.86	1.29
人员具备开展慢性病防治实践工作的能力	8.64	0.23	0.46	4.07	0.37	0.00	5.36	0.30	0.00	4.57	3.29	1.29
人员具备组织管理慢性病防治的领导能力	7.57	0.26	0.15	3.71	0.45	0.00	4.64	0.43	0.00	3.86	2.93	0.93
定期开展提高科学研究能力的培训	7.43	0.30	0.15	4.07	0.44	0.00	5.36	0.33	0.00	3.36	2.07	1.29
定期开展提高实践工作能力的培训	8.43	0.24	0.39	4.43	0.47	0.00	6.07	0.37	0.08	4.00	2.36	1.64
定期开展提高组织管理领导能力的培训	7.07	0.31	0.08	3.79	0.44	0.00	4.86	0.37	0.00	3.29	2.21	1.07

续 表

评价条目	重要程度			实际情况 (1990～1999年)			实际情况 (2000～2009年)			差值 a	差值 b	差值 c
	均数	CV	满分率	均数	CV	满分率	均数	CV	满分率			
慢性病防治的经费投入与分配	7.73	0.28	0.12	4.03	0.49	0.00	5.25	0.39	0.00	3.70	2.48	1.22
投入：中央政府常规经费	8.71	0.28	0.54	4.08	0.43	0.00	5.85	0.24	0.00	4.64	2.87	1.77
地方政府常规经费	8.79	0.15	0.46	3.93	0.54	0.00	5.86	0.39	0.08	4.86	2.93	1.93
各部委专项经费	7.43	0.34	0.23	3.62	0.54	0.00	5.00	0.39	0.00	3.81	2.43	1.38
其他来源的科研项目经费	6.05	0.35	0.23	3.43	0.53	0.00	4.45	0.50	0.00	3.17	2.06	1.05
其他来源经费	6.64	0.38	0.23	3.50	0.53	0.00	4.57	0.51	0.00	3.14	2.07	1.07
分配：相关科学研究	6.79	0.35	0.33	3.07	0.61	0.00	4.29	0.50	0.00	3.71	2.50	1.21
相关实践：生活方式危险因素干预	8.00	0.24	0.54	4.31	0.42	0.00	5.31	0.36	0.00	3.69	2.69	1.00
相关实践：疾病早期筛查	8.50	0.26	0.39	4.00	0.49	0.00	5.21	0.39	0.00	4.50	3.29	1.21
相关实践：疾病治疗管理	8.00	0.25	0.23	4.14	0.45	0.00	5.36	0.35	0.00	3.86	2.64	1.21
相关实践：疾病康复管理	7.50	0.27	0.08	5.64	0.39	0.00	6.57	0.32	0.00	1.86	0.93	0.93
开展慢性病防治的卫生经济学评价	7.29	0.24	0.25	4.29	0.45	0.00	5.85	0.24	0.00	3.00	2.07	0.93
慢性病防治的规划/政策/指南	8.46	0.23	0.16	4.36	0.43	0.00	5.63	0.32	0.00	4.10	2.83	1.27
慢性病防治规划的制定	9.07	0.13	0.54	4.93	0.39	0.00	6.50	0.25	0.00	4.14	2.57	1.57
慢性病防治规划的实施	9.36	0.08	0.54	4.57	0.39	0.00	5.93	0.28	0.00	4.79	3.43	1.36
慢性病防治规范/标准的制定	8.50	0.18	0.39	4.36	0.43	0.00	5.43	0.37	0.00	4.14	3.07	1.07

续　表

评价条目	重要程度			实际情况 (1990~1999年)			实际情况 (2000~2009年)			差值 a	差值 b	差值 c
	均数	CV	满分率	均数	CV	满分率	均数	CV	满分率			
慢性病防治规范/标准 的实施	8.57	0.18	0.39	4.07	0.43	0.00	5.07	0.39	0.00	4.50	3.50	1.00
慢性病防治相关公共政 策的制定	8.64	0.15	0.39	4.07	0.50	0.00	5.21	0.35	0.00	4.57	3.43	1.14
慢性病防治相关公共政 策的实施	8.43	0.21	0.39	3.93	0.49	0.00	5.21	0.37	0.00	4.50	3.21	1.29
慢性病防治指南的制定	8.00	0.30	0.23	4.50	0.46	0.00	5.79	0.37	0.00	3.50	2.21	1.29
指南与同时代最佳科学 证据相符	8.36	0.30	0.46	4.43	0.44	0.00	5.79	0.32	0.00	3.93	2.57	1.36
适用于中国人群	8.21	0.31	0.39	4.57	0.49	0.00	5.93	0.33	0.00	3.64	2.29	1.36
实际可操作性好	8.21	0.31	0.39	4.43	0.44	0.00	5.71	0.28	0.00	3.79	2.50	1.29
针对指南的推广应用开 展专业人员培训	7.86	0.31	0.31	4.07	0.46	0.00	5.43	0.34	0.00	3.79	2.43	1.36
慢性病防治指南的实际 应用	8.29	0.30	0.39	4.38	0.33	0.00	5.54	0.29	0.00	3.90	2.75	1.15
各部门职能定位及多部门 参与	8.33	0.21	0.10	4.29	0.48	0.00	5.28	0.41	0.00	4.03	3.05	0.98
各级公共卫生机构职能 定位明确	8.64	0.17	0.39	4.57	0.47	0.00	6.15	0.26	0.00	4.08	2.54	1.54
各级医疗机构职能定位 明确	8.43	0.16	0.39	4.71	0.44	0.00	6.00	0.28	0.00	4.07	2.64	1.43
各级各类非卫生部门职 责明确	7.71	0.29	0.23	3.79	0.52	0.00	5.93	0.35	0.00	3.71	2.50	1.21
公共卫生机构参与慢性 病防治	8.71	0.15	0.39	4.79	0.43	0.00	4.43	0.46	0.00	3.93	3.29	0.64
医疗机构参与慢性病 防治	8.86	0.12	0.31	5.64	0.34	0.00	6.00	0.39	0.00	3.93	2.71	1.21

续　表

评价条目	重要程度			实际情况 (1990～1999 年)			实际情况 (2000～2009 年)			差值 a	差值 b	差值 c
	均数	CV	满分率	均数	CV	满分率	均数	CV	满分率			
建立卫生部门与非卫生 部门间的协调机制	8.07	0.29	0.39	3.93	0.52	0.00	6.36	0.34	0.00	3.21	2.50	0.71
非卫生部门配合卫生部 门的慢性病防治工作	7.93	0.33	0.39	3.64	0.56	0.00	4.86	0.46	0.00	4.14	3.21	0.93
卫生部门参与非卫生部 门的政策制定和决策	8.14	0.20	0.31	3.86	0.49	0.00	4.43	0.50	0.00	4.29	3.50	0.79
非卫生部门政策支持人 群采纳健康生活方式	8.43	0.18	0.39	3.71	0.51	0.00	4.71	0.41	0.00	4.29	3.43	0.86

注：差值 a 指某条目重要程度平均得分与 1990～1999 年实际情况平均得分的差值；差值 b 指某条目重要程度平均得分与 2000～2009 年实际情况平均得分的差值；差值 c 指某条目 2000～2009 年实际情况平均得分与 1990～1999 年实际情况平均得分的差值

5. 不同时间段实际情况得分差值　由表 45 可以看出，各方面 2000～2009 年实际情况平均得分高于 1990～1999 年实际情况平均得分，差别较大的是"慢性病防治的人员数量及能力"方面，差值为 1.34 分，差别较小的是"慢性病的实践工作"方面，差值为 1.01 分。各条目在 2000～2009 年的实际情况平均得分高于 1990～1999 年的实际情况平均得分，平均得分差值最大的是"慢性病防治的经费投入与分配：地方常规经费"条目，差值为 1.93 分。平均得分差值最小的是"慢性病防治的实践工作：控制过量饮酒"条目，差值为 0.36 分。与第二轮咨询结果相比，杂志通讯作者对各条目重要程度和实际情况评分差值较小。

（三）开放式问题分析

1. 至今为止我国慢性病综合防治实践中理念（设计）、实施（执行）、可持续性较好的项目　共有 12 位通讯作者对本题进行回答，大多数专家在给定 5 个项目中选择。

理念（设计）方面：共有 12 位作者回答该题，被选择次数较多的是慢性病社区综合防治示范点项目和卫Ⅶ健康促进项目，分别出现 12 次和 10 次。

实施（执行）方面：共有 9 位作者回答此题，大庆糖尿病防治被选择次数最多，达 4 次，其次是慢性病社区综合防治示范点项目，出现 4 次。

可持续性方面：共有 9 位作者回答此题，慢性病社区综合防治示范点项目被选择次数最多，为 8 次。

此外，还有 1 位专家提及其他项目，包括七城市脑卒中干预试验、全民健康生活方式运动等。

2. 近 10 年来我国开展的慢性病防治相关的科学研究存在的问题或不足　共有 13 位作者回复此题，提出的主要问题与特尔菲第一轮专家提出的问题基本一致。包括：①研究设计不佳，持续性差，前瞻性研究少；②科学研究与实践工作脱节；③关注治疗和康复，以预防为主的研究较少。这些问题在问卷中已有对应条目予以体现。

"科学研究比较重视，理论与实践有些脱节，研究结果没能较好地落实到实践"；"科研成果向应用转化、推广的研究开展不多"；"科学研究与实践工作严重脱节，缺乏指导慢病防治的实际意义"。

"以慢性病的预防为目的干预性研究较少"；"好的干预研究不足"。

"投入低质量的流行病学调查过多，获益不明显经费"；"投入缺乏可持续性，项目周期短"；"经费不足，收效慢影响工作积极性，多受突发的一时的重点工作冲击"。

3. 近 10 年来我国开展的慢性病防治实践工作存在的问题或不足　共有 10 位杂志作者回复此题，提出的问题包括：①慢性病防治持续性差，多为项目支持研究；②缺乏防治的配套政策、经费、人员；③政府重视不足。不同机构的分工合作不足。这些建议与之前特尔菲第一轮专家咨询建议较为一致，且在问卷中有对原条目予以体现。

"研究规模小，大型队列研究少；打一枪换一个地方，缺少研究和实践的基地"；"科学性、系统性、连续性差，缺乏卫生经济学评价"。

"慢性病防治工作落实与开展，必须依赖最基层的街道、社区、社康中心等单位协作。社康医师长期严重不足，调动频繁。没有专职的慢性病医师，一般身兼数职，无法落实相关工作。街道只是偶尔配合流调，未能实质性开展慢性病防治工作"；"政府、领导对慢性病的危害认识不足，导致投入不足"。

"机构合一，职能合一，公共卫生机构与医疗机构的分工与协作"；"地方政府不重视，卫生部门缺少支持缺少经费"。

4. 目前我国慢性病防治面临的最大问题/障碍及解决方案　共有11位杂志作者回复此题，提出的主要问题及解决方案与特尔菲第一轮专家意见一致，包括：①政府重视不足，多部门协作未落实；②加强保障机制，包括政策、经费、人员等；③社区防治建设不足，应加强社区的硬件设施和人员培训。这些问题已在问卷中有所体现，可以直接用于评价这些条目的实际情况。

"提高政府和领导人对防治慢性病重要性的认识，将慢性病的防治，同党和国家建立"和谐社会"、"小康社会"与"幸福社会"的当前国策和目标有机的融合起来，因为健康才是人类追求的最高目标，将慢性病的防治纳入到党和国家建立"和谐社会"、"小康社会"与"幸福社会"的内容之中"。

"行政机构和专家机构合作不够，分工不明确，影响研究的科学性设计和执行；经费投入不科学，监测工作不到位，基础数据收集不准，基层卫生管理人员素质不够，参加人员缺乏合作能力与合作精神，团队协作意识不清；缺乏经费，没有法律保障，如控烟，营养改善计划等"。

"社区卫生服务体系建设还不完善；慢性病的筛查监测工作落实不到位"；"提高基层一线从事慢性病防治的工作人员的待遇，培养一批高素质、具有疾病预防理念的、侧重于临床的复合性疾病防治工作者，或者叫全科医师"。

5. 对今后我国慢性病防治的工作重点以及防治策略与措施的建议
共有13位杂志作者回复此题，提出的建议基本与之前一致，包括：①促进政府主导作用，多部门合作；②保障经费、法规和人才队伍；③建立健全慢性病的监测。同时，通讯作者提出的建议还包括，重视儿童青少年的健康教育和早期预防，重视实施全人群策略和高危人群策略等。这些建议在问卷中都有体现。

　　"政府重视，各部门通力合作是关键。从政策支持、环境改善、居民健康素质教育等方面共同推进我国的慢病防治工作"；"加大政府投入"；"保证防治的常规经费，更好地加强慢性病防治专业人才的培养；探索一套完善的慢性病防治工作机制"。

　　"全面系统建立肿瘤登记制度，建立社区人群健康监测体系"；"加强基础信息收集，如发病率、死亡率报告，为慢性非传染病预防控制工作规划提供重要参考依据"。

　　"慢性病发病年龄年轻化趋势越来越明显。应注意加强儿童、青少年的健康教育"；"积极实施健康教育，推广有科学证据的健康促进。坚持与伪科学做斗争。全人群策略与高危人群策略结合，但更应重视全人群"。

五、讨论

（一）特尔菲咨询法的科学性和可靠性

　　本轮特尔菲咨询问卷建立在文献综述和专家小组讨论基础上，通过文献综述了解目前我国慢性病防治的基本情况，课题专家小组开展慢性病防治研究经验丰富，问卷正式应用前进行了小范围的预调查，对问卷中可能存在的问题进行修正。参与本轮特尔菲咨询的专家来自临床、流行病、营养、健康教育等各个专业。并分布在医疗机构、高等院校、科研院所和疾病预防控制机构等各类机构，从事慢性病防治工作年数长，对慢性病防治均有丰富的理论知识和经验积累，因此专家权威系数得分较高。且各专家对本咨询表各条目评价的协调系数在 0.70 以上，协调性较好。说明本次特尔菲咨询具有一定的科学性和可靠性。美中不足的是，专家积极系数较低，究其原因，本次研究邀请专家为卫生部疾病预防控制专家委员会慢性病防治分委会的所有专家，在调查前未咨询专家的参与兴趣，且慢性病防治分委会的专家日常工作繁忙，因此造成本轮调查专家积极性低，问卷回收率低。但参与调查的专家认真完成问卷，且积极参与开放式问题的回答。

（二）各方面评价结果讨论

各条目重要程度平均得分均高于实际情况得分，不同时期的实际情况得分比较，2000～2009 年各条目实际情况得分均高于 1990～1999 年实际情况得分。这说明我国慢性病防治开展的研究与实践状况正在改善，但仍有一定差距。

"慢性病防治的科学研究"方面，重要情况与实际情况得分均较高。其中，"相关公共卫生政策研究"和"相关卫生经济学研究"两个条目的重要性得分较高，实际情况得分较低。关于疾病治疗措施等条目的实际情况得分较高。这与以往研究结果一致。我国目前针对慢性病政策、卫生经济学研究较少，实际开展不足，需要在今后研究中加大对这两方面研究的力度。

"慢性病防治的策略与措施"方面，关于发放宣传材料、开展讲座、宣传日主题活动等三个健康教育形式的条目，重要程度得分最低，而大众媒体、医务人员宣教咨询的形式则得分较高。以往研究中也指出，单纯开展讲座和发放材料等形式对人群知识、态度改变的效果较差，而通过医务人员的宣教咨询，对病人不良生活方式的改变有较好的效果。大众媒体的健康教育形式，受益人群广泛，成本效果高[94]。而实际情况中，前三种健康教育的形式开展较多，得分较高，而大众媒体的健康教育形式则得分较低。这也提示我们在开展健康教育时，应注重采取更经济有效的形式。目标人群方面，儿童青少年和劳动力人口的重要程度得分高于老年人，但实际情况得分却远远低于老年人。我国健康教育主要在医疗机构和社区开展，这两个场所均以老年人口居多，而在学校针对学生和在工作场所针对劳动力人口的健康教育开展较少，这与以往研究结果相同。今后继续开展慢性病健康教育工作，应注重对这两类人群的健康教育。

"慢性病防治的经费投入与分配"方面，重要程度和实际情况得分均较低。其中，"投入：其他来源的科研项目经费"条目的重要程度得分低于来自中央政府常规经费、地方政府常规经费和各部委专项经费的投入，但其实际情况得分却高于上述三种经费来源。说明尽管来自中央政府、地方政府和部委专项的经费在慢性病防治经费投入中较为重要，但实际情况中仍然依靠其他一些项目经费支持慢性病防治工作。这与开放式问题中专家对我国慢性病防治经费不足，政府不重视的观点一致。2011 年世界卫生组织报告指出，慢性病防治的经费来源应多元化，如广泛动员社会力量，积极鼓励非政府组织、企业等，通过各种形式资助慢性病防控工作；将烟草、酒业税中提取一定比例用于慢性病防控工作。

　　"慢性病防治的规划/政策/指南"方面的重要程度得分最高，而实际情况得分较低。其中，关于制定方面的条目，包括"慢性病防治规划的制定"、"慢性病防治相关公共政策的制定"和"慢性病防治指南的制定"等的重要程度得分高于实施方面的四个条目，但实际情况得分低于实施方面的四个条目。我国近年来颁布了《全国心脑血管病社区人群防治 1996~2010 年规划》、《中国癌症与防御控制规划纲要（2004 – 2010)》，我国签署了《烟草控制框架公约》，出台了《北京市公共场所禁止吸烟的规定》、《食品营养标签管理规范》等相关法规条例，颁布了《中国高血压防治指南》、《中国居民膳食指南》等多个慢性病相关指南，因此关于制定方面的四个条目实际情况得分较高。但这些规划、政策和指南的实际执行和应用情况并不乐观，如在《控烟与中国未来》的报告中指出，尽管《烟草控制框架公约》在我国已经生效 5 年，但我国控烟现状与履约要求仍有很大差距[95]；对高血压指南在基层医生中的实施情况进行分析，约有一半以上医生的指南知识得分为不及格[96]。这也提示我们今后慢性病防治工作中应重视相关政策、法规的落实情况和指南的实践应用情况。

　　"各部门职能定位及多部门参与"方面，与非卫生部门有关的条目实际情况得分较低，如"各级各类非卫生部门职责明确"、"非卫生部门配合卫生部门的慢性病防治工作"、"卫生部门参与非卫生部门的政策制定和决策"、"非卫生部门的政策支持人群采纳健康生活方式"等条目的实际情况得分较低，与重要程度得分相差较大。这与以往研究结果类似，目前我国慢性病防治工作主要由卫生部门开展进行，而非卫生部门较少参与慢性病工作。国内外多项研究表明，慢性防治是一项复杂的任务，单凭卫生部门无法承担完成，如促进人群开展健康的生活方式，仅凭卫生部门开展健康教育的效果较差，需要政府、城市规划、交通等多部门配合，如出台政策鼓励人们采纳积极的交通出行方式，在社区中设置健身器械方便人们锻炼等。开放式问题中，专家也提出，我国慢性病防治应明确各部门的职责，切实落实"政府主导、卫生部门牵头、多部门协作"的慢性病防治模式，才能更有效地开展慢性病防治工作[97]。

（三）结论及建议

1. 参加本研究特尔菲法调查的专家来自不同研究领域，专家意见协调性和权威性满足要求，具有一定的科学性和可靠性。通过两轮特尔菲专家咨询构建了我国慢性病防治研究与实践评价问卷，对我国目前主要慢性病工作各方面的重要性和实际情况有了初步的了解。

2. 我国慢性病防治实践情况有所改善，但与重要性得分仍有较大差距。需要进一步加强慢性病防治工作。

3. 传统发放资料、讲座等健康教育方式效果不明显，应积极开展以大众媒体、医护人员为依托的经济有效的健康教育方式，同时要注重学生和劳动力人口的慢性病健康教育。

4. 我国先后颁布了多个慢性病防治指南及相关政策，但实际应用情况和执行情况较差。今后慢性病防治工作中应重视指南在实践中的应用情况和政策、法规的落实情况。

5. 政府对慢性病防治的重视不够，提供经费保障不足，应重视慢性病防治工作，保障其经费来源。卫生部门单打独斗，缺乏非卫生部门的支持是限制慢性病研究与实践的重要问题。应切实落实"政府主导、卫生部门牵头、多部门协作"的慢性病防治模式，保证非卫生部门积极配合卫生部门开展慢性病防治工作。

第五部分 小 结

一、本研究的主要结论及建议

1. 1990～2009 年间我国主要慢性病相关研究文献数量逐渐增加，但研究内容和研究问题分布不均，针对病因和治疗的部分文献研究设计不恰当。今后慢性病研究应注重开展的研究内容与疾病负担相结合，加强频率和预防控制方面的研究，并根据研究问题选择适宜的研究方法。

2. 我国慢性病领域指南制定不规范，应借鉴国际标准，加强指南制定的规范性，保证指南的质量。我国慢性病研究虽然数量较多，但较少应用于指南研究证据中，高质量的研究较少是限制我国慢性病研究应用于指南研究证据的主要原因。基础类研究的知识周期较长，且在指南研究证据体系中所占比例较小，研究者在开展基础类研究时应综合考虑其滞后性和慢性病防治实践的需要。

3. 通过特尔菲专家咨询法建立了我国主要慢性病防治研究与实践评价表，对慢性病防治的重要性和实际情况有了基本了解。专家咨询结果显示，关于慢性病防治的部分实践措施、经费投入、指南/策略措施的实施情况、多部门合作等方面的重要性得分与实际情况得分相差较大。在今后慢性病防治中，应注重采取经济有效的防治措施，加强政府对慢性病的重视，保障经费来源，非卫生部门应配合卫生部门积极开展慢性病防治工作。

二、本研究的主要创新点

1. 首次采用文献计量学的方法客观、全面地描述了我国近 20 年来主要慢性病研究文献的特点及变化规律，相比以往定性分析和综述更具有客观性和科学性。

2. 首次采用指南参考文献分析的方法，通过对我国慢性病领域指南参考文献的分析，评价了指南制定中我国研究文献的利用情况及与其他国家的差距。

3. 制订了我国主要慢性病防治研究与实践评价问卷，对我国近20年来主要慢性病防治工作各方面的重要性与实际开展情况有了初步了解。

三、研究的局限与不足

1. 文献回顾分析仅以公开发表的期刊文献为医学科研产出的代表，但未对其他形式如专著、会议论文等进行分析；中文文献部分仅选择了50种质量较好的期刊，不能完全代表全部中文文献的结果；摘录信息基于文献标注内容所得，未对其正确性进行分析。

2. 我国慢性病领域指南质量参差不齐，且未对指南在实践中的应用情况进行评价，对指南制定依据的分析结果有一定影响。

3. 特尔菲咨询专家的积极性较低，咨询专家的数量及代表性有一定的局限性。

4. 由于课题时间有限且数据获取困难，未对慢性病防治实践项目及防治日常工作进行总结评价。

致　谢

衷心感谢卫生部疾病预防控制局孔灵芝副局长、北京大学公共卫生学院曹卫华教授对本课题的精心指导。

感谢陈君石、丁钢强、高润霖、何耀、马爱国、马冠生、毛群安、乔友林、汤哲、王辰、王继光、王玉、翁建平、吴先萍、许樟荣、俞光岩、章锦才、张铁梅、周清华、朱曼璐等专家学者参加特尔菲专家调查。

感谢陈坤、陈维清、程锦泉、蔡琳、方向华、傅华、郝元涛、黄一宁、吕全军、谭红专、王滨有、王建华、袁萍、周红霞等专家学者参加专家咨询。感谢胡永华、詹思延、何耀、赵冬、唐金陵等专家学者的积极参与和建议。

感谢卫生部疾病预防控制局及相关领导对本课题的大力支持。

参 考 文 献

［1］王亚东，孔灵芝. 慢性非传染性疾病的防治技术和策略研究. 中国全科医学，2008，11（1）：40 - 42.

［2］World Health Organization. The global burden of disease. Geneva, 2008.

［3］Tunstall - Pedoe H. Preventing Chronic Diseases. A Vital Investment：WHO Global Report. Geneva, 2005.

［4］卫生部疾病预防控制局，中国疾病预防控制中心. 中国慢性病报告. 北京，2006.

［5］卫生部政府信息公开专题. 2009 年中国卫生统计年鉴. 北京，2009.

［6］卫生部统计信息中心. 第四次国家卫生服务调查主要结果. 北京，2009.

［7］杨功焕. 健康模式转变与中国慢性病控制策略. 中国慢性病预防与控制，2001，9（4）：145 - 147.

［8］张建，华琦. 我国人口老龄化的现状及其应对策略. 中华健康管理学杂志，2009，3（3）：135 - 137.

［9］高丽敏. 应对人口老龄化的对策研究：从医疗保障视角. 中国卫生经济，2009，28（3）：19 - 21.

［10］杨功焕，马杰民，刘娜，等. 中国人群 2002 年吸烟和被动吸烟的现状调查. 中华流行病学杂志，2005（02）：77 - 83.

［11］Liu B Q, Peto R, Chen Z M, et al. Emerging tobacco hazards in China：1. Retrospective proportional mortality study of one million deaths. BMJ, 1998, 317（7170）：1411 - 1422.

［12］Hu TW, Mao Z, Ong M, et al. China at the crossroads：the ecomonics of tobacco and health. Tob Control, 2006, 15（S1）：137 - 141.

［13］Matthews CE, Jurj AL, Shu XO, et al. Influence of exercise, walking, cycling, and overall nonexercise physical activity on mortality in Chinese women. Am J Epidemiol, 2007, 165（12）：1343 - 1350.

［14］马冠，栾德春，刘爱玲，等. 中国成年职业人群身体活动现状及其影响因素. 营养学报，2007（04）：319 - 323.

［15］翟凤英，杨晓光. 2002 年中国居民营养与健康状况调查报告之二：膳食与营养素摄入情况. 北京：人民卫生出版社，2006.

[16] 王惠君, 王志宏, 李园, 等. 1993 - 2004 年中国九省成人中心性肥胖流行趋势分析. 中国食物与营养, 2007, 4 (6): 47 - 50.

[17] Yang G, Kong L, Zhao W, et al. Emergence of chronic non - communicable diseases in China. Lancet, 2008, 372 (9650): 1697 - 1705.

[18] Nations U. World population prospects: the 2008 revision population database. 2008.

[19] Ma Y, Liu Y, Fu H M, et al. Evaluation of admission characteristics, hospital length of stay and costs for cerebral infarction in a medium - sized city in China. Eur J Neurol, 2010, 17 (10): 1270 - 1276.

[20] 卫生部统计信息中心. 2005 年中国卫生事业发展情况统计公报. 北京, 2005.

[21] 中华人民共和国卫生部. 2009 中国卫生统计年鉴. 北京: 中国统计出版社, 2009.

[22] 控制慢性非传染性疾病, 迎接 21 世纪挑战——卫生部疾病控制司陈贤义副司长在全国慢性病防治策略培训班上的讲话. 中国慢性病预防与控制, 1998 (4): 145 - 151.

[23] 白雅敏, 周敏茹, 陈波, 等. 全国慢性病社区综合防治示范点基本情况调查. 中国慢性病预防与控制, 2007, 15 (1): 3 - 6.

[24] 中国癌症预防与控制规划纲要 (2004 - 2010). 中国肿瘤, 2004, 13 (2): 65 - 68.

[25] 中华人民共和国卫生部. 卫生部办公厅关于印发《全民健康生活方式行动示范创建工作指导方案》 (试行) 的通知. 首都公共卫生, 2010, 4 (1): 2 - 4.

[26] 中国营养学会. 中国居民膳食指南《序》. 营养学报, 2008, 30 (1): 1 - 18.

[27] 中国高血压指南. 中国卒中杂志, 2006, 1 (8): 575 - 582.

[28] Pang T, Sadana R, Hanney S, et al. Knowledge for better health: a conceptual framework and foundation for health research systems. Bull World Health Organ, 2003, 81 (11): 815 - 820.

[29] 刘海林, 刘谦. "九五" 国家医学科技攻关计划实施概况简介. 中华医学科研管理杂志, 1997, 10 (1): 9 - 12.

[30] Buys YM. Assessing payback from research investment. Can J Ophthalmol, 2010, 45 (2): 113 - 114.

[31] Raftery J, Hanney S, Green C, et al. Assessing the impact of England's National Health Service R&D Health Technology Assessment program using the "payback" approach. Int J Technol Assess Health Care, 2009, 25 (1): 1 - 5.

[32] 唐金陵. 流行病学与循证医学//李立明. 流行病学. 第六版. 北京: 人民卫生出版社, 2008, 358 - 359.

[33] 杨振华. 指南与循证医学. 中国循证医学杂志, 2004, 4 (11): 747 - 749.

[34] Grant J, Cottrell R, Cluzeau F, et al. Evaluating "payback" on biomedical research from papers cited in clinical guidelines: applied bibliometric study. BMJ, 2000, 320 (7242):

1107－1111.

［35］陈维军. 文献计量法与内容分析法的比较研究. 情报科学, 2006, 19（8）: 31－33.

［36］王伟. 信息计量学及其医学应用. 北京: 人民卫生出版社, 2009.

［37］邱均平. 文献计量学. 北京: 科学技术文献出版社, 1988.

［38］Friedberg E C. A closer look at bibliometrics. DNA Repair（Amst）, 2010, 9（10）: 1018－1020.

［39］Smith D R, Rivett D A. Bibliometrics, impact factors and manual therapy: balancing the science and the art. Man Ther, 2009, 14（4）: 456－459.

［40］北京大学图书馆. 北大中文核心期刊要目总揽. 北京: 北京大学出版社, 2008.

［41］Straus S E, Richardon W S, Glasziou P, et al. Evidence－Based Medicine（循证医学实践和教学）. 詹思延主译. 北京: 北京大学医学出版社, 2006: 22.

［42］李立明. 流行病学. 第六版. 北京: 人民卫生出版社, 2007.

［43］单文长, 姜晓舜. 文献计量学指标在科技论文评价中的应用. 中华医院管理杂志, 2007, 23（1）: 133－135.

［44］高俊宽. 文献计量学方法在科学评价中的应用探讨. 图书情报知识, 2005（2）: 14－17.

［45］卫生部卫生统计中心. 2010 中国卫生统计年鉴. 北京, 2010.

［46］Waxman A. Prevention chronic diseases: WHO globa strategy on diet, physical activity and health . Food Nutr Bull, 2003, 24（3）: 281－284.

［47］王陇德. 慢性病及亚健康状态对我国人民健康的影响及其防治原则. 中华医学杂志, 2003, 83（12）: 1031－1034.

［48］Guyatt G, Gutterman D, Baumann M H, et al. Grading strength of recommendations and quality of evidence in clinical guidelines: report from an american college of chest physicians task force. Chest, 2006, 129（1）: 174－181.

［49］Gray Muir, 唐金陵. 循证医学: 循证医疗卫生决策. 北京: 北京大学医学出版社, 2004, 122－123.

［50］周鑫辉. 我国基础科学成果评价问题研究. 西安: 长安大学, 2009.

［51］De Solla Price D. A general theory of bibliometric and other cumulative advantage processes. Journal of the American Society for Information Science, 1976, 27（5）: 292－306.

［52］Belmin J, Forette B. Bibliometrics, a new way to help a scientific board prepare a world scientific congress. J Nutr Health Aging, 2008, 12（8）: 503－504.

［53］李立明. 流行病学. 第六版. 北京: 人民卫生出版社, 2008, 358－359.

［54］廖星, 谢雁鸣. 共识法在传统医学临床实践指南制定过程中的应用探讨. 中西医结合学报, 2008, 6（6）: 555－560.

[55] Habour Robin. 临床实践指南的制定：苏格兰地区学院之间指南网络. 中国循证医学杂志, 2003, 3 (2): 153 – 156.

[56] 邓可刚. 国外制定循证临床实践指南的进展. 中国循证医学杂志, 2005, 5 (4): 335 – 339.

[57] Dans A L, Dans L F. Appraising a tool for guideline appraisal (the AGREE II instrument). J Clin Epidemiol, 2010, 63 (12): 1281 – 1282.

[58] Gethin G. Use of the AGREE tool will improve guideline implementation. J Wound Care, 2009, 18 (1): 40.

[59] Brouwers M C, Kho M E, Browman G P, et al. AGREE II: advancing guideline development, reporting, and evaluation in health care. PrevMed, 2010, 51 (5): 421 – 424.

[60] 詹思延. 临床指南研究与评价工具简介. 中国循证儿科杂志, 2007, 2 (5): 375 – 377.

[61] Smith R. Comroe and Dripps revieited. BMJ, 1987 (295): 1404 – 1407.

[62] 孔灵芝. 慢性非传染性疾病流行现状、发展趋势及防治策略. 中国慢性病预防与控制, 2002, 10 (1): 1 – 2.

[63] 中华预防医学会慢性病预防与控制分会. 慢性病的流行形势和防治对策. 中国慢性病预防与控制, 2005, 13 (1): 1 – 2.

[64] 詹思延. 临床实践指南的制定应当科学规范. 中华儿科杂志, 2009, 47 (3): 163 – 166.

[65] Burgers J S, Grol R, Klazinga N S, et al. Towards evidence – based clinical practice: an international survey of 18 clinical guideline programs. . Int J Qual Health Care, 2003, 15 (1): 31 – 45.

[66] Shaneyfelt T M, Mayo – Smith M F, Rothwangl J. Are guidelines following guidelines? The methodological quality of clinical practice guidelines in the peer – reviewed medical literature. JAMA, 1999, 281 (20): 1900 – 1905.

[67] SIGN. SIGN 50: A guideline developer's handbook. 2008.

[68] Atkins D, Eccles M, Flottorp S, et al. Systems for grading the quality of evidence and the strength of recommendations I: critical appraisal of existing approaches The GRADE Working Group . BMC Health Serv Res, 2004, 22 (41): 38 – 41.

[69] 蒋朱明, 江华, 詹文华, 等. 制定肠外肠内营养临床指南规范的"指南"：方法学、推荐意见分级与通过程序. 中国临床营养杂志, 2006 (05): 283 – 288.

[70] Chalmers I. Evaluating "payback" on biomedical research. Biomedical funding decisions should be audited. BMJ, 2000, 321 (7260): 566.

[71] Kearney P M, Whelton M, Reynolds K, et al. Global burden of hypertension: analysis of worldwide data. Lancet, 2005, 365 (9455): 217 – 223.

[72] Whitworth JA. 2003 World Health Organization (WHO) / International Society of Hyperten-

sion (ISH) statement on management of hypertension. J Hypertens, 2003, 21 (11): 1983 – 1992.

[73] Mancia G, De Backer G, Dominiczak A, et al. 2007 Guidelines for the management of arterial hypertension: The Task Force for the Management of Arterial Hypertension of the European Society of Hypertension (ESH) and of the European Society of Cardiology (ESC). Eur Heart J, 2007, 28 (12): 1462 – 1536.

[74] Chobanian A V, Bakris G L, Black H R, et al. The Seventh Report of the Joint National Committee on Prevention, Detection, Evaluation, and Treatment of High Blood Pressure: the JNC 7 report. JAMA, 2003, 289 (19): 2560 – 2572.

[75] North of England Hypertension Guideline Development Group (UK). Essential Hypertension: Managing Adult Patients in Primary Care. National Institute for Health and Clinical Excellence: 2004. Br J Cancer, 2008, 98: 1944 – 1950.

[76] Lewison G, Sullivan R. The impact of cancer research: how publications influences UK - cancer clinical guidelines. Br J Cancer, 2008, 98: 1944 – 1950.

[77] Silagy C A, Stead L F, Lancaster T. Use of systematic reviews in clinical practice guidelines: case study of smoking cessation. BMJ, 2001, 323 (7317): 833 – 836.

[78] Mcalister F A, van Diepen S, Padwal R S, et al. How evidence – based are the recommendations in evidence – based guidelines? PLoS Med, 2007, 4 (8): 1325 – 1332.

[79] Buxton M, Hanney S. How can payback from health services research be assessed? J Health Serv Res Policy, 1996, 1 (1): 35 – 43.

[80] 赵亚利, 崔树起, 彭晓霞, 等. 国内临床指南发展现状及国内外指南比较分析. 中国全科医学, 2005, 8 (7): 593 – 596.

[81] Walker T. Evidence based clinical guidelines: are they effective? N Z Med J, 2001, 114 (1124): 20.

[82] Shekelle P G, Ortiz E, Rhodes S, et al. Validity of the agency for healthcare research and quality clinical practice guidelines: how quickly do guidelines become outdated? JAMA, 2001, 286 (12): 1461 – 1467.

[83] Bloom B S, de Pouvourville N, Chhatre S, et al. Breast cancer treatment in clinical practice compared to best evidence and practice guidelines. Br J Cancer, 2004, 90 (1): 26 – 30.

[84] Ackman M L, Druteika D, Tsuyuki R T. Levels of evidence in cardiovascular clinical practice guidelines. Can J Cardiol, 2000, 16 (10): 1249 – 1254.

[85] Guyatt G, Gutterman D, Baumann M H, et al. Grading strength of recommendations and quality of evidence in clinical guidelines: report from an American college of chest physicians task force. Chest, 2006, 129 (1): 174 – 181.

[86] Hasson F, Keeney S, Mckenna H. Research guidelines for the Delphi survey technique. J Adv Nurs, 2000, 32 (4): 1008 – 1015.

[87] Linstone H, Turoff M. The Delphi method: techniques and applications. Technometrics, 1976, 18 (3): 363.

[88] 曾光, 李辉. 现代流行病学方法与应用. 北京: 北京医科大学中国协和医科大学出版社, 1994: 250 – 270.

[89] Custer R L, Scarcella J A, Stewart B R. The modified Delphi technique – – a rotational modification. Journal of Vocational and Technical Education, 1999, 15 (2): 50 – 58.

[90] Kennedy H P. Enhancing Delphi research: methods and results. J Adv Nurs, 2004, 45 (5): 504 – 511.

[91] Kors J A. The Delphi method: a rewive of its application in medicine. The Netherlands Press, 1989, 150 – 160.

[92] 陈平彦. SPSS13.0 统计软件应用教程. 北京: 人民卫生出版社, 2005, 267 – 268.

[93] Landeta J. Current validity of the Delphi method in social sciences. Technological Forecasting and Social Change, 2006, 73 (5): 467 – 482.

[94] Hopkins D P, Husten C G, Fielding J E, et al. Evidence reviews and recommendations on interventions to reduce tobacco use and exposure to environmental tobacco smoke: a summary of selected guidelines. Am J Prev Med, 2001, 20 (2 Suppl): 67 – 87.

[95] 杨功焕, 胡鞍钢. 控烟与中国未来. 北京: 经济日报出版社, 2011.

[96] 刘姝倩, 姚崇华, 任京媛, 等. 北京基层医生实施《中国高血压防治指南》的现状分析. 中华全科医师杂志, 2004, 3 (3): 169 – 172.

[97] 卫生部疾病预防控制局. 中国慢性病报告. 北京, 2010.

附　录

附录1　50种中文期刊基本情况

期刊所属类别	期刊名称	创刊时间/出版间隔	代码
R 综合性医药卫生	中华医学杂志	1915 年/周刊	01
R 综合性医药卫生	实用医学杂志	1972 年/半月刊	02
R 综合性医药卫生	中山大学学报. 医学科学版	1980 年/双月刊	03
R 综合性医药卫生	中国医学科学院学报	1979 年/双月刊	04
R 综合性医药卫生	浙江大学学报. 医学版	1958 年/双月刊	05
R 综合性医药卫生	北京大学学报. 医学版	1959 年/双月刊	06
R 综合性医药卫生	中国现代医学杂志	1991 年/半月刊	07
R1 预防医学、卫生学	中华流行病学杂志	1981 年/月刊	11
R1 预防医学、卫生学	中华医院感染学杂志	1991 年/半月刊	12
R1 预防医学、卫生学	中华医院管理杂志	1985 年/月刊	13
R1 预防医学、卫生学	中华预防医学杂志	1953 年/双月刊	14
R1 预防医学、卫生学	中国卫生经济	1982 年/月刊	15
R2 中国医学	中国中西医结合杂志	1981 年/月刊	21
R2 中国医学	中国中西医结合急救杂志	1994 年/双月刊	22
R2 中国医学	中国中药杂志	1955 年/半月刊	23
R2 中国医学	中成药	1978 年/月刊	24
R3 基础医学	细胞与分子免疫学杂志	1985 年/月刊	31
R3 基础医学	中华病理学杂志	1955 年/月刊	32
R3 基础医学	生理学报	1927 年/双月刊	33
R3 基础医学	中国临床解剖学杂志	1983 年/双月刊	34
R3 基础医学	病毒学报	1985 年/双月刊	35

期刊所属类别	期刊名称	创刊时间/出版间隔	代码
R4/8 临床医学/特种医学	中华护理杂志	1954 年/月刊	41
R4/8 临床医学/特种医学	中国危重病急救医学	1989 年/月刊	42
R4/8 临床医学/特种医学	中华检验医学杂志	1978 年/月刊	43
R4/8 临床医学/特种医学	中华物理医学与康复杂志	1979 年/月刊	44
R5 内科学	中华结核和呼吸杂志	1953 年/月刊	51
R5 内科学	中华心血管病杂志	1973 年/月刊	52
R5 内科学	中华消化杂志	1981 年/月刊	53
R5 内科学	中华肝脏病杂志	1993 年/月刊	54
R5 内科学	中华内分泌代谢杂志	1985 年/双月刊	55
R6 外科学	中华骨科杂志	1981 年/月刊	61
R6 外科学	中华显微外科杂志	1978 年/双月刊	62
R6 外科学	中国修复重建外科杂志	1987 年/月刊	63
R6 外科学	中华神经外科杂志	1985 年/月刊	64
R6 外科学	中国实用外科杂志	1981 年/月刊	65
R71 妇产科学	中华妇产科杂志	1953 年/月刊	70
R72 儿科学	中华儿科杂志	1950 年/月刊	71
R73 肿瘤学	中华肿瘤杂志	1979 年/月刊	72
R73 肿瘤学	中华放射肿瘤学杂志	1992 年/双月刊	73
R74 神经病学与精神病学	中华精神科杂志	1955 年/季刊	74
R74 神经病学与精神病学	中国行为医学科学	1992 年/月刊	75
R75 皮肤病学与性病学	中华皮肤科杂志	1953 年/月刊	76
R76 耳鼻咽喉科学	中华耳鼻咽喉头颈外科杂志	1953 年/月刊	77
R77 眼科学	中华眼科杂志	1950 年/月刊	78
R78 口腔科学	中华口腔医学杂志	1953 年/月刊	79
R8 特种医学	中华放射学杂志	1953 年/月刊	81
R8 特种医学	介入放射学杂志	1992 年/月刊	82
R9 药学	中国药理学通报	1985 年/月刊	91
R9 药学	药学学报	1953 年/月刊	92
R9 药学	中国药房	1990 年/旬刊	93

附录2 慢性病相关文献回顾性分析摘录信息表

基本情况

杂志编码＿＿＿＿＿　文章编码＿＿＿＿＿　唯一编码＿＿＿＿＿

出版年份＿＿＿＿＿　所在期＿＿＿＿

1　标题＿＿＿＿＿＿＿＿＿＿＿＿＿＿＿＿＿＿＿＿＿＿＿

2　研究内容＿＿＿＿＿＿＿＿＿＿＿＿＿＿＿＿＿＿＿＿＿

3.1　研究问题＿＿＿＿＿＿＿＿＿＿＿＿＿＿＿＿＿＿＿＿

3.2　研究方法＿＿＿＿＿＿＿＿＿＿＿＿＿＿＿＿＿＿＿＿

3.3　研究对象来源＿＿＿＿＿＿＿＿＿＿＿＿＿＿＿＿＿＿

4　第一作者来源＿＿＿＿＿＿＿＿＿＿＿＿＿＿＿＿＿＿＿

5　基金情况＿＿＿＿＿＿＿＿＿＿＿＿＿＿＿＿＿＿＿＿＿

6.1　录入员编码＿＿＿＿＿＿＿＿＿＿＿＿＿＿＿＿＿＿＿

6.2　录入日期＿＿＿＿＿＿＿＿＿＿＿＿＿＿＿＿＿＿＿＿

附录 3　指南参考文献分析摘录信息表

基本情况

指南编码_____　文章编码_____　唯一编码_____　出版年份_____

所在杂志_____　国家_____　语言_____　文献类型_____

1　标题_____

2　研究类型_____

3　研究方面_____

4　研究方法_____

5.1　作者个数_____

5.2　国际合作情况_____

5.3　第一作者来源机构类别_____

6　基金情况_____

7　参考文献信息标注错误情况_____

7.1　录入员编码_____

7.2　录入日期_____

附录 4   AGREE II 评价条目

领域	条目	具体描述
领域 1 **范围和** **目的**	1 明确阐述了指南的总目的	涉及指南对社会和患病人群可能的健康影响。应该详细描述指南的目的，指南中的预期健康利益应该具体到临床中的问题。
	2 明确阐述了指南所涵盖的健康问题	指南应该提供健康问题的具体描述
	3 明确阐述了指南所要应用的人群（病人、大众等）	对指南的目标人群应该有一个清楚的描述，应提供年龄范围，性别，临床类型等
领域 2 **制定参** **与人员**	4 指南制定组包括所有相关专业的人员	该条目是关于制定过程中涉及到的专业人员，可以包括发起小组，挑选和评估证据的研究组，参与形成最终推荐建议的个人，但不包括对指南进行外部评估的个人
	5 考虑到目标人群的观点和选择	临床指南的制定应考虑目标人群对卫生服务的体验和期望。可以采取许多方法保证做到这一点。
	6 指南的适用者已经明确规定	指南中必须明确规定使用者，这样才能立即判断指南是否适用于他们。
领域 3 **制定严** **谨性**	7 用系统的方法检索证据	应提供检索证据的详细策略，包括使用的检索词、信息来源、文献涵盖的时间。
	8 清楚地描述选择证据的标准	应提供检索时入选和排除证据的标准。这些标准及排除和纳入证据的理由都应该很清楚的描述出来。
	9 清楚地描述证据体系的优缺点	通过正式或非正式的工具/方法评估和描述研究的风险及证据体系的不足，不同研究中可以不同方式进行。
	10 详细描述了形成推荐建议的方法	应当描述形成推荐建议的方法和如何达到最终的决定。方法很多，比如投票、正式共识会议（如特尔菲法，Glaser 方法）。还应该指出意见不一致的地方和解决的方法。

领域	条目	具体描述
	11 在形成推荐建议时考虑了对健康的益处、副作用以及危险	指南应该考虑到推荐建议对健康的益处、副作用以及危险。例如，对于管理乳腺癌的指南就应该包括对所有可能出现的结局的讨论，包括：生存、生活质量、不良反应、对症状的处理或者一种疗法与另一种疗法对比的讨论。应当有证据表明这些问题已被强调。
	12 推荐建议和支持证据之间有明确的联系	在推荐建议和支持证据之间应当有清楚的联系。每一条推荐建议都应当附一张证据来源的参考文献清单。
	13 指南在发表前经过专家的外部评审	一个指南在正式发表之前必须经过外部评审。评审人员不应当是参与指南制定小组的成员，而应当包括临床领域的专和一些方法学的专家。病人的代表也可以被包括进来。对外部评审的方法学应予以描述，可以包括评审者名单和他们所属的单位。
	14 提供指南更新的步骤	指南需要反映当今最新的研究。应当清楚地说明更新指南的程序。例如，给出一个时间表，或者一个接受定期更新的文献检索及按照要求做出改变的标准模版。
领域4 表述清晰性	15 推荐建议明确且不含糊	推荐建议应该具体精确地描述处理方法在什么情况下对何种病人适用，并且要指出有无证据支持。
	16 明确列出管理身体状况或健康的不同选择	指南应该考虑到临床筛查、预防、诊断治疗存在各种不同的选择。在指南中应该明确提到这些可能的选择。
	17 很容易识别主要的推荐建议	使用者应该比较容易地找到最重要的推荐建议。这些建议能够回答指南关注的主要临床问题。它们可以通过不同的方式加以识别。

续　表

领域	条目	具体描述
领域5 应用性	18 介绍指南应用中可能遇到的便利性和障碍	推荐中应明确列出指南在应用中有可能遇到的各种障碍，需要的各种条件帮助。
	19 提供帮助指南应用于实践的建议或工具	指南的正确应用需要传播和其他资料的发放等。
	20 指南考虑了应用推荐建议时潜在的资源问题	一个指南的实施还需要各方面的辅助条件。例如，需要更专业的技术人员，新的设备和昂贵的药物治疗。这些费用可能要纳入医疗预算当中。对于资源各种可能的影响在指南当中理应讨论。
	21 指南提出了监测和审计准则	衡量一个指南的依从性能够促进指南的应用。这需要有一个明确的评价标准，而这个标准来自指南里面的核心推荐建议。
领域6 编撰独立性	22 基金支持体系不影响指南内容	一些指南的制定有外部的赞助。这些赞助可以以捐款的方式支持整个指南的制定或其中一部分工作，例如用于指南的印刷。但应该有一个明确的声明：赞助单位的观点和意见都不能影响指南的最后制定。
	23 记载了指南制定小组成员的利益冲突	参与指南编写的成员可能会有利益冲突。例如，指南制定小组中某个成员就研究指南涉及的题目，并且该课题得到某个制药公司的赞助。所以，必须明确指出来小组所有成员都声明过他们是否有利益冲突。

注：此外还有两个总体条目：

1 对指南的总体质量进行评分（1分为质量最低，7分为质量最高）

2 评价人是否建议使用此指南（3个选项：推荐；推荐，但要做一些修改；不推荐）

附录 5　44 篇中国慢性病领域相关指南基本情况

编号	疾病	题目	发布机构	时间	参考文献	出处
1		腹腔镜胃恶性肿瘤手术操作指南	中华医学会外科分会腹腔镜与内镜外科学组	2007 年	无	外科理论与实践
2		北京大学临床肿瘤学院大肠癌肝转移诊疗指南	北京大学临床肿瘤学院多位作者	2007 年	无	中国实用外科杂志
3		口腔颌面部恶性肿瘤颈淋巴结转移的外科诊治指南	中华口腔医学会口腔颌面外科专业委员会肿瘤学组	2005 年	无	中国口腔颌面外科杂志
4		口腔颌面部恶性肿瘤治疗指南	中华口腔医学会口腔颌面外科专业委员会肿瘤学组	2010 年	有	中国口腔颌面外科杂志
5	肿瘤	腹腔镜结肠直肠癌根治手术操作指南	中国抗癌协会大肠癌专业委员会腹腔镜外科学组；中华医学会外科分会腹腔镜与内镜外科学组	2006 年	无	外科理论与实践
6		中国抗癌协会乳腺癌诊治指南与规范	中国抗癌协会乳腺癌专业委员会	2008 年	无	中国癌症杂志
7		胰腺癌诊治指南	中华医学会外科学分会胰腺外科学组	2007 年	有	中国实用外科杂志
8		四川大学华西医院结直肠癌手术治疗指南	四川大学华西医院肛肠外科多位作者	2008 年	有	中国普外基础与临床杂志
9		涎腺肿瘤的诊断和治疗指南	中华口腔医学会口腔颌面外科专业委员会涎腺疾病学组；中国抗癌协会头颈肿瘤外科专业委员会涎腺肿瘤协作组	2010 年	有	中华口腔医学杂志

续　表

编号	疾病	题目	发布机构	时间	参考文献	出处
10		经皮冠状动脉介入治疗指南	中华医学会心血管病学分会；中华心血管病杂志编辑委员会	2009 年	有	中华心血管病杂志
11		经皮冠状动脉介入治疗指南	中华医学会心血管病学分会；中华心血管病杂志编辑委员会	2002 年	无	中华心血管病杂志
12		埋置心脏起搏器及抗心律失常器指南	《中国心脏起搏与心电生理杂志》编辑部；中国生物医学工程学会心脏起搏与电生理分会	2003 年	无	中国心脏起搏与心电生理杂志
13	冠心病	胺碘酮抗心律失常治疗应用指南	中华医学会心血管病学分会；中国生物医学工程学会心律分会胺碘酮抗心律失常治疗应用指南工作组	2008 年	有	中国心脏起搏与心电生理杂志
14		胺碘酮抗心律失常治疗应用指南	中国生物医学工程学会心脏起搏与电生理分会；中华医学会心血管病学分会；	2004 年	有	中国心脏起搏与心电生理杂志
15		急性心力衰竭诊断和治疗指南	中华医学会心血管病学分会；中华心血管病杂志编辑委员会	2010 年	有	中华心血管病杂志
16		急性心肌梗死诊断和治疗指南	中华医学会心血管病学分会；中华心血管病杂志编辑委员会；中国循环杂志编辑委员会	2001 年	无	中华心血管病杂志
17		慢性心力衰竭诊断治疗指南	中华医学会心血管病学分会；中华心血管病杂志编辑委员会	2007 年	有	中华心血管病杂志

编号	疾病	题目	发布机构	时间	参考文献	出处
18		慢性稳定性心绞痛诊断与治疗指南	中华医学会心血管病学分会；中华心血管病杂志编辑委员会	2007 年	有	中华心血管病杂志
19		慢性稳定性心绞痛维吾尔医诊疗指南		2008 年	无	中国民族医药杂志
20		室上性快速心律失常治疗指南	中华医学会心血管病学分会；中国生物医学工程学会心脏起搏与心电生理分会；	2005 年	有	中华心血管病杂志
21	冠心病	不稳定性心绞痛和非 ST 段抬高心肌梗死诊断与治疗指南	中华医学会心血管病学分会；中华心血管病杂志编辑委员会	2007 年	有	中华心血管病杂志
22		射频导管消融治疗快速心律失常指南	中国生物医学工程学会心脏起搏与电生理分会导管消融学组	1996 年	有	中国心脏起搏与心电生理杂志
23		射频导管消融治疗快速心律失常指南	中国生物医学工程学会心脏起搏与电生理分会；中华医学会心电生理和起搏分会	2002 年	有	中国心脏起搏与心电生理杂志
24		冠状动脉旁路移植术技术指南	多家医院多位作者	2006 年	无	中华外科杂志
25	高血压	中国高血压防治指南	中华人民共和国卫生部；中国高血压联盟	1999 年	无	高血压杂志
26		高血压防治基层实用规范	中华医学会心血管病分会；北京市高血压防治协会；全国心血管病防治研究办公室等	2003 年	无	中华全科医师杂志

续　表

编号	疾病	题目	发布机构	时间	参考文献	出处
27		2004 年中国高血压防治指南	中国高血压防治指南修订委员会	2004 年	无	高血压杂志
28		中国高血压防治指南	卫生部心血管病防治研究中心；中国高血压联盟	2005 年	有	中国卒中
29	高血压	中国高血压防治指南（基层版）	中华人民共和国卫生部疾病预防控制局；卫生部心血管病防治研究中心；高血压联盟（中国）	2009 年	无	中国医学前沿杂志
30		高血压病维吾尔医诊疗指南	新疆维吾尔自治区维吾尔医医院多位作者	2008 年	无	中国民族医药杂志
31		中国脑血管病防治指南	卫生部疾病控制司；中华医学会神经病学分会；中华医学会神经病学分会脑血管病学组；	2007 年	无	中风与神经疾病杂志
32	脑卒中	中国急性缺血性脑卒中诊治指南	中华医学会神经病学分会脑血管病学组急性缺血性脑卒中诊治指南撰写组	2010 年	有	中华神经科杂志
33		中国缺血性脑卒中和短暂性脑缺血发作二级预防指南	中华医学会神经病学分会脑血管病学组缺血性脑卒中二级预防指南撰写组	2010 年	有	中华神经科杂志
34		中国 2 型糖尿病防治指南	中华医学会糖尿病学分会	2007 年	有	中国内分泌代谢杂志
35	糖尿病	中国糖尿病防治指南	卫生部疾病控制司；中华医学会糖尿病学分会	2004 年	无	中国慢性病预防与控制
36		中国动态血糖监测临床应用指南	中华医学会糖尿病学分会	2009 年	有	中华医学杂志

编号	疾病	题目	发布机构	时间	参考文献	出处
37		COPD 诊治指南（2007 年修订版）	中华医学会呼吸病学分会慢性阻塞性肺疾病学组	2007 年	无	继续医学教育
38	COPD	慢性阻塞性肺疾病诊治指南	中华医学会呼吸病学分会慢性阻塞性肺疾病学组	2002 年	无	中国结核和呼吸杂志
39		中国居民膳食指南	中国营养学会	2007 年	无	营养学报
40	膳食	1997 年中国居民膳食指南	中国营养学会	1997 年	无	营养学会网站
41		中国成人超重和肥胖症预防与控制指南	中华人民共和国卫生部疾病控制司	2003 年	有	营养学报
42	肥胖	中国肥胖病外科治疗指南	中华医学会外科学分会内分泌外科学组等 4 个组	2007 年	有	中国实用外科杂志
43	血脂	中国成人血脂异常防治指南	卫生部心血管病防治中心；中国成人血脂异常防治指南制订联合委员会	2007 年	有	中华心血管病杂志
44	戒烟	中国临床戒烟指南	世界卫生组织烟草或健康合作中心；中国疾病预防控制中心控烟办公室；中国控制吸烟协会医院控烟专业委员会	2007 年	无	国际呼吸杂志

附录6 文献综述1 国际慢性病防治策略与措施的新进展

慢性病是威胁人类健康最主要的疾病，WHO 的报告指出，以心脑血管疾病、恶性肿瘤、糖尿病和慢性阻塞性肺疾病（COPD）为主的慢性病已经占到全部死亡的 80.0%。2005 年全球有 3500 万人死于慢性疾病，其中 80% 的慢性病死亡发生在中低收入国家[1]。为了有效控制慢性病，各国积极开展相关研究与实践，积累了丰富的慢性病防治经验。本文主要对国际慢性病防治策略与措施的新进展进行回顾总结，以帮助我国更好的应对慢性病的挑战。

一、慢性病的病因链及预防策略

与传染病不同，慢性病是一类病因复杂的疾病。图中展现了心脏病、脑卒中、肿瘤、慢性呼吸道疾病、糖尿病等主要慢性病的病因链[2]。以往关注的高血压、高血糖等生理指标是慢性病的中间危险因素，也称为近端危险因素，是医生和患者关注的指标。而在个体层面，除了年龄和遗传不可改变的危险因素外，还有不合理膳食、少体力活动、吸烟等这些慢性病共有的、最重要的、可改变的危险因素。WHO 的报告指出，有效干预这三种危险因素可以预防 80% 的心血管疾病、2 型糖尿病和 40% 的肿瘤。再往远端，是一些宏观的因素，包括社会经济水平、文化、政策、环境等，这些因素与慢性病间的因果关系并未完全明确，但近年来的研究显示，通过改变环境、文化等措施可以有效预防慢性病的发生发展。

目前已经开展的医疗服务主要是针对疾病和中间危险因素，重视对疾病的治疗和早期诊断。公共卫生领域目前主要针对共有的可改变的三大危险因素，通过健康教育等方式，促进人群养成良好的生活方式。针对遗传危险因素的研究数量较多，但真正用于人群防治的较少，大多停留在理论层面。从效果来看，医疗服务关注的中间危险因素位于病因链

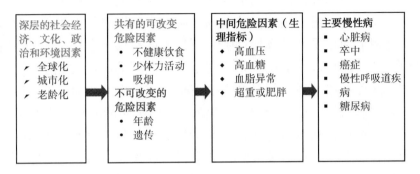

图　主要慢性病的病因链

的最末端，临床治疗的成本大、效果小、受益人群窄，健康教育的受益人群广、成本低，但由于个体行为与环境等密切相关，目前显示单纯健康教育的效果并不明显，而相对于这两种干预而言，针对远端危险因素如环境、政策等方式的受益面广，效果持久，干预效率高。因此，通过对病因链的再认识能够指导我们开展慢性病防治工作。一方面，针对已经出现中间危险因素和疾病的人群，要加强临床治疗和康复，减少疾病对患者及家属带来的负担。同时，开展慢性病的预防工作，减少慢性病的发生。一方面要继续开展健康教育，使个体具有健康生活方式的知识和技能，同时更要重视政策、环境等远端危险因素，通过政府创建支持性环境，为个体开展健康方式防治提供必要的条件。

二、慢性病防治的综合与整合策略

世界卫生组织提出了慢性病防治的综合策略和整合策略[3,4]。所谓"综合"（comprehensive），就是将针对整个人群的措施与针对高危个体或患者的措施结合起来。针对整个人群的措施包括利用政策、法律法规（如公共场所禁止吸烟的法规），经济措施（如提高烟草消费税），改善建成环境（如通过增加修缮步行道及自行车道、开辟绿地、增加运动场馆的可及性、修缮高层建筑物的楼梯间，从而增加个体的体力活动水平）等。以往提倡的社区综合防治即是慢性病综合策略的体现，以社区为依托，开展全人群策略和高危人群策略，从预防、筛检到治疗、康复的整套工作，利于慢性病防治的顺利开展。高危策略针对性强，效果明确，易被理解和接受，可操作性强；而全人群策略覆盖面广，干预措施更具根本性且往往成本低廉，是实现全人群健康的必经之路。慢性病防治应该是两种策略并举，但是全人群策略应该是更有优势。

所谓"整合"（integrated），即针对多种疾病的共同危险因素（如吸烟、不合理膳食和少体力活动）采取措施，将针对多种不同疾病的治疗管理整合起来。如对各类疾病患者进行自我疾病管理的培训，帮助他们减少共同的危险行为，能够更好的管理疾病。慢性病的发生是多种危险因素共同作用的结果，一方面不同危险因素有相关性，可以互为因果或有共同的潜在远端病因，另一方面不同危险因素间常存在协同作用，即两个危险因素同时存在时，其致病作用远远高于两个因素单独存在时的作用之和（表）。因此，针对多种危险因素进行整合干预的效果大于单个危险因素干预效果。如 2002 年 WHO/ISH 颁布的高血压指南中指出，要从单纯的"治疗高血压"转向对"广泛的心血管危险因素进行管理"。同时，整合还包括将慢性病防治工作整合到医疗机构和疾控机构已经开展的工作和项目中，充分利用原有的疾病防治网络[2]。

表　不同慢性病的危险因素

危险因素	心血管病	糖尿病	肿瘤	COPD
吸烟	√	√	√	√
体力活动	√	√	√	√
膳食膳食	√	√	√	√
饮酒	√		√	
肥胖超重	√	√	√	√
血压	√	√		
血糖	√	√		
血脂	√	√	√	

三、重视临床与预防的结合

慢性病的预防由疾病预防控制人员主要负责，而医务人员主要负责慢性病的治疗与康复工作。然而，各国的研究显示，仅有疾控人员开展慢性病的防治工作是远远不够的，且一般人群对于医务人员的依从性远远好于对疾控人员的依从性。因此，在医务人员中加强疾病防治和保健的意识，重视慢性病的预防工作是非常重要的。且目前临床中也更加重视对疾病的整体防治和早期防治，如对多个危险因素的综合评估、制定疾病前期的诊断标准等。

（一）诊断

重视对疾病早期的诊断和筛检。对高血压、糖尿病、高血脂等疾病，一方面确定疾病的诊断标准，同时对高于异常值的情况进行诊断，对有可能发生这些疾病的人群起到很好的警示作用。此外，重视多个危险因素对慢性病的影响，如在高血压的危险因素分层中，加入多个心血管危险因素评估，不是单独根据血压水平判断，而是结合共同的危险因素，这样有利于更好地控制危险因素，减少慢性病的发生[5]。

（二）重视临床医生开展健康教育

对一般人群的健康教育固然重要，但对高危人群和病人的教育和管理也十分重要。病人对医生的依从性较好，且临床医生能够接触到大量的病人，对不同种类疾病的病人均能开展多个慢性病的健康教育工作。除了病人，针对病人家属开展健康教育也能起到较好的效果。很多医院已经建立了健康教育中心，一些医院尝试专家门诊、宣教中心和患者协会三位一体的管理机构。心血管学会、肿瘤防治学会也开展了针对临床医生的预防保健知识培训会。

四、立足社区和基层，开展慢性病防治

世界卫生组织于1988年9月12～14日在日内瓦召开了"非传染病社区一体化预防规划"的全球顾问小组会，提出一体化社区预防的概念[6]，并在部分国家开始实施。社区防治包括教育策略、社会政策和改

善环境。教育策略包括信息交流和技能培训，通过各种传媒、小组讨论、宣传资料、视听资料、专题讲座等方式进行培训；通过技能讲座、有奖竞赛、观摩学习、示范家庭和学校等方式进行技能培训。社会政策包括政策和法规，也包括学校等单位的正式和非正式的规定。环境政策包括改变物理环境和社会环境，如设立无烟区属于物理环境策略，奖励戒烟学生属于社会环境策略。

社区健康管理，是基于管理理论和新健康理念对社区健康人群、疾病人群的健康危险因素进行全面监测、分析、评估、预测、预防、维护和发展个人和家庭技能的全过程。只有实施战略前移（从疾病发生的"上游"入手，即对疾病发生的危险因素实行有效地控制与管理，从以病人为中心转向健康/亚健康人群为中心）和重心下移（即将卫生防病工作的重点放在社区、农村和家庭），才是解决民众"看病贵、看病难"问题的最有效办法和举措。社区健康管理包括健康监测、评估、干预和指导。

五、重视疾病和危险因素的监测

通过公共卫生监测，可以帮助我们了解慢性病和危险因素的分布情况，了解其时间变化趋势和人群分布差异，从而为慢性病防治实践工作提供科学证据[7]。WHO 于 2001 年推出了一套标准化的监测方法，即 STEPS 监测策略[8]，以保证不同时间不同地区监测数据的可比性。且先后于 2001 和 2002 年推出了慢性病危险因素监测框架和脑卒中监测框架。WHO 挑选了对慢性病影响较大，有较好的预防措施，适合测量的 8 个危险因素，包括烟草使用、饮酒、膳食营养、体力活动，和血压、血糖、血脂、肥胖，并建立了不同国家的信息库[9]。此外，欧盟各组织也提出，要重视全球慢性病的监测及监测方法，将慢性病监测整合至国家信息系统中[10]。慢性病有关的监测应包括：

1）死因监测　不同人群、不同疾病的死亡情况。

2）发病监测　冠心病、脑卒中、糖尿病、肿瘤等的发病登记。

3）行为危险因素监测　人群行为危险因素的变化。

4）人文环境监测　政策、健康教育、卫生服务与管理的情况。

5）干预过程的监测　预防、治疗、康复等各个干预实施质量及过程监测。

同时，还要加强监测数据的收集、分析、利用及质量控制。

六、加强国际间协作

加强国际间的合作至关重要，发达国家较早遇到慢性病防治问题，积累了较多的经验，发展中国家也逐渐开展适合自己国情的干预实验。学习以往慢性病防治成功的例子，总结失败的教训，均有利于本国开展实践工作。而要加强国际交流和合作，一方面 WHO 和其他国际组织要积极组织开展跨国的会议交流，同时要及时发布最新的研究与实践成果，各国也要积极与国内外学者交流。WHO 于 2000 年提出了《Global Strategy for the Prevention and Control of Noncommunicable Diseases》策略[11]，2003 年第 53 届世界卫生大会通过了《预防与控制非传染病的全球策略》报告，2008 年提出了具体的实施策略，并先后于2003 年、2004 年和 2008 年提出了烟草控制、膳食和体力活动、过量饮酒的相关文件。2009 年 6 月 15 日，6 个世界上主要医学研究机构（澳大利亚国立医学研究会、加拿大医学研究所、中国医学科学研究院、英国医学研究委员会、美国国立卫生研究院）共同组建了全球慢性病联盟（Global Alliance for Chronic diseases），该联盟掌握了全世界 80.0% 左右的公共卫生基金，主要用于应对心脑血管疾病、恶性肿瘤、糖尿病和慢性阻塞性肺疾病对健康和社会经济带来的威胁。联盟重点关注中低收入国家的慢性病问题。该联盟的成立对全球共同抵抗慢性病的挑战具有里程碑的意义[12]。此外，世界糖尿病联盟（International Diabetes Federation），国家抗癌联盟（International Union against Cancer），国际防痨及肺部疾病联合会（International Union against Tuberculosis and Lung Diseases），世界心脏联盟（World Heart Federation）等组织对慢性病国际合作也起到重要的作用[13]。

随着对慢性病的认识逐渐加深，其防治策略与措施也在不断调整。

我国需要及时地学习与掌握新的措施，并探索适应新措施的研究方法和研究工具，以更好地控制我国慢性病的流行。

参 考 文 献

[1] Tunstall-Pedoe H. Preventing Chronic Diseases. A Vital Investment：WHO Global Report. Geneva：World Health Organization, 2005. Int J Epidemiol, 2006.

[2] 吕筠，李立明. 慢性病防治进展//詹思延. 流行病学进展（第12卷）. 北京：人民卫生出版社，2010：12.

[3] Mendis S，Fuster V. National policies and strategies for noncommunicable diseases. Nat Rev Cardiol, 2009, 6（11）：723 – 727.

[4] Khatib O. Noncommunicable diseases：risk factors and regional strategies for prevention and care. East Mediterr Health J, 2004, 10（6）：778 – 788.

[5] 中国高血压防治指南修订委员会. 中国高血压指南（2005年修订版）. 2005.

[6] Shigan E N. Integrated programme for noncommunicable diseases prevention and control （NCD）. World Health Stat Q, 1988, 41（3 – 4）：267 – 273.

[7] Alwan A，Maclean D R，Riley L M, et al. Monitoring and surveillance of chronic non-communicable diseases：progress and capacity in high-burden countries. Lancet, 2010, 376 （9755）：1861 – 1868.

[8] WHO surveillance and monitoring, 2006.

[9] WHO Global InfoBase, 2010.

[10] Alleyne G，Stuckler D，Alwan A. The hope and the promise of the UN Resolution on noncommunicable diseases. Global Health, 2010, 6：15.

[11] WHO. Global Strategy for the Prevention and Control of Noncommunicable Diseases. 2000.

[12] Global Allicance for Chronic Diseases, 2011.

[13] Geneau R，Stuckler D，Stachenko S, et al. Raising the priority of preventing chronic diseases：a political process. Lancet, 2010, 376（9753）：1689 – 1698.

附录 7　文献综述 2　循证指南参考文献分析在
医学研究产出评价中的应用

医学研究的最终目的是应用于医疗实践中以促进健康[1]，医学研究的产出评价也应基于研究对于疾病防治和促进健康的作用。以往研究主要利用发表文献的数量及文献被引用次数作为医学研究产出评价的重要指标，发表文献数量越多，被引用次数越高，则反映了该研究产出较好，研究成果被广泛应用[2]。但研究的资助者每年提供大量的资金用于医学研究，不仅仅关心研究的学术质量及影响，更关心研究应用于医疗实践中的效果，尤其是对病人治疗的影响[3]。

近年来，利用循证指南评价医学研究对医疗实践及健康"回报"的方法逐渐成熟[4-6]。随着循证医学的发展，采用循证的方法制定指南已经成为国际指南制定的主流[7]，通过对相关领域的研究、成果进行汇总，包括原始研究和系统综述，结合经济、政策等角度综合制定临床实践指南。高质量的循证指南是医疗决策不可缺少的组成部分，能够指导医疗服务者从事预防、诊断、治疗、康复、保健和管理工作，并已逐渐成为一些国家规范医疗服务、加强服务质量管理、控制医疗费用的重要方法[8]。研究能够被循证指南所引用，成为指南的制定依据，是研究用于改善医疗实践的一个重要方面，基于指南制定依据的分析是医学研究产出评价的重要思路。

一、评价方法

参考文献是循证指南的制定依据，反映了指南制定过程中的证据来源。通过对指南参考文献的分析，能够了解其从医学研究到应用于实践的过程，以下将对这一方法进行介绍。

（一）循证指南的选择

指南是研究资料的来源基础，选择合适的指南能够对该领域医学研究的产出及对实践影响评价做出正确、全面的估计。因此，在指南选择的时候，需要满足以下标准：

1. 与研究领域有关的指南。

2. 由政府卫生部门或专业学术机构等制定审核，并公开发表的指南。

3. 基于循证角度制定的指南，而不是基于专家共识的指南。

4. 保证指南的普遍性和适用性，排除适用人群为具有某类特征的人群，如高血压病维吾尔医诊疗指南、妊娠糖尿病治疗指南。

5. 对某一国家指南参考文献分析时，还应排除由其他国家发布在该国应用的指南或经过微小改动后在该国应用的指南。

（二）指南检索

指南的检索应尽量全面。目前国际上有很多机构和国家建立了指南检索平台，如国际指南网络（www.g-i-n.net）、美国国立指南文库（www.guideline.gov）、英国临床优化研究所NICE（www.nice.org.uk）、英国电子指南库（www.eguidelines.co.uk）、新西兰指南小组NZGG（www.nzgg.org.nz）、苏格兰指南网络SIGN（www.show.scot.nhs.uk/sign）、澳大利亚医学会临床指南网站（http://mja.com.au/public/guides/guides.html）、加拿大临床指南网站（http://www.cma.ca/cpgs/index.html）等，我国目前也正在建立临床指南平台（http://epilab.bjmu.edu.cn:820/index.aspx）。但由于刚刚建立，指南的收集并不完整，仍需通过广泛检索网站、期刊、书籍、临床智库网，咨询临床医生等多方面尽量获得全面的指南信息。

（三）摘录内容

摘录的内容包括指南的基本信息和参考文献的信息。其中，指南基本信息包括指南的名称、发布年份、研究内容等。

参考文献的信息包括数量、文献类型、所在期刊、发表时间、研究类型、研究方法、作者信息、基金支持情况等。其中，文献类型包括期刊文献、会议文献、报告、书籍、网页等。期刊信息包括期刊类型及影响因子等。研究类型主要分为以人为研究对象的临床/预防研究和以动物/细胞为研究对象的基础研究。文献所使用的研究方法包括描述性研

究、分析性研究、实验性研究、系统综述、理论研究等。研究作者信息
应包括作者来源机构和来源国家等，其中来源国家可以以第一作者的来
源国代替，也可以按不同来源国家作者个数所占比例来计算。研究基金
支持情况包括文献有无标记基金支持及基金支持类型等。

（四）资料分析

对参考文献的基本信息进行描述。统计每篇指南附录参考文献的数
量、各参考文献所占比例。对于来源期刊的参考文献，统计所在期刊影
响因子的最大值、最小值和中位数。以往研究用文献所在期刊的类型代
表文献的研究类型，包括 Lewison 等 2004 年建立的期刊分类系统[9]及美
国 CHI 研究建立的期刊分类[10]，将期刊按照偏重临床和基础的程度分
为不同的等级。统计参考文献发表年份，包括中位数、分布趋势等。文
献的知识周期指文献从发表到被指南引用的周期，摘录时可以用文献发
表年份与指南发布年份的差值得到，如知识周期较长，则反映指南的更
新较慢，可能未囊括最新的证据。对文献研究类型的描述，可以评价不
同类型的研究在实践应用中所起的作用。统计使用不同研究方法的文献
数量及所占比例。统计医疗机构、高等院校、科研院所、疾病预防控制
机构等各类型来源机构作者的数量及所占比例；对作者来源国家的描
述，可以得到不同来源国家所占的比例，用于评价该国在指南制定方面
所起的作用。考虑到各国应用于指南参考文献的数量不仅与其研究质量
有关，也与该国文献总数量有关，因此以"应用研究比值"作为各国研
究在指南实践应用中比较的指标，该指标计算方法见表。对文献标记基
金情况的描述，并对不同研究类型、研究方法、文献的基金支持进行比
较，总结不同基金支持对医学研究应用于实践的作用，可以为将来基金
立项提出建议（各指标摘录计算方法及意义见表）。

表 各指标计算方法及意义

分析指标	计算方法	意 义
文献数量	统计指南附注参考文献数量	反映了指南证据来源体系,可用于不同国家/类型指南参考文献分析比较
文献类型	分别计算每种类型文献数量及比例	用于比较不同类型文献对指南证据所做贡献
文献所在期刊	计算各期刊来源文献数量及比例	比较不同类型、质量期刊对指南证据所做贡献
文献发表时间	记录参考文献发表时间,统计最大值、最小值、中位数等	反映指南证据来源的发表时间分布,统计指南所引用证据来源的主要年代
文献知识周期	即文献发表时间与指南发表时间之差,通常统计所有文献知识周期的最大值、最小值、中位数等	反映文献从研究到被指南引用的时间差,得到研究在发表后多长时间内易于被指南应用;比较不同研究类型、研究方法等文献的知识周期长短;不同国家间指南可比较证据来源的新旧
文献研究类型	统计基础类研究、临床/预防类研究的数量及比例	反映不同类型研究在指南中所起作用;不同研究内容或不同国家指南,结果可相互比较
文献研究方法	统计所使用各研究方法的种类及比例	反映不同研究方法在指南中所起作用,可结合指南内容及证据强度进行比较
作者来源机构	统计不同类型作者来源机构数量及比例	反映不同来源机构在指南制定中所起作用大小
作者来源国家	统计作者来源国家数量及比例	反映不同国家在指南制定中所起作用大小
应用研究比值	计算不同国家研究某方面研究文献数量及占同时期该方面研究全部文献总数的比例,以该国在指南参考文献中所占比例除以研究文献比例,即为应用研究比值	结合了不同国家某方面研究文献数量及质量的综合指标,比单纯计算作者来源国家比例更为全面;若比值大于1,则表示该国研究质量较高,更多的应用于指南证据中
标记基金支持	统计标记有基金支持的文献数量及各类型基金所占比例	有无基金支持对成为指南证据所起作用;不同研究内容或不同国家指南,结果可相互比较

二、应用实例

(一) 英国临床指南的参考文献分析

2000 年,英国 Welcome Trust 基金政策分析小组针对英国 15 个临床指南的参考文献进行了分析,以探索评估医学研究对改进英国医疗实践、促进健康的作用[5]。作者挑选出 15 个由英国制定并由国家卫生局（NHS）评估通过的、基于循证医学的指南。摘录的信息包括知识周期、作者国家、文献所在的期刊类型等。15 个指南共有 2501 篇参考文献，其中 2043 篇是期刊文献，知识周期的中位数是 8 年，即参考文献从发表到被指南引用约需要 8 年的时间，其中基础类研究文献的知识周期较长，达 17 年。研究主体来源最多的是美国（36%），其次是英国（25%）。文献所在期刊类型结果显示 75% 的文献来源于临床类期刊，仅有 25% 的文献来源于基础类期刊。且与英国 1988 ~ 1995 年医学文献研究总量相比，指南参考文献中临床类文献比例仍较高。作者在讨论中指出，基础类研究在指南制定中所起作用较小，是否意味着基础研究对改善医疗实践贡献较少？此外，基础类研究在应用于实践过程中，不仅需要花费较长的时间，且大部分研究仅停留在研究阶段，并未对改善医疗实践做出贡献。因此，研究者在开展基础类研究时，应注意与临床和预防实践需要相结合。当然指南只是研究应用于医疗实践的一个方面，应从多角度全面评价基础研究在改善医疗实践中的作用。

（二）肿瘤指南的参考文献分析

作者对英国关于肿瘤临床治疗方面的 43 个指南的参考文献进行了分析[4]。这 43 个指南共有参考文献 3217 篇，且大多数来源于临床类型的期刊。研究主体的来源国家分布广泛，涉及大部分的国家，来源作者最多的国家是美国和英国，所占比例为 33.7% 和 19.1%。作者进一步计算了各国的应用研究比值。结果显示英国的比值最高，为 2.93，说明英国肿瘤指南更多的引用了来自英国本土的研究。同时，来自欧洲的几个国家，如丹麦、爱尔兰、瑞士等的比值也超过 1，说明这些国家在肿瘤研究方面研究证据质量较好，更多地被指南所引用；而美国的比值仅为 0.9，说明尽管来自美国的参考文献数量较多，但相对于其发表的肿瘤文献总量，应用于英国肿瘤指南的文献比例并不多；奥地利、德国、日本等国家的比值小于 1，说明这些国家在该领域的研究较少被应用于肿瘤指南的制定。指南参考文献的期刊影响因子高于一般肿瘤文献结果。分析发现，有较大部分的文献来源于 Lancet、New England Journal of

Medicine（NEJM）、British Medical Journal（BMJ）等质量较高的期刊，说明应用于指南的文献质量要高于一般研究的质量。对于文献基金的分析结果显示，临床研究的基金支持率低于基础研究的基金支持率。基础研究在指南应用中所占比例较小，但基金支持率却较高，这对于医学研究基金立项方向也有一定的指导意义。

三、讨论

循证指南是基于现有最好的研究证据进行总结并用于指导医疗实践的重要工具，是连接医学研究与实践的桥梁，成为指南的研究证据是评价医学研究应用于实践的重要指标。该研究方法存在以下特点及局限性：

（一）特点

1. 以实践为导向　指南（guideline）是医疗实践工作的重要依据，又称临床实践指南，是基于现有最好的证据、根据实际情况、病人需要、现有资源和人们的价值取向，制定的医疗实践的原则性、指导性建议，能够直接应用于临床和预防工作实践及促进健康[11]。参考文献是指南的证据来源，对指南参考文献的分析，能够反映研究对医疗实践的影响，更具有实践导向性。以往采用发表文献数量及影响因子，侧重反映研究近几年的学术影响。而基于指南参考文献的分析能够反映自文献发表后几年甚至十几年研究被应用于医疗实践的情况。

2. 可操作　随着循证医学的提出，基于循证角度制定的指南逐渐发展和成熟，循证指南的制定越来越规范，且有国际组织建立了如何撰写和评价指南的工具——AGREE（the Appraisal of Guidelines Research and Evaluation Collaboration），中文版由北京大学循证医学中心组织翻译，可以在 http://fhswedge.csu.mcmaster.ca/pebc/agreetrust/instrument.htm 网址下载。另一方面，互联网的发展大大方便了指南的检索，且目前国际上已经有很多国家建立了指南平台，可以较全面地查找相关领域的指南。通过检索符合要求的循证指南，查找其参考文献，提取并整理有效信息，最后进行分析得出结果。

（二）局限性

1. 指南制定不规范　指南作为医疗实践的依据，其制定应该是严格、规范的，但目前国内外的指南制定均存在不规范的情况，如我国一项调查显示，76 篇临床指南中有 72 篇（94.7%）未描述证据收集的标准[12]，甚至有些连参考文献都未标注[13]，这在进行指南参考文献分析时，对结果有较大影响。

2. 指南在实践中应用不广泛　本研究方法的目的是分析医学研究的应用情况。指南是一个领域医学研究证据的综合，应在实际中广泛应用，并对医疗实践产生重要的作用，这种情况下分析指南的证据来源才能反映研究的应用情况。而实际情况中，国内外均存在不按照指南进行临床医疗实践的情况，如一些医院按照自己医院的标准而不是指南的要求进行临床治疗[14]，指南证据更新不及时、制定质量较差等均影响其在实践中的应用情况。如果指南在医疗实践中执行情况较差，则这种基于指南参考文献分析的意义不大。

3. 分析方法未考虑文献的不同权重[5]　指南制定过程中，不同研究类型、不同研究方法的文献所起的作用是不同的。高质量、结果一致性较高的研究能提供更可靠的证据，而研究设计有缺陷的文献研究则不能较好地提供研究证据。如果忽略这种不同，将所有文献的权重均视为 1，则使得高质量研究的作用被低估。有学者针对文献质量评价进行了研究，如根据文献的研究类型和设计等对每篇文献进行"证据等级"评分，可以作为设置指南参考文献权重的一种参考方法[15]。也有学者指出，并不是高质量的实验性研究的权重就应大于描述性研究，应结合在指南中所起的作用以及文献研究的结果指标大小及一致性等综合分析[16]。

参 考 文 献

[1] World report on knowledge for better health：strengthening health systems. Geneva：World Health Organization, 2004.

[2] Lewison G, Purushotham A, Mason M, et al. Understanding the impact of public policy on cancer research：A bibliometric approach. Eur Cancer, 2010, 46（5）：912－919.

[3] Kuruvilla S, Mays N, Pleasant A, et al. Describing the impact of health research：a Research Impact Framework. BMC Health Serv Res, 2006, 6：134.

［4］ Lewison G, Sullivan R. The impact of cancer research: how publications influence UK cancer clinical guidelines. Br J Cancer, 2008, 98 (12): 1944 – 1950.

［5］ Grant J, Cottrell R, Cluzeau F, et al. Evaluating "payback" on biomedical research from papers cited in clinical guidelines: applied bibliometric study. BMJ, 2000, 320 (7242): 1107 – 1111.

［6］ Silagy C A, Stead L F, Lancaster T. Use of systematic reviews in clinical practice guidelines: case study of smoking cessation. BMJ, 2001, 323 (7317): 833 – 836.

［7］ McAlister F A, van Diepen S, Padwal R S, et al. How evidence-based are the recommendations in evidence-based guidelines? PLoS med, 2007, 4 (8): 1325 – 1342.

［8］ Committee To Advise The Public Health Service On Clinical Practice Guideline I O M L. Practice Guidelines: Directions for a New Program. Washington D. C: National Academy Press, 1990.

［9］ Lewison G, Paraje G. The classification of biomedical journals by research level. Scientometrics, 2004, 60 (2): 145 – 157.

［10］ Narin F, Pinski G, Gee H H. Structure of the Biomedical Literature. Journal of the American Society for Information Science, 1976, 27 (1): 25 – 46.

［11］ 唐金陵. 流行病学与循证医学//李立明, 流行病学. 第六版. 北京: 人民卫生出版社, 2007, 364.

［12］ 詹思延. 临床实践指南的制定应当科学规范. 中华儿科杂志, 2009, 47 (3): 163 – 166.

［13］ 中国营养学会修订中国居民膳食指南专家委员会. 中国居民膳食指南. 卫生部, 2007.

［14］ Butzlaff M, Floer B, Koneczny N, et al. [www. evidence. de-assessment and utilization of clinical guidelines by primary care physicians and internists]. Z Arztl Fortbild Qualitatssich, 2002, 96 (2): 127 – 133.

［15］ Liberati A, Buzzetti R, Grilli R, et al. Which guidelines can we trust? Assessing strength of evidence behind recommendations for clinical practice. West J Med, 2001, 174 (4): 262 – 265.

［16］ Micheals J, Booth A. Pragmatic system for the grading of evidence and recommendations in clinical guidelines. Journal of Clinical Excellence, 2001, 3 (3): 139 – 145.

附录8　特尔菲法第一轮专家咨询问卷

致专家的一封信

尊敬的专家：

您好！

我是北京大学公共卫生学院流行病与卫生统计学系的工作人员。我系李立明教授正在组织关于"1990～2009年中国慢性病防治的回顾性分析"课题调查。该课题旨在通过对近20年间我国开展的慢性病防治研究及实践进行回顾，总结慢性病防治取得的成就与存在的不足，为今后慢性病防治提出建议。

因您在慢性病防治方面的丰富经验和独特见解，特向您了解"我国近20年来以恶性肿瘤、心脑血管疾病、慢性阻塞性肺疾病、2型糖尿病为主的慢性病防治研究与实践的开展情况"。希望您百忙之中抽空填写，您的每一项建议对我们都有举足轻重的意义。对您的支持与配合，我们不胜感激！

填写问卷之前，请先阅读《填写说明》。您在填写中有任何疑问，可随时联系我们。衷心的感谢您对本课题的支持！

联 系 人：刘　淼

联系方式：13264130621，liumiaolmbxb@163.com

北京大学公共卫生学院

2010-12-22

填 写 说 明

1. 表 1 中列出了若干与慢性病防治情况相关的条目，包括**科学研究，实践工作，策略与措施，人员，经费，规划/政策/指南，职能定位**等方面，每个方面又包括若干条目。除了我们列出来的这些条目外，您还可以**补充**您认为对我国慢性病防治重要或能反映我国慢性病防治现状的相关条目，并进行评价。

2. 对每个条目的评价包括"重要程度"和"实际情况"两个方面，请您**根据我国慢性病防治的情况**对每个条目进行打分，打分标准如下。

重要程度：慢性病防治的目标是有效控制我国慢性病在人群中的流行水平，降低慢性病给个体、家庭和社会造成的负担。请按各条目对实现该目标的重要性进行评价。打分范围为 1～10 分，分值越高，反映条目越重要（评分请取整）。

实际情况：请按各条目在对应时期（1990～1999 年和 2000～2009 年）的实际情况进行评价。因条目不同，实际情况可以指代研究或实践的开展情况、执行情况、人员的实际能力、经费的实际投入和分配数量、规划/政策/指南的制定和实施情况、部门职能定位是否明确、多部门实际参与情况等。打分范围为 1～10 分，分值越高，反映条目的实际情况越好（评分请取整）。

3. 表 2 为专家对各领域的熟悉程度及判断依据。

熟悉程度：请根据您对相关领域的熟悉程度进行评分。打分范围为 1～10 分，分值越高，反映熟悉程度越高（评分请取整）。

判断依据及其影响程度：分别对"理论分析"、"实践经验"、"对国内外同行的了解"和"直观感觉"等判断依据的影响程度进行评分。

影响程度按"小、中、大"依次记为 1～3 分（评分请取整）。

4．表 3 为专家基本情况及其他意见建议调查。我们非常希望能看到您对这些问题的宝贵意见和建议，这对我们的调查将是重要的帮助。

表1 近20年来我国慢性病防治研究与实践工作开展情况调查

	重要程度 (1~10)	实际情况（1~10）	
		1990~1999年	2000~2009年
慢性病防治相关的科学研究			
疾病流行状况调查			
危险因素流行状况调查			
疾病的病因研究			
疾病的诊断方法研究			
疾病的治疗措施研究			
疾病的康复措施研究			
生活方式危险因素的干预性研究			
相关公共政策研究			
相关卫生经济学研究			
其他相关研究领域（请补充）_____			
其他相关研究领域（请补充）_____			
慢性病防治的实践工作			
恶性肿瘤的防治			
心血管疾病的防治			
脑血管疾病的防治			
2型糖尿病的防治			
慢性阻塞性肺疾病的防治			
其他疾病的防治（请补充）_____			
其他疾病的防治（请补充）_____			
控制烟草使用			
改善饮食习惯			
增加体力活动			
控制过量饮酒			
其他危险因素的干预（请补充）_____			
其他危险因素的干预（请补充）_____			
慢性病防治的策略与措施			
主要慢性病的发病监测			

	重要程度 (1～10)	实际情况（1～10）	
		1990～1999 年	2000～2009 年
死亡监测			
行为危险因素监测			
其他危险因素的干预（请补充）_____			
其他危险因素的干预（请补充）_____			
健康教育的开展场所：医疗机构			
各级各类学校			
各类工作场所			
社区			
除上述以外的各类公共场所			
健康教育的目标人群：老年人			
劳动力人口			
儿童青少年			
健康教育的开展形式：发放宣传材料、张贴海报等			
开展讲座、大讲堂活动			
宣传日主题活动			
大众媒体（广播、电视、报刊等）宣传			
医务人员对就诊病人进行宣教咨询（如劝告和帮助戒烟、开具膳食和/或运动处方）			
健康教育的内容：慢性病相关（如主要慢性病的识别、治疗、康复等）			
生活方式相关（如烟草使用、膳食、体力活动、饮酒等）			
健康教育措施的卫生经济学效果评价			
健康教育中传递的信息与同时代最佳科学证据相符			
健康教育相关内容（请补充）_____			
健康教育相关内容（请补充）_____			

续 表

	重要程度 (1~10)	实际情况 (1~10)	
		1990~1999 年	2000~2009 年
开展主要慢性病的筛查			
对筛查阳性的个体配以后续的诊断和治疗			
在大规模推广筛查工作前后进行筛查效果评价			
在大规模推广筛查工作前后进行卫生经济学评价			
筛查相关内容（请补充）_____			
筛查相关内容（请补充）_____			
针对主要慢性病的高危人群进行干预			
针对主要慢性病患者进行治疗			
针对主要慢性病患者进行康复			
病人自我管理			
疾病治疗措施与同时代最佳科学证据相符			
慢性病的治疗管理规范化			
相关内容（请补充）_____			
相关内容（请补充）_____			
慢性病防治的人员数量及能力			
配备足够数量的从事慢性病防治的人员			
开展科学研究的能力			
开展慢性病防治工作的能力			
组织管理慢性病防治的领导能力			
相关能力（请补充）_____			
相关能力（请补充）_____			
慢性病防治的经费投入与分配			
投入：中央政府常规经费			
地方政府常规经费			
各部委专项经费			
其他来源的科研项目经费			
其他社会来源经费			

	重要程度 （1～10）	实际情况（1～10）	
		1990～1999 年	2000～2009 年
机构业务收入			
分配：相关科学研究			
生活方式危险因素干预			
疾病早期筛查			
疾病治疗管理			
疾病康复管理			
开展慢性病防治的卫生经济学评价			
经费相关内容（请补充）＿＿＿＿			
经费相关内容（请补充）＿＿＿＿			
慢性病防治的规划/政策/指南			
慢性病防治规划的制定			
慢性病防治规划的实施			
慢性病防治相关公共政策的制定			
慢性病防治相关公共政策的实施			
慢性病防治指南的制定			
慢性病防治指南的质量：与同时代最佳科学证据相符			
适用于中国人群			
实际可操作性好			
针对指南的推广应用开展专业人员培训			
慢性病防治指南的实际应用			
相关内容（请补充）＿＿＿＿			
相关内容（请补充）＿＿＿＿			
各部门职能定位及多部门参与			
各级公共卫生机构在慢性病防治中的职能定位明确			
各级医疗机构在慢性病防治中的职能定位明确			

续　表

	重要程度	实际情况（1~10）	
	（1~10）	1990~1999年	2000~2009年
各级各类**非卫生部门**在慢性病防治中的职责明确			
公共卫生机构参与慢性病防治			
医疗机构参与慢性病防治			
建立卫生部门与非卫生部门间的协调机制			
非卫生部门配合卫生部门主持的慢性病防治工作			
卫生部门参与到**非卫生部门**的政策制定和决策过程中（如财政、教育、农业、交通、文化、城市建设等），提供与人群健康相关的意见建议			
非卫生部门的政策或运行方式支持人群采纳健康的生活方式，或至少不鼓励不健康的生活方式（如城市规划、交通政策等鼓励人们采纳积极的交通出行方式；在社区中设置健身器械，方便人们锻炼；公共场所禁烟政策减少主动和被动吸烟；商业政策要求对不健康的产品［如烟草、预包装食品］进行明确的标示；农业、商业政策鼓励健康食品的生产和销售，等等）			
相关内容（请补充）＿＿＿＿			
相关内容（请补充）＿＿＿＿			
请补充其他您认为重要的条目，并进行评价			

表2　专家熟悉程度及判断依据

	熟悉程度 (1~10)	判断依据的影响程度 (1~3，小=1/中=2/大=3)			
		理论 分析	实践 经验	对国内外 同行的了解	直观 感觉
慢性病防治相关的科学研究					
慢性病防治的实践工作					
慢性病防治的策略与措施					
慢性病防治的人员数量及能力					
慢性病防治的经费投入与分配					
慢性病防治的规划/政策/指南					
各部门职能定位及多部门参与					

表3. 专家基本情况及其他意见建议调查

姓名：_____　性别：①男_____　②女_____年龄：_____岁

最高学历：①本科　②硕士　③博士　④其他_____

当前职称：①初级　②中级　③副高级　④高级　⑤其他_____

单位类型：①卫生行政部门　②高等院校　③科研院所　④医疗机构

⑤疾控机构（CDC/监督所等）　⑥其他_____

单位名称：_____

当前职务：_____

目前主要从事专业方向：①临床　②基础　③流行病　④健康教育　⑤营养　⑥妇幼儿少　⑦卫生管理　⑧其他_____

从事上述专业方向：_____年

1. 您认为至今为止我国慢性病综合防治实践中理念（设计）、实施（执行）、可持续性较好的项目有哪些？请分别列举最多三个项目。下面列举了一些项目供您参考，请不必限于这些项目，可做更多的补充。

①卫Ⅶ健康促进项目　　②慢性病社区综合防治示范点项目

③首钢心血管防治　　④天津四病防治　　⑤大庆糖尿病防治

理念（设计）：

（1）_____

（2）_____

（3）＿＿＿＿＿＿＿＿＿＿＿＿＿＿＿＿＿＿＿＿＿＿＿＿＿＿＿

实施（执行）：

（1）＿＿＿＿＿＿＿＿＿＿＿＿＿＿＿＿＿＿＿＿＿＿＿＿＿＿＿

（2）＿＿＿＿＿＿＿＿＿＿＿＿＿＿＿＿＿＿＿＿＿＿＿＿＿＿＿

（3）＿＿＿＿＿＿＿＿＿＿＿＿＿＿＿＿＿＿＿＿＿＿＿＿＿＿＿

可持续性：

（1）＿＿＿＿＿＿＿＿＿＿＿＿＿＿＿＿＿＿＿＿＿＿＿＿＿＿＿

（2）＿＿＿＿＿＿＿＿＿＿＿＿＿＿＿＿＿＿＿＿＿＿＿＿＿＿＿

（3）＿＿＿＿＿＿＿＿＿＿＿＿＿＿＿＿＿＿＿＿＿＿＿＿＿＿＿

2. 您认为**近 10 年来**我国开展的慢性病防治相关的**科学研究**存在哪些问题或不足？

3. 您认为**近 10 年来**我国开展的慢性病防治**实践工作**存在哪些问题或不足？

4. 您认为**目前**我国慢性病防治面临的最大**问题/障碍**是什么？建议如何解决？

5. 您对**今后**我国慢性病防治的工作重点以及防治策略与措施有哪些**建议**？

附录9 特尔菲法第二轮专家咨询问卷

致专家的一封信

尊敬的专家：

您好！

我是北京大学公共卫生学院的工作人员，非常感谢您参加了我系李立明教授开展的"1990～2009年中国慢性病防治的回顾性分析"课题的第一轮专家调查。

我们对第一轮的调查结果进行了统计分析，专家对慢性病防治各条目的评价意见较统一，对各开放式问题提出了建设性建议。我们综合了各位专家的意见，对咨询表的条目进行了一些调整，删除重要性得分较低的条目，并添加了部分新条目，形成第二轮专家咨询问卷。

本次为**第二轮**咨询，为减轻您的压力，我们在问卷中同时附上第一轮中您的评价结果和所有反馈专家评价结果的算术均数，方便您比对，本轮咨询您只需填写修改意见即可。

填写问卷之前，请先阅读《填写说明》，特别是其中的**第3和4**条。您在填写中有任何疑问，可随时联系我们。再次衷心的感谢您对本课题的支持！

联 系 人：刘 淼

联系方式：13264130621，liumiaolmbxb@163.com

北京大学公共卫生学院

2011-02-2

表1 填写说明

1. 表1中列出了若干与慢性病防治情况相关的条目，包括**科学研究**，**实践工作**，**策略与措施**，**人员**，**经费**，**规划/政策/指南**，**职能定位**等方面，每个方面又包括若干条目。除了我们列出来的这些条目外，您还可以**补充**您认为对我国慢性病防治重要或能反映我国慢性病防治现状的相关条目，并进行评价。

2. 对每个条目的评价包括"重要程度"和"实际情况"两个方面，其中实际情况包括 1990~1999 年和 2000~2009 年两个阶段，请您**根据我国慢性病防治的情况**对每个条目进行打分，将得分依次填入空格中，打分标准如下。

重要程度：慢性病防治的目标是有效控制我国慢性病在人群中的流行水平，降低慢性病给个体、家庭和社会造成的负担。请按各条目对实现该目标的重要性进行评价。打分范围为**1~10 分**，分值越高，反映条目越重要（评分请取整）。

实际情况：请按各条目在对应时期（1990~1999 年和 2000~2009 年）的实际情况进行评价。因条目不同，实际情况可以指代研究或实践的开展和执行情况、人员数量及能力、经费投入与分配、规划/政策/指南的制定和实施情况、部门职能定位是否明确、多部门实际参与情况等。打分范围为**1~10 分**，分值越高，反映条目的实际情况越好（评分请取整）。

3. 标记**蓝色**的为根据第一轮专家意见**新添加**的条目或在第一轮基础上**修改**的条目。

4. 咨询表中同时列出了第一轮咨询中所有专家**评分的算数均数**，以及您在第一轮中的**打分**。请您结合自身看法及其他专家的意见，对各条目进行再次评分，并将结果填写于**二轮评分**所对应的空格内。若本轮评价得分与一轮相同，可不必填写。

表 1 近 20 年来我国慢性病防治研究与实践工作开展情况调查

	重要程度			实际情况 (1990~1999)			实际情况 (2000~2009)		
	均数	一轮 评分	二轮 评分	均数	一轮 评分	二轮 评分	均数	一轮 评分	二轮 评分
慢性病防治相关的科学研究									
疾病流行状况调查	8.60			5.30			6.70		
危险因素流行状况调查	8.60			5.05			6.95		
疾病的病因研究	8.25			4.80			6.35		
疾病的诊断方法研究	7.80			5.35			6.40		
疾病的治疗措施研究	8.15			5.60			6.90		
疾病的康复措施研究	7.60			4.15			5.40		
生活方式危险因素的干预性研究	8.70			5.00			7.10		
相关公共政策研究	8.30			4.05			6.05		
相关卫生经济学研究	7.65			3.65			5.15		
慢性病防治的基础类研究									
慢性病防治的临床类研究									
慢性病防治的预防类研究									
慢性病防治研究的转化应用									
其 他 相 关 研 究 领 域 （请 补 充） ————									
其 他 相 关 研 究 领 域 （请 补 充） ————									
慢性病防治的实践工作									
恶性肿瘤的防治	8.79			6.16			7.53		
心血管疾病的防治	9.16			6.11			7.79		
脑血管疾病的防治	9.00			5.53			7.00		
2 型糖尿病的防治	8.95			5.00			6.95		
慢性阻塞性肺疾病的防治	7.80			4.90			5.85		

续 表

	重要程度			实际情况 （1990～1999）			实际情况 （2000～2009）		
	均数	一轮 评分	二轮 评分	均数	一轮 评分	二轮 评分	均数	一轮 评分	二轮 评分
控制烟草使用	8.58			4.11			5.61		
改善饮食习惯	8.68			4.42			5.95		
增加体力活动	8.42			4.37			5.74		
控制过量饮酒	7.58			4.00			4.95		
其他方面（请补充）＿＿＿＿＿									
其他方面（请补充）＿＿＿＿＿									
慢性病防治的策略与措施									
主要慢性病的发病监测	8.47			3.95			5.32		
死亡监测	8.30			4.70			6.00		
行为危险因素监测	7.90			3.50			5.10		
其他监测内容（请补充）＿＿＿＿									
其他监测内容（请补充）＿＿＿＿									
健康教育的开展场所：医疗机构	8.26			4.53			6.05		
各级各类学校	8.80			3.30			5.30		
各类工作场所	7.80			3.40			4.85		
社区	8.65			3.30			5.45		
其他公共场所 （如餐厅、KVT）	7.11			3.06			4.33		
健康教育的目标人群：老年人	8.05			4.50			6.05		
劳动力人口	8.65			3.65			4.85		
儿童青少年	8.85			3.79			5.16		
健康教育的开展形式：发放宣传材料、 张贴海报等	6.50			4.50			5.50		

	重要程度			实际情况 (1990~1999)			实际情况 (2000~2009)		
	均数	一轮评分	二轮评分	均数	一轮评分	二轮评分	均数	一轮评分	二轮评分
开展讲座、大讲堂等	6.70			3.90			5.95		
宣传日主题活动	6.75			4.20			6.15		
大众媒体（广播/电视等）宣传	8.75			3.40			5.55		
医务人员对就诊病人进行宣教咨询（如劝告和帮助戒烟、开具膳食和/或运动处方）	8.25			3.95			6.05		
健康教育的内容：慢性病相关（如主要慢性病的识别、治疗、康复等）	7.40			4.05			5.75		
生活方式相关（如烟草使用、膳食、体力活动、饮酒等）	8.40			3.80			5.85		
健康教育措施的卫生经济学效果评价	7.55			2.70			4.20		
健康教育中传递的信息与同时代最佳科学证据相符	7.95			4.00			5.05		
健康教育相关内容（请补充）_____									

续 表

	重要程度			实际情况 (1990~1999)			实际情况 (2000~2009)		
	均数	一轮 评分	二轮 评分	均数	一轮 评分	二轮 评分	均数	一轮 评分	二轮 评分
健康教育相关内容（请补充） _____									
开展主要慢性病的筛查	8.37			3.83			5.44		
对筛查阳性的个体配以后续的诊断和 治疗	7.95			3.83			5.05		
在大规模推广筛查工作前后进行筛查效 果评价	7.60			3.50			4.37		
在大规模推广筛查工作前后进行卫生经 济学评价	7.25			3.33			3.89		
筛查相关内容（请补充）_____									
筛查相关内容（请补充）_____									
针对主要慢性病的高危人群进行干预	8.75			3.50			1.84		
针对主要慢性病患者进行治疗	8.10			4.45			1.07		
针对主要慢性病患者进行康复	7.60			3.55			1.90		
病人自我管理	8.25			3.89			1.88		
疾病治疗措施与同时代最佳科学证据 相符	8.35			4.15			1.43		
慢性病的治疗管理规范化	8.55			3.65			1.60		
相关内容（请补充）_____									
相关内容（请补充）_____									
慢性病防治的人员数量及能力									
城市社区医疗机构配置足够数量的慢性 病防治人员									

续 表

	重要程度			实际情况 (1990~1999)			实际情况 (2000~2009)		
	均数	一轮 评分	二轮 评分	均数	一轮 评分	二轮 评分	均数	一轮 评分	二轮 评分
农村医疗机构配置足够数量的慢性病防治人员									
疾病预防控制机构配置足够数量的慢性病防治人员									
人员具备开展慢性病相关科学研究的能力	7.85			3.55			5.25		
人员具备开展慢性病防治实践工作的能力	8.75			3.60			5.40		
人员具备组织管理慢性病防治的领导能力	8.25			3.70			5.30		
定期开展提高慢性病相关科学研究能力的培训									
定期开展提高慢性病防治实践工作能力的培训									
定期开展提高组织管理慢性病防治领导能力的培训									
人员相关内容（请补充）＿＿＿＿＿									
人员相关内容（请补充）＿＿＿＿＿									
慢性病防治的经费投入与分配									
投入：中央政府常规经费	8.90			2.89			4.20		
地方政府常规经费	8.60			2.79			4.05		
各部委专项经费	7.80			3.05			4.35		
其他来源的科研项目经费	6.15			3.20			4.40		

续　表

	重要程度			实际情况 (1990~1999)			实际情况 (2000~2009)		
	均数	一轮 评分	二轮 评分	均数	一轮 评分	二轮 评分	均数	一轮 评分	二轮 评分
其他来源经费									
分配：相关科学研究	6.76			3.53			4.82		
相关实践：生活方式危险因素 　　　干预	7.70			3.30			4.70		
疾病早期筛查	7.85			3.00			4.90		
慢性病患者的临床 　　　治疗	7.40			3.35			5.05		
慢性病患者的康复	7.00			3.05			4.10		
对慢性病防治措施进行卫生经济学评价	7.11			2.56			3.89		
经费相关内容（请补充）＿＿＿＿＿									
经费相关内容（请补充）＿＿＿＿＿									
慢性病防治的规划/政策/指南									
慢性病防治规划的制定	8.20			3.47			5.47		
慢性病防治规划的实施	8.80			3.21			4.68		
慢性病防治规范/标准的制定									
慢性病防治规范/标准的实施									
慢性病防治相关公共政策的制定	8.60			3.16			4.63		
慢性病防治相关公共政策的实施	9.05			3.00			4.32		
慢性病防治指南的制定	8.55			3.40			5.65		
慢性病防治指南质量：与同时代最佳科 　　学证据相符	8.70			3.75			5.95		

	重要程度			实际情况 (1990～1999)			实际情况 (2000～2009)		
	均数	一轮 评分	二轮 评分	均数	一轮 评分	二轮 评分	均数	一轮 评分	二轮 评分
适用于中国人群	8.80			4.00			5.75		
实际可操作性好	8.75			3.55			5.35		
针对指南的推广应用开展专业人员培训	8.50			3.25			5.00		
慢性病防治指南的实际应用	8.45			3.16			4.58		
相关内容（请补充）＿＿＿＿＿＿									
相关内容（请补充）＿＿＿＿＿＿									
各部门职能定位及多部门参与									
各级公共卫生机构在慢性病防治中的职能定位明确	8.35			3.50			5.40		
各级医疗机构在慢性病防治中的职能定位明确	8.15			3.53			4.95		
各级各类**非卫生部门**在慢性病防治中的职责明确	7.35			2.63			3.80		
公共卫生机构参与慢性病防治	8.35			3.75			5.55		
医疗机构参与慢性病防治	8.35			4.16			5.60		
建立卫生部门与非卫生部门间的协调机制	8.05			3.00			4.10		
非卫生部门配合卫生部门主持的慢性病防治工作	7.53			2.63			3.79		
卫生部门参与到**非卫生部门**的政策制定和决策过程	8.35			2.89			3.75		

续　表

	重要程度			实际情况 (1990~1999)			实际情况 (2000~2009)		
	均数	一轮评分	二轮评分	均数	一轮评分	二轮评分	均数	一轮评分	二轮评分
非卫生部门的政策或运行方式支持人群采纳健康的生活方式，或至少不鼓励不健康的生活方式（如城市规划、交通政策等鼓励人们采纳积极的交通出行方式；在社区中设置健身器械，方便人们锻炼；公共场所禁烟政策减少主动和被动吸烟；商业政策要求对不健康的产品进行明确的标示等）	8.10			2.63			3.75		
相关内容（请补充） ＿＿＿＿									
相关内容（请补充） ＿＿＿＿									
请补充其他您认为重要的条目，并进行评价									

表 2 填写说明

表 2 为专家对各领域的熟悉程度及判断依据。

熟悉程度： 请根据您对慢性病防治相关领域的熟悉程度进行评分。打分范围为 1~10 分，分值越高，反映熟悉程度越高（评分请取整）。

判断依据及其影响程度： 分别对"理论分析"、"实践经验"、"对国内外同行的了解"和"直观感觉"等判断依据的影响程度进行评分。影响程度按"小、中、大"依次记为 1~3 分（评分请取整）。

表 2. 专家熟悉程度及判断依据

	熟悉程度 (1~10)	判断依据的影响程度 (1~3, 小 =1/中 =2/大 =3)			
		理论分析	实践经验	对国内外同行的了解	直观感觉
慢性病防治相关的科学研究					
慢性病防治的实践工作					
慢性病防治的策略与措施					
慢性病防治的人员数量及能力					
慢性病防治的经费投入与分配					
慢性病防治的规划/政策/指南					
各部门职能定位及多部门参与					

附录 10　筹备联合国大会关于预防和控制
非传染性疾病问题高级别会议

第六十四届世界卫生大会　　　　　　　　　　　　　　　WHA64.11

议程项目 13.12　　　　　　　　　　　　　　　　　2011 年 5 月 24 日

继莫斯科会议[1] 之后，筹备联合国大会关于预防和控制
非传染性疾病问题高级别会议

第六十四届世界卫生大会，

审议了世卫组织在联合国大会关于预防和控制非传染性疾病问题高级别会议的筹备、落实和后续行动中的作用的报告[2]（高级别会议）；

深切关注持续加重的全球非传染性疾病负担和威胁，尤其是在发展中国家，并确信需要全球行动和紧急应对，包括有效处理非传染性疾病的关键危险因素；

重申其致力于预防和控制非传染性疾病全球战略的目标，以减少过早死亡和改善生活质量（WHA53.17 号决议）；

进一步忆及联合国大会第 64/265 号决议，其中决定在 2011 年 9 月举行一次有国家元首和政府首脑参加的预防和控制非传染性疾病问题高级别会议，以及关于高级别会议的规模、方式、形式和安排的第 65/238 号决议；

认识到世界卫生组织作为负责卫生事务的首要专门机构发挥的主导作用，重申世卫组织在促进非传染性疾病全球行动方面的领导作用；

赞赏地注意到于 2011 年 4 月 27 日发布的首份《世卫组织全球非传染性疾病现状报告》，可将其作为高级别会议准备过程中的一项投入；

注意到世卫组织在联合国相关机构和实体的支持下，与会员国合作举行区域协商会取得的成果，将为高级别会议的筹备工作和会议本身提

---

[1]　首届健康生活方式和非传染性疾病控制问题全球部长级会议（2011 年 4 月 28 − 29 日，俄罗斯联邦莫斯科）。

[2]　第 64/265 号决议 − 预防和控制非传染性疾病。

供投入；

欢迎首届健康生活方式和非传染性疾病控制问题全球部长级会议取得的成果，该会由俄罗斯联邦和世卫组织于 2011 年 4 月 28 ~ 29 日在莫斯科组织召开，

1．**认可**附于本决议的《莫斯科宣言》作为高级别会议筹备工作的一项主要投入；

2．**敦促**会员国[1]：

（1）继续支持在国家、区域和国际层面的高级别会议筹备工作，在可行和适宜的情况下，包括非传染性疾病和危险因素的现状分析，以及评估国家和卫生系统应对非传染性疾病的能力；

（2）派出国家元首和政府首脑级代表出席高级别会议，并通过一份简明务实的成果文件发出行动呼吁；

（3）酌情并在适宜时考虑将国会议员和民间社会（包括非政府组织、学术界和从事非传染性疾病预防和控制工作的网络）的代表纳入本国出席高级别会议的代表团；

3．**要求**总干事：

（1）继续发挥世卫组织作为负责卫生事务的首要专门机构的主导作用，与联合国及其专门机构、基金、方案，以及其他政府间组织和国际金融机构采取协调行动，以支持会员国，包括：

（i）采取协调行动和对策，以及时和恰当地应对非传染性疾病带来的挑战，包括进一步以现有的非传染性疾病和危险因素现状分析为依据；

（ii）强调非传染性疾病的社会和经济影响，包括财政方面的挑战，尤其是在发展中国家；

（2）在筹备高级别会议工作中，把莫斯科会议的成果考虑在内；

（3）确保在筹备高级别会议和迅速回应其建议方面，世卫组织具备足够的财力和人力资源；

1　以及在适用情况下，区域经济一体化组织。

（4）通过执行委员会向第六十五届世界卫生大会报告首届健康生活方式和非传染性疾病控制问题全球部长级会议和高级别会议的成果，并与联合国相关机构和实体共同制定成果实施和后续行动计划，包括其财务影响，通过执行委员会提交第六十六届世界卫生大会。

附件：
首届健康生活方式和非传染性疾病控制问题全球部长级会议
2011 年 4 月 28～29 日，莫斯科
莫斯科宣言
序　言

我们于 2011 年 4 月 28～29 日汇聚莫斯科，出席首届健康生活方式和非传染性疾病控制问题全球部长级会议。我们：

Ⅰ.

赞赏世界卫生组织和俄罗斯联邦政府为筹备和召开本届部长级会议发挥的主导作用。

Ⅱ.

认识到如果不增强全球和国家预防和控制非传染性疾病措施，就无法实现每人享有可达致的身心健康最高水平的权利。

Ⅲ.

承认国与国之间以及国家内部在非传染性疾病负担以及在获得非传染性疾病预防和控制服务方面存在严重不公平现象。

Ⅳ.

注意到在提高生活质量和增强卫生公平性的同时，应迅速和全面实施多项政策，处理与非传染性疾病有关的行为、社会、经济和环境因素，以确保最有效地应对这些疾病。

Ⅴ.

强调预防和控制非传染性疾病需要各级发挥领导作用，并需要针对非传染性疾病的一切决定因素（从个人因素到结构性因素），采取广泛的多层次和多部门措施，为健康生活创造必要条件。这包括促进和支持

健康的生活方式和选择、相关立法和政策；预防并尽早发现疾病，以减轻痛苦和减少费用；并在整个生命周期向患者提供最佳综合卫生保健，包括增进权益以及提供康复和姑息服务。

VI.

认识到转变模式是当务之急，以应付非传染性疾病的挑战，因为非传染性疾病不仅是生物医学因素造成的，也是行为、环境、社会和经济因素造成的或受到这些因素的强烈影响。

VII.

申明我们承诺处理非传染性疾病构成的各项挑战，包括适当加强和调整政策和规划，重视针对行为、环境、社会和经济因素采取跨部门行动。

VIII.

认为应从卫生伙伴的角度看待非传染性疾病；应以协调一致的方式将其纳入卫生和其他部门的计划和规划中，特别是在低收入国家和中等收入国家；它们应被列入全球研究议程，并应通过加强卫生系统和与全球现有卫生规划进行战略协调，增强非传染性疾病预防和控制方法的作用和可持续性。

行动理由

1. 非传染性疾病，主要是心血管疾病、糖尿病、癌症和慢性呼吸道疾病等，是造成可预防的疾病和残疾的主要原因，目前造成全球60%以上的死亡病例，其中80%发生在发展中国家。到2030年，估计慢性病死亡人数将占全球总死亡人数的75%。

2. 此外，精神障碍等其他非传染性疾病也严重加剧了全球疾病负担。

3. 非传染性疾病对人类发展构成严重的负面影响，可能阻碍在实现千年发展目标方面取得进展。

4. 非传染性疾病目前严重影响新兴经济体和发达经济体各级卫生服务、卫生保健费用、卫生人力以及国家生产力。

5. 在世界范围内，非传染性疾病是造成过早死亡的重要原因，最脆弱和最贫困人群深受其害。这些疾病影响了全球几十亿人的生活，可以造成毁灭性经济影响，使个人及其家庭陷入贫困，在低收入和中等收入国家中尤其如此。

6. 非传染性疾病可对女性和男性产生不同的影响，因此非传染性疾病的预防和控制应考虑性别因素。

7. 许多国家正面临传染性疾病和非传染性疾病双重疾病负担的极严峻挑战。这需要调整卫生系统和卫生政策，从疾病为中心转向以人为本，并重视人口卫生措施。纵向举措不足以满足复杂的人口需求，因此需要采取跨越一系列学科和部门的综合解决办法。以此方式加强卫生系统将会增强其应对一系列疾病和疾患的能力。

8. 全球、区域、国家和地方各级已经具备基于证据和符合成本效益的非传染性疾病防控干预措施。这些措施可给全世界带来深远的健康、社会和经济利益。

9. 减少非传染性疾病风险的符合成本效益的干预措施可使低收入国家负担得起并且每年可防止数百万人过早死亡，这方面的例证包括控制烟草使用、减少盐摄入量和减少有害使用酒精的措施。

10. 在日常生活各个方面应当特别注意促进健康的饮食（少食饱和脂肪、反式脂肪、盐和糖，多食水果和蔬菜）和身体活动。

11. 有效预防和控制非传染性疾病需要领导力和在国家、次国家和地方各级采取"整个政府"协调一致的行动，并要横跨多个部门，如卫生、教育、能源、农业、体育、运输和城市规划、环境、劳动、工业与贸易、财政和经济发展等。

12. 有效预防和控制非传染性疾病需要个人、家庭和社区、民间社会组织、私立部门（适当时）、雇主、卫生保健服务提供者以及国际社会积极和知情参与并发挥领导作用。

行动承诺

因此，我们承诺采取以下行动：

在整个政府一级：

1. 制定多部门公共政策，创造促进公平健康权的环境，使个人、家庭和社区能够做出健康的选择并过上健康的生活。

2. 加强政策一致性，以便最大限度地加强源自其他部门的政策对非传染性疾病风险因素以及负担带来的积极影响，同时尽量减少其负面影响。

3. 根据需要优先注重预防和控制非传染性疾病，确保与其他卫生目标之间的互补性，并使多部门政策主流化，以加强其他部门的参与。

4. 使民间社会参与进来，利用其在预防和控制非传染性疾病方面的特殊能力。

5. 使私立部门参与进来，以便根据国际和国家非传染性疾病重点，加强其对非传染性疾的预防和控制工作的贡献。

6. 发展和加强卫生系统的能力，以便能够协调、实施、监测和评价国家及次国家级非传染性疾病战略和规划。

7. 根据国家重点，实施全民健康促进和疾病预防战略，并辅之以个体干预措施。这些战略和措施应当是公平和可持续的，并应顾及到性别、文化和社区等方面因素，以便减少卫生不公平现象。

8. 采取符合成本效益的政策，如财政政策、规制及其他措施，以减少常见风险因素，如烟草使用、不健康的饮食、缺乏身体活动和有害使用酒精等。

9. 加速缔约方对《世界卫生组织烟草控制框架公约》各项规定的落实，并鼓励其他国家批准该公约。

10. 在国家和全球层面实施有效的非传染性疾病预防和控制政策，包括与实现《2008～2013年预防和控制非传染性疾病全球战略行动计划》、《世卫组织减少有害使用酒精全球战略》以及《饮食、身体活动和健康全球战略》中各项目标有关的政策。

11. 促进在国家和国际发展议程问题上认识到非传染性疾病发病率和负担日益上升的趋势，并鼓励各国和国际发展伙伴考虑对非传染性疾病的重视程度。

在卫生部一级：

1. 加强卫生信息系统，以监测非传染性疾病日益沉重的负担、其风险因素、其决定因素和影响，以及健康促进措施、预防和控制政策及其他干预措施的有效性。

2. 根据国家重点，加强国家一级公共卫生系统，扩大以证据为基础的健康促进和非传染病预防战略及行动。

3. 根据能力和重点，通过加强卫生系统将非传染性疾病相关服务纳入初级卫生保健服务。

4. 为综合管理非传染性疾病，促进提供全面和符合成本效益的预防、治疗和保健服务，包括根据需求和资源评估提供负担得起、安全、有效和高质量的药品。

5. 根据国家主导制定的优先次序，确保扩大在治疗非传染性疾病个体、保护高危人群和减少全民风险方面具有潜力并以证据为基础的切实和符合成本效益的干预措施。

6. 促进开展研究并进行转化和传播，以便确认非传染性疾病的病因、有效的预防和控制措施以及适合不同文化和卫生保健环境的战略。

在国际一级：

1. 呼吁世界卫生组织，作为负责卫生问题的主要联合国专门机构，以及所有其他相关联合国系统机构、开发银行和其他重要的国际组织协调一致，共同努力对付非传染性疾病。

2. 通过世卫组织开展工作，与其他多边组织、国际非政府组织、私立部门和民间社会的利益攸关方进行磋商，以加强规范性指导，汇集技术专长、协调政策，从而尽可能达到最佳效果并利用目前全球卫生行动之间的协同作用。

3. 加强国际支持，以促进充分有效地实施《世界卫生组织烟草控制框架公约》、《预防和控制非传染性疾病全球战略行动计划》、《世卫组织减少有害使用酒精全球战略》、《饮食、身体活动与健康全球战略》以及针对非传染性疾病的其他相关国际战略。

4. 调查研究一切可能的手段，以确认和筹集必要的财政、人力和技术资源，但所采取的方式不得损害其他卫生目标。

5. 支持世卫组织制定一个全面的非传染性疾病全球监测框架。

6. 研究可行的手段，以便根据需求和资源评估，包括通过实施世卫组织《公共卫生、创新和知识产权全球战略和行动计划》，继续按照《世卫组织基本药物标准清单》，促进低收入和中等收入国家在这方面获取负担得起、安全、有效和高质量的药品。

今后方向

为确保取得可持续的宏大成果，我们承诺在筹备纽约联合国大会预防和控制非传染性疾病问题高级别会议期间以及在之后采取后续行动过程中，将根据这项《莫斯科宣言》，与政府各有关部门积极合作。

第十次全体会议，2011 年 5 月 24 日
A64/VR/10

附录 11　关于非传染性疾病的联合国高级
别会议：解决四大问题

Robert Beaglehole，Ruth Bonita，George Alleyne，Richard Horton，Liming Li，Paul Lincoln，Jean Claude Mbanya，Martin McKee，Rob Moodie，Sania Nishta，Peter Piot，K Srinath Reddy，David Stuckler，柳叶刀杂志非传染性疾病行动小组

UN High-Level Meeting on Non-Communicable Diseases：addressing four questions．Lancet 2011；378：449 – 55．DOI：10.1016/S0140 – 6736 (11) 60879 – 9．

非传染性疾病主要包括心脏病、中风、癌症、糖尿病和慢性呼吸系统疾病等，它是一种全球性危机，亦需得到全球性响应。尽管它威胁着人类发展，尽管有着低成本及可行的干预措施，但大多数国家和发展机构均忽视了非传染性疾病危机。2011 年 9 月的联合国非传染性疾病问题高级别会议为激励产生与健康及经济负担相称的全球协调响应提供了契机。为实现联合国高级别会议的承诺，几大问题必须得到解决。本报告将通过回答下列四个问题来呈现非传染性疾病的现实状况：是否真的存在非传染性疾病的全球性危机；非传染性疾病是一个怎样的发展问题；是否存在低成本的干预措施；我们是否真的需要高级别的领导和问责机制？联合国高级别会议的圆满完成取决于各国首脑与会并批准及落实行动承诺。而长期的成功则需要有见地并且坚定的国内和国际领导层。

引言

非传染性疾病主要包括心脏病、中风、癌症、糖尿病和慢性呼吸系统疾病等，为确认其全球性威胁，将于 2011 年 9 月召开关于非传染性疾病的联合国高级别会议。世界各国和政府首脑将出席此次会议，这也为推进非传染性疾病在全球范围内的防治提供了独特的契机。任何国家

都不能独自解决这一程度的威胁，因此需要一个紧急共同响应。我们知道何为所需，并已在先前的报告中制定了五大总体行动，即领导、预防、治疗、国际合作以及监管和问责制。这也为落实下列五大优先干预措施提供了可行性，这五大干预措施即控烟、降低食盐摄入、改善膳食及身体锻炼、降低有害酒精的摄入，以及利用基本药物与技术。然而，尽管有大量证据支持采取一致行动，一些国家、发展机构及个人依旧对怎样实现针对非传染性疾病的响应表示关切。为确保联合国高级别会议就针对非传染性疾病的有效全球响应达成共识，下列四个问题必需得到解决——非传染性疾病是否是全球危机；非传染性疾病是一个怎样的发展问题；是否有低廉得多部门和卫生系统干预措施；为何需要高级别的领导及问责制？

　　在本报告中，我们将通过提供非传染性疾病现状的证据以及概括各国和政府首脑的核心主旨来解答这些问题。我们将特别展现全球非传染性疾病的巨大负担，若该问题仍不解决，将会逐渐侵蚀现有的发展成果；我们还将展现存在于非传染性疾病领域中的一个有力商业案例；并指出适用于所有国家的低成本且可行的多部门和卫生系统干预措施；以及需要持久领导和问责制的进程。

非传染性疾病及其全球危机

　　非传染性疾病造成了全球危机，需得到全球响应。因我们生活及工作方式的改变，各地因非传染性疾病而造成的死亡及残疾负担正呈上升趋势，每年有千百万人无谓死去。非传染性疾病不仅是国内挑战，更是贫穷产生及加深的原因，威胁着人类、社会及经济发展。每年有3610万人死于非传染性疾病，几乎占全球每年死亡人数的三分之二。其中2240万死亡案例发生在最贫穷的国家，而高收入及中高收入国家的死亡人数则有1370万（图1）。

　　该数据并不支持所谓非传染性疾病只是发达国家内老年男性或贫穷国家内富裕男性的问题的谬论，死于非传染性疾病的女性数量与男性相当，贫穷人口也不成比例地受其影响。低收入和中低收入国家的非传染

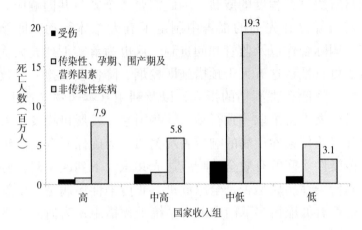

图1 根据2008年世界银行按收入高低分组的各国一般死因情况

性疾病死亡率要高于富裕国家（图2）。成年（15～69岁）过早死亡人数中的近三分之二（63％）及成年死亡总数的四分之三要归因于非传染性疾病。非传染性疾病是每个国家男性及女性的首要健康隐患，也是所

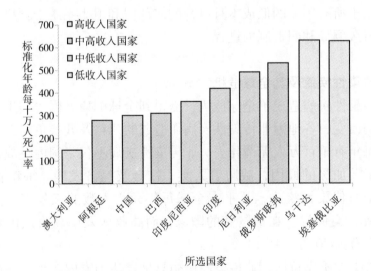

图2 根据2008年世界银行按收入高低分组的各国15～69岁
     人群死亡率

有医疗保健体系中的严重问题。

下列四大关键危险因素造成了非传染性疾病：吸烟，包括暴露于二手烟中；膳食高脂高糖；所处环境阻止身体锻炼；饮酒。此外，肥胖也是现今最贫穷国家中出现的常见中度危险因素，并且该因素正在快速增长，它使得血压及葡萄糖和胆固醇浓度升高。在这些主要危险因素之外，还存在着社会经济因素——例如贫困、不均衡失业、社会不稳定、不公平贸易及全球经济失衡等——这些因素是流行病的根源。从重视女孩和未受孕及未怀孕年轻女性的健康及营养问题开始，早期对这些危险因素起源认识的提高强调了在个体生活中预防非传染性疾病的重要性。

非传染性疾病因素是全球残疾人士中一半人的残疾根源。非传染性疾病的后果与经历一名家庭成员患糖尿病、癌症或心脏病类似。若不治疗，这些病往往会发展成慢性且痛苦的疾病。残疾的一大原因是心理问题，已有呼吁联合国高级别会议就解决心理问题召开会议。

通过联合国高级别会议关注于四大主要的非传染性疾病及其危险因素，联合国各成员国政府认识到工作计划非常广泛和复杂，需要从一些疾病着手，以引导医疗保健体系解决所有非传染性疾病。因为心理健康问题和非传染性疾病有着内相关性，所以针对非传染性疾病的防治对于心理问题亦将起到积极效果。持续的护理对于大多数的健康问题大有裨益，增强基础医疗保健服务，为所有致残疾病人士提供长期护理将有益于心理健康问题患者和患有其他非传染性疾病人群，例如肾病和肌肉骨骼疾病。

非传染性疾病危机及其发展

非传染性疾病不仅是健康问题，它对人类发展及社会进步亦非常重要。因为非传染性疾病增加了贫困，并且是个人、家庭及商业的主要经济流失因素，该疾病危机对社会、经济、环境发展和妇女权益构成了威胁。

贫困引起了非传染性疾病，而非传染性疾病亦造成并加剧了贫困。在任何国家，为非传染性疾病治疗和保健所支付的费用使得弱势家庭陷入了债务、贫困和疾病的恶循环，例如，在中国，糖尿病患者的治疗费用占到其家庭收入的 15% ~ 25%。在有心脏病或中风患者的印度家庭中，四分之一的家庭开销呈灾难性，使得其中 10% 的家庭陷入贫困深渊。当家庭没有办法负担医疗费用之际，他们或是忘却治疗，或是面临财务崩溃，贫困最终会走向极端贫困。

非传染性疾病亦减少了家庭收入。患有非传染性疾病的工人失业的可能性增加，或工作表现不佳或是在退休前因病离开工作岗位。大多数低收入和中低收入国家缺少社会保险及健康保险，非传染性疾病可导致更大的经济损失，例如，妇女或因需照料病患而放弃工作，儿童或因需赚钱补贴家用而被迫辍学。低级社会经济团体中的人群通常将其收入的很大一部分用于吸烟，导致无钱可用于医疗保健与教育。

非传染性疾病的这些经济影响意味着社会经济潜能的大量流失，它对经济增长中的下列四个主要因素，即劳动力供应、生产率、投资以及教育，造成了不利影响。即便人们不再工作，不再为社会的经济社会发展造就福祉，他们通过为年轻人创造条件从而间接贡献于社会，特别是因养育儿童而离开工作岗位的妇女。在非洲，老年人的健康问题尤为重要，因为他们可以填补因艾滋病毒/艾滋病而元气大伤的那一代人的角色。非传染性疾病发病率每上升 10%，则年均经济增速会降低 0.5%，若累积多年，这一数据将非常庞大。例如，在拉丁美洲，预计 2030 年非传染性疾病的发病率将增长 50%，这将使其年均经济增幅下降 2%。在有着高度非传染性疾病负担的 23 个中低收入国家中，按照常规商业模式，在 2005 至 2015 年间，因非传染性疾病而造成的经济产出损失估计将达到 840 亿美元。世界经济论坛将非传染性疾病列为影响经济发展的全球顶级威胁之一。

在非传染性疾病防控干预措施的投资中，存在一个有力事例。首先，因非传染性疾病发病率上升，不采取任何行动的代价将会增加，将会威胁以致击倒资源匮乏且脆弱的卫生和社会系统，以及缓慢的经济表现。即便在富裕国家，卫生系统在处理此类负担时已有难处，一旦负担加重，任何国家都不能够为非传染性疾病患者提供当前水平的护理服务。其次，许多有效投资都有着经济净收益，所需费用远低于治疗疾病所需的整体费用，在一些情况下，每 1 美元投资可产生约 3 美元的回报。若能切实降低危险，例如使非传染性疾病的年均发病率降低 2%，则 10 年后经济的年均增幅估计将增加 1%。例如在巴西，这种增幅每年将带来 160 亿美元收益，远高于五大优先防控干预措施所需费用。

非传染性疾病的干预措施可有利于千年发展目标的进程（专题 1），反之，若不实施有效的干预手段将不利于此进程。不能等到千年发展目标实现之后再考虑非传染性疾病问题。在贫穷国家，每年有近 200 万民众（主要为妇女和女童）死于与室内吸烟相关的呼吸系统疾病，阻碍了促进两性平等的进展。非传染性疾病的预防政策，例如清洁能源，亦将对气候变化产生积极影响。公共卫生政策与减缓气候变化的政策结盟将产生有益成果，因为气候变化及非传染性疾病均源自于我们的生活方式。

低成本且可行的干预措施

预防非传染性疾病对降低直接负担至关重要，它提供了一种可使人们保持健康的环境，从而起到保护后代的作用。大多数的部门预防干预措施，包括政策变革、规章及市场干预等，都有着最高的优先性。在许多国家，卫生系统的准备工作及设备均不足，一旦非传染性疾病加剧，卫生系统的负担将非常庞大。若干低成本、适应性好、向穷人倾斜且可行的多部门预防干预措施可以现成利用，将在一到两年内产生积极作用。成本效益最高的干预措施是控烟和减少食盐摄入，这需要卫生系统以外的行动来实现作用最大化，其他措施还包括为心脏病及中风高危患者提供低成本的基本药物。若这三大措施得到广泛实施，在每年人均成本为 1.2 到 2.4 美元的情形下，将使面临高度负担的 23 个中低收入国家 10 年内死亡人数减少 2300 万。

根据各国的意愿及财力，这些预防干预措施可分步进行。首先，所有国家都应加快烟草控制框架公约的全面落实，为所有吸烟者提供简单的禁烟服务，这给针对结核病患者的项目起到模范作用。第二步行动包括降低人群实验摄入而采取的多部门计划，促进健康膳食及身体锻炼，减少有害饮酒行为，同时改进向非传染性疾病高危人群提供基础护理的管理工作。第三步则是完成低成本的多部门及卫生系统干预措施的全范围覆盖。

卫生系统对非传染性疾病的响应能从艾滋病毒/艾滋病的经验教训中受益，尤其是涉及防控和长期护理的综合整体方法的重要性，以及对以权利为导向的框架的需求。这些方法、策略和体系支撑着艾滋病毒项目并培训员工，为任务转型提供了可用范例。还可从针对艾滋病毒/艾滋病及结核病患者预防和长期护理的药物分发及技术中吸取教训。主要因为千年发展目标，巩固卫生系统时下已成为主要全球卫生行动工作计划的优先安排，对全民健康保险的关注度也日益增加。不论疾病原因，承诺并支持为解决所有主要疾病而提供的基础医疗保健服务将是联合国高级别会议的重要成果，这一成果将会有益于千年发展目标的实现。

关键部分
领导与合作

成功解决非传染性疾病危机取决于强有效的领导，强力的领导者能催化并领导变革。涉及落实国家非传染性疾病规划和政府整体方法的众多部门间合作需要有各国及政府首脑持续的领导力。民间团体可以支持、鼓励并巩固此种必要的领导。

联合国高级别会议召开的基本原因是对解决非传染性疾病主要成因的认知，这需涉及到诸如农业、财政、教育及交通等非医疗保健领域，世界银行、联合国儿童基金会、联合国开发计划署、国际货币基金组织和联合国粮农组织在内的众多联合国机构将会在其中发挥重要作用。需要一个有效的机制以使这些机构实现合作，从而解决非传染性疾病危机。世界卫生组织将继续发挥主要推进领导的角色，而履行这一职责则必须得到各成员国的支持。

发展机构和援助国通过合作，确保与优先行动有关的技术服务及资源能够有效传达，在其发展工作计划中提升非传染性疾病的有效性，募集资金以补充最贫穷国家的国家财力，这些将有益于国家非传染性疾病项目有效开展。最重要的是，非传染性疾病项目与诸如千年发展目标及其接续目标在内的其他项目间的支持联盟将会得到互利。只有在非传染性疾病足以担负适当的国家优先情形下，与援助实效问题巴黎宣言和阿克拉行动宣言的援助组合及人群的健康需求相协调，援助者及援助机构的支持才会到来。

市场力量也造成了非传染性疾病的上升，例如源自不健康产品成功销售的肥胖等流行病，以及烟草和酒类。此结果通过管理和立法响应为政府干涉措施提供了有力的理由。应借适当激励手段鼓励企业宣布其转向提供更健康的产品及促销业务的意愿。应借规章、立法和市场干预措施使企业坚持朝保护儿童及年轻人的方向转型。对私营部门的监管行为需要针对共同目标的进程进行透明及独立的评估，例如产品重组及企业对在所有国家实现相同成果的承诺。需要有基于公共卫生目标的清晰透明规定来约束私营部门，而烟草工业则没有相应的约束准则。

四大国际非政府组织（世界心脏联合会、国际糖尿病联合会、国际抗癌联盟、国际结核病和肺病防治联合会）合作构成了非传染性疾病联盟。与主要非政府组织，以及专业、学术、消费者和信仰导向的组织一道，非传染性疾病联盟可以激励并支持持续的国家和国际行动。

问责及透明度

需要有透明且独立的机制在国家和国际层面（包括联合国机构）进行监管和评估。关键问责的必要条件是对于联合国高级别会议上将达成的国家和国际承诺的进展进行评估。在非传染性疾病方面所花费的资金应显示出其有益性，例如每一美元的花费带来更健康的生活，以确保持续的政治和公共支持，实现所有利益攸关方的期望。

问责制的三大主要因素为监管、审查及改进。监管是对与协定目标有关的精确信息的有效性及宣传。审查则需要包括国家、捐赠者及非政府执行人在内的各方表现具有独立、透明及专家主导的进程，并对该进程进行分析、评价和汇报。改善则有赖于一种能解决表现中不足之处的机制。

在国家层面，问责框架的关键特征包括全国委员会或机构对与国家目标有关的监管进展作出响应，并对各方的表现进行审查和汇报。该框架应与其他国家卫生目标进程中的监管机制相结合。非政府组织可为国家报告撰稿或发布自己的报告。

在国际层面，问责框架将得益于独立的专家技术审查小组，来负责保证各方信守其所作的承诺。该审查小组亦可汇报全球目标的进展并同步各利益攸关方的努力。这一审查小组应与对其他国际卫生目标（如妇幼健康）进程的监管机制相结合，通过联合国秘书长每两年向联合国大会作出汇报。国家进展应被定期汇报并通报给该审查小组。亦需有一个新的国际机制来协调参与各方。

不论在国家和国际层面，问责机制都须基于有效的技术机制来跟踪年均死亡率降低2%的全球目标和一些以相称时间范围来衡量其效果的量化目标的进展。因短期目标（1~2年）的顺从性增强，应该用长期且更宏伟的目标对其进行补充。基于风险因素监督和改进生死统计备案系统的关键指标应在国家和国际层面得到一致赞成，从而有助于衡量进程。

结论

联合国高级别会议有望快速推进非传染性疾病的防治，同时可确保针对所有优先疾病的整体响应。在会议召开前夕，各国和政府首脑需做出若干行动。

不应对全球非传染性疾病危机的严重程度以及低成本和高效干预措施的可用性存有怀疑，必须充分重视并支持强有力行动实例。成员国在起草关键结果文件时必须有全国性的数据和证据来证明国家首脑将会被要求做出的承诺的正确性。拟定中的结果文件的主要内容需得到一致同意。针对先前的承诺和有关方面的联盟，最重要的是，针对各成员国亟需的承诺已提出了众多建议。于纽约达成的协定应建立在例如针对妇幼健康等国际行动的支撑模式下，上述国际行动源自联合国和其他高级别会议（例如八国集团会议与二十国集团会议）间的相互影响。在国家和国际层面提升对非传染性疾病的认识亟需得到支持，非传染性疾病不仅是卫生议题，更是一个发展议题。另外，各国均需要增强落实调研和政策发展能力。

这些承诺应包括会议结束后 12 个月和今后 10 年的行动计划，以及对成就的监管程序。虽然十年前艾滋病毒/艾滋病所带来的挑战和如今非传染性疾病的挑战并不相同，2001 年关于艾滋病毒/艾滋病的联合国大会特别会议之后得到的经验教训可为此次联合国高级别会议之后的持续行动提供建议。以关于艾滋病毒/艾滋病的联合国大会特别会议和与妇幼健康相关的国际行动为基础，专题 2 概括了许多可取的结果。

虽然需要有资金来援助那些承诺于综合行动计划的最贫穷国家，但并不需要通过一个新的机构或是新的国际基金达到降低非传染性疾病发病率的目的。可通过新的募资机制和更有效利用现有资金来填补许多国家所面临的资金缺口。许多非传染性疾病干预措施均为创收类型，例如通过提高烟草及酒类的税收可同时降低非传染性疾病风险并有助于减少不平衡。优先干预措施的预估国际成本非常之低，特别是针对控烟及减少食盐摄入的措施。在优先干预措施得到落实之后，大多数目标都可在短期实现，针对低成本干预措施的投资亦是一种对发展的投资。

长期来看，监管和问责是必需的，但这对于互相协助干预措施的落实来说并不充分，烟草控制框架公约的迟缓落实就是例证。后续行动应强调将非传染性疾病干预措施纳入国家发展进程及多边机构行动中。

联合国高级别会议的圆满完成取决于各国首脑与会并批准及落实行动承诺。而长期的成功则需要有见地并且坚定的国内和国际领导层。现在正是政治家抓住机会，大幅并持久改善全人类健康的时候了。

附框

核心要旨

- 非传染性疾病威胁着经济和人类发展，抗击非传染性疾病的行动将有益于包括千年发展目标在内的总体发展目标

- 全球非传染性疾病危机需要全球多领域的响应
- 强有力的国内和国际领导至关重要，应对非传染性疾病应被纳入国家及国际卫生与发展工作计划
- 全人类多领域的预防措施既节省成本又能产生快速效果
- 改善针对非传染性疾病高发区域居民预防及治疗的基础医疗保健具有成本效益
- 需要有效利用现有的资源及新颖的筹资方式，而并非需要新的国际基金
- 联合国非传染性疾病问题高级别会议的成功需要各国首脑的参与及对持续行动和问责制的承诺

专题1：非传染性疾病领域中的投资有益于下列选定的千年发展目标的发展

千年发展目标1：消灭贫穷饥饿
- 通过降低成年人死亡率促进减贫
- 对非传染性疾病的护理提供补助，以达到减贫目的

千年发展目标3：促进两性平等
- 预防非传染性疾病有益于妇女健康，因为在大多数国家，非传染性疾病是妇女死亡的主因
- 提供非传染性疾病的护理服务可为妇女及女童增添更多机会

千年发展目标4：降低儿童死亡
- 降低吸烟及室内空气污染可减少儿童疾病
- 改善孕妇及婴儿营养可降低肥胖及糖尿病的流行

千年发展目标6：与疾病作斗争
- 降低吸烟及糖尿病可减少结核病发病数
- 提供糖尿病及心血管疾病的护理服务可降低艾滋病毒携带者死于抗逆转录病毒治疗所引起的副作用

千年发展目标7：环境可持续力
- 提倡公共交通、步行及自行车出行，降低对化石燃料的依赖

专题2：联合国非传染性疾病问题高级别会议取得成功的必要条件

全球非传染性疾病问题的宣言，其中包括：

- 承诺持久承担起克服这一全球危机的领导工作
- 承诺以多利益攸关者方式进行预防工作
- 普及低费用的药物及治疗方法
- 达成以结果为导向并具有实现的目标协定
- 与关键领域的英才一道开展持久的国际及国内运动

多部门透明对话，其中涉及：

- 政府及政府间机构
- 对公共利益有着明晰规章的非政府组织、民间团体和私人部门

国家问责体系，其中包括：

- 协调并监管所有部门的政府及非政府高级别委员会
- 可进行持久宣传工作的国家英才
- 建立以结果为导向的指标及具有时限的目标
- 确保优先传达具有成本效益的干预行为
- 对干预效果进行评估：监管、审查并提出改进意见
- 通过专家小组每两年向联合国大会汇报

国际问责体系，其中包括：

- 建立独立的专家小组以监管、审查并改进工作性能
- 审查具有时限的目标的进展
- 每两年汇报进展

参 考 文 献（略）

附录 12　针对非传染病危机的重点行动

Robert Beaglehole，Ruth Bonita，Richard Horton，Cary Adams，George Alleyne，Perviz Asaria，Vanessa Baugh，Henk Bekedam，Nils Billo，Sally Casswell，Michele Cecchini，Ruth Colagiuri，Stephen Colagiuri，Tea Collins，Shah Ebrahim，Michael Engelgau，Gauden Galea，Thomas Gaziano，Robert Geneau，Andy Haines，James Hospedales，Prabhat Jha，Ann Keeling，Stephen Leeder，Paul Lincoln，Martin McKee，Judith Mackay，Roger Magnusson，Rob Moodie，Modi Mwatsama，Sania Nishtar，Bo Norrving，David Patterson，Peter Piot，Johanna Ralston，Manju Rani，K Srinath Reddy，Franco Sassi，Nick Sheron，David Stuckler，Il Suh，Julie Torode，Cherian Varghese，Judith Watt，《柳叶刀》杂志 NCD 行动小组和 NCD 联盟撰写

Priority actions for the non-communicable disease crisis. Lancet 2011；377：1438 – 1447. DOI：10. 1016/S0140 – 6736（11）60393 – 0.

　　即将于 2011 年 9 月召开的联合国非传染病高级别会议为形成针对非传染病导致的早逝、可预防发病和病残的全球持续运动，创造了前所未有的机会。非传染病主要包括心脏病、中风、癌症、糖尿病、慢性呼吸系统疾病，日益加剧的全球非传染病危机妨碍实现减贫、健康均等、经济稳定和人的安全等发展目标。《柳叶刀》杂志 NCD 行动小组和 NCD 联盟建议，作为对非传染病危机的响应，采取五项总体的重点行动：领导力、预防、治疗、国际合作、监测与责任，并实施五项重点干预措施：烟草控制、减少食盐摄入、改善膳食和增加身体活动、减少危险的酒类摄入、必要的药物和技术。选择这些重点干预措施是根据这些措施的健康效果、成本效益、低实施成本，以及政治和财务方面的可行性。最为紧迫和立即可以采取的重点干预措施是烟草控制。我们建议，作为

到 2040 年的目标，实现基本无烟的世界，即少于 5% 的人使用烟草制品。重点干预措施的实施预计需要全球每年承诺投入约 90 亿美元，会给社会和经济发展以及卫生领域带来巨大的益处。这些干预措施如能广泛采用，将实现每年减少非传染病死亡率 2% 的全球目标，在十年内防止几千万人早逝。

序言

非传染病（NCD）的传播是一个全球危机；这类疾病威胁到几乎每个国家和每个收入人群的男女成人和儿童。上个世纪实现了全球范围内经济增长、健康和生活水平的大幅提升。现在，人类自己造成的气候变化、金融和食品安全危机，以及心脏病、中风、糖尿病、癌症和慢性呼吸系统疾病等疾病为主的非传染病危机，正威胁到这些进步成果。

即将于 2011 年 9 月召开的联合国非传染病高级别会议为形成针对非传染病的基于权利的全球持续运动创造了无与伦比的机会，正如十年前针对 HIV 感染和艾滋病的联合国大会特别会议一样，该次会议指出应对艾滋病与发展议题密不可分。国际上协调的最高级别政治领导力，以及针对重点行动和干预措施的共识，是对非传染病危机和促进国家行动的关键响应。一届成功的高级别会议将形成对全球和国家层面防治非传染病所需的重点行动的高级别持续政治承诺。这将确保非传染病与全球长期发展议题密不可分。

为了推动一致的政治讯息和共同声音，《柳叶刀》NCD 行动小组（学术界、业界人士和民间社会组织的非正式合作）和 NCD 联盟（包括四家主要的非政府组织：国际癌症控制联盟、国际防痨和肺部疾病联合会、国际糖尿病联盟和世界心脏病联盟）提出了针对非传染病的几项重点行动：全球和国家层面最高级别的政治领导力；立即实施重点干预措施；建立针对重点行动和干预措施的国际协调和共识；以及建立监测、报告和责任机制以评估进展。

在这份报告中，我们综合并扩展了过去五年《柳叶刀》四个系列报告的证据（列表 1），并侧重对非传染病最为重要的方面。这些报告由世卫组织倡议发起，由近100名领先的科学家合作完成，支持世卫组织提出的防止和控制非传染病的行动方案。在此，我们将谈到联合国高级别会议联合国模式决议提议的三场圆桌会议将要讨论的议题：非传染病危机；重点行动；国际合作。本文结尾为联合国高级别会议的结果文件提出了一系列建议。

列表1：《柳叶刀》系列报告的证据汇总

2005 年
非传染病死亡率每年降低2%的全球目标，预计可以在今后十年防止3600万人死于这些疾病，其中一半以上是心血管疾病。

2007 年
对许多可能的干预措施进行了评估，并提出了三项具有成本效益的重点干预措施：烟草控制，减少食盐摄入，以及对面临心血管疾病高风险的人群提供治疗。在23个高疾病负担的中低收入国家扩大实施这三项干预措施，将很容易在这些国家实现上述全球目标，实施这些干预措施的年度成本预计为60亿美元（2005年美元）。

2009 年
注意力的重点给予了针对酒类的有害消费的几项具有成本效益的干预措施，以及需要协调一致的全球和国家响应。

2010 年
非传染病被定为发展问题，评估了防止超重的干预措施，以及23个高负担国家的进展。

非传染病危机

非传染病负担
全球非传染病的负担正在加重（列表2），是发展和实现千年发展目标的重大障碍。导致这些疾病背后的原因是共同的可改正的风险因素，同时也是导致健康不均等的主要原因。

列表 2：日益加剧的非传染病负担

- 每年三分之二的死亡人数可归因于非传染病。其中，五分之四的死亡人数在中低收入国家，并且三分之一的死亡者年龄低于 60 岁
- 总的来说，中低收入国家特定年龄非传染病导致的死亡率比高收入国家高近一倍
- 非传染病常常导致长期的残疾，患者经历缓慢痛苦的死亡过程
- 在世界各个地区，由于人口老化和风险因素的全球化，特别是烟草使用，非传染病导致的死亡总数呈上升趋势
- 除了长期以来遏制传染病的挑战，再加上非传染病的双重负担给资源不足的卫生体系带来巨大压力

共同的风险因素以及导致原因

个人患非传染病的主要风险因素已为我们所熟知，各个国家之间相差不大。烟草使用、饱和脂肪和反式脂肪高的食物、高盐、高糖（特别是甜味饮料）、身体缺乏活动和对酒类的有害消费，导致所有新发非传染病的三分之二以上，并且增加非传染病患者出现并发症的可能。烟草使用一项占非传染病导致所有死亡的六分之一。每天十亿多人由于对尼古丁成瘾，吸食或咀嚼烟草制品，每天约 1.5 万人死于烟草相关疾病；在男性死亡率中，按照教育水平评估，烟草使用占健康不均等的一半以上。许多高收入国家的烟草使用率已经下降，至少在男性人群中已经下降，但是，在许多中低收入国家正迅速上升，有些国家青少年吸烟率在 25% 以上。烟草业为了影响和弱化烟草控制政策，采取不受控制的活动和持续不断的努力，使烟草使用率上升。

食用高饱和脂肪和工业生产的反式脂肪、高盐、高糖食物，每年导致至少 1400 万人死亡，占每年非传染病导致死亡人数的 40%。比如，

食盐过多导致所有高血压病例达30%。身体缺乏活动每年导致约300万人死亡，占每年非传染病导致死亡人数的8%。酒类消费每年导致230万人死亡，其中60%是由于非传染病，并且酒类消费对健康、社会和经济都有负面影响，其危害不仅限于饮酒者。

社会和经济环境变化使导致非传染病的风险因素蔓延开来。图1列出了超出个人，特别是超出儿童控制能力的，影响对烟草使用、酒类消费、膳食和身体活动选择的力量。农业补贴、贸易和资本市场自由化，导致不健康食物价格降低，更容易获得，并导致现在青少年人群中出现

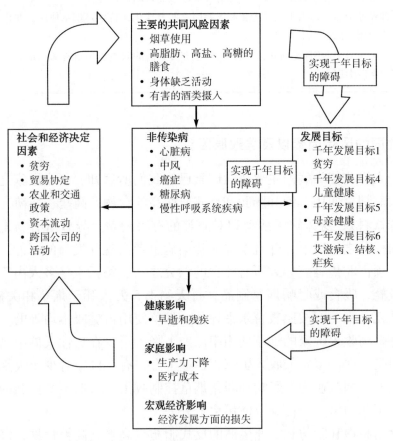

图1　贫穷、非传染病和发展目标之间的关系

的风险因素增加，使超重人群比例迅速上升。

非传染病：发展的障碍

非传染病的疾病负担在中低收入国家正在增加，加剧贫困，是实现发展和千年发展目标的主要障碍（图1）。非传染病对穷人的影响更大，进一步加剧不均等。穷人生活的环境中，应对非传染病的政策、法律、法规不存在，或者不够。此外，由于财务原因和较弱的卫生体系，他们也较少能获得防治非传染病的全面服务。

非传染病也导致贫困。大部分非传染病是慢性的，需要持续的支出，使贫困家庭陷入债务和疾病的周期循环，从而使健康和经济不均等持续下去。家中有一名心血管疾病患者的印度家庭中，四分之一的家庭必须支付难以承受的费用，结果，这些家庭有10%陷入贫困。非传染病消耗家庭的收入和儿童成长和教育所需的家庭能力；花在烟草制品上的支出也加剧家庭贫困。

家庭用于非传染病的成本具有实质的宏观经济影响。劳动力的丧失减少了社会的有效劳动力队伍，使总的经济产出减少。非传染病导致的死亡率每增加10%，年均经济增长预计减少0.5%。根据这一证据，世界经济论坛现在把非传染病列为影响经济发展的全球主要威胁之一。发展的努力要取得成功，就必须包括使家庭陷入疾病和贫困循环的所有疾病，不论是什么病因导致的。比如，HIV病毒和非传染病同时存在的疾病，阻碍了遏制结核病取得新的进展。烟草使用对结核病的传播是一个重要的风险因素，主要是因为烟草制品如此广泛地可以获得，比如，烟草使用占印度所有结核病死亡人数的一半。鉴于产前和婴幼儿时期的接触与后天形成超重的重要相关性，母婴健康和营养项目应包括防止超重的努力。

针对非传染病的重点干预措施

选择标准

选择应引起马上重视的重点干预措施，需要满足严格的循证的标准，包括：对健康的明显效果（早逝和残疾人数减少）；成本效益的有力证据；实施成本低；政治上和财务上扩大实施的可行性。不过，针对干预措施的有效性和效果的现有最有利证据是，通过面向每个人的全民方法，减少主要风险因素的流行，以及对面临非传染病高风险的人群提供治疗，尤其是心血管疾病。从资源和均等来说，不是所有的干预措施都具有成本效益，或者能承受得起；每个国家实施和扩大干预的可行性也必须予以考虑。列表3列出了选择哪种干预措施的标准。

列表3：立即采取的重点干预措施的选择标准

- 许多国家都报告具有成本效益，并且预计节约成本，或者每避免一个残疾调整生命年花费少于约1000美元以下
- 在大多数国家实施成本已知，并且承担得起，已经评估过对全民健康的影响证据，并且干预措施有可能对实现全球目标，即：每年死亡率下降2%，起到极大的促进作用
- 多个项目或者案例分析表明已有成功的实施
- 在大多数国家，（从经济、政治和项目的角度）扩大推行干预措施是可行的

我们提议立即采取五项重点干预措施（四项是全民层面的，一项是诊疗服务，即：提供必要的药物和技术），对资源欠缺的国家具有高的成本效益，会在全民中防止由于非传染病导致的死亡和残疾。扩大实施的可行性取决于多个因素：政治局势；资源的可获得性；卫生体系能力；社会支持；商业利益的力量；其他国家的经验；以及，国际承诺和支持。因为没有公认的总体衡量方法，所以我们对可行性的评估是主观的。

建议的这五项具有成本效益的干预措施在《柳叶刀》系列（表）中讨论过，几乎所有国家都能负担得起。对糖尿病和癌症的药物治疗，还没有像对心血管疾病的组合药物治疗那样，给予正式的评估。提供姑息治疗的建议完全是出于对人权的考虑。

表　三个国家实施针对非传染病的五项重点干预措施的估计成本

干预措施		每人年均成本（美元）		
		中国	印度	俄罗斯
1. 烟草使用	加快履行世卫组织《烟草控制框架公约》	0.14	0.16	0.49
2. 膳食用盐	大众媒体宣传，食品餐饮业减少食盐消费的自愿行动	0.05	0.06	0.16
3. 超重、不健康的膳食、身体缺乏活动	大众媒体宣传，食品税，补贴，标签，营销限制	0.43	0.35	1.18
4. 有害的酒类摄取	提高酒类税，禁止广告，限制获得	0.07	0.05	0.52
5. 降低心血管疾病风险	针对非传染病高风险个人的组合药物	1.02	0.90	1.73
人均总成本*	……	1.72	1.52	4.08

* 未考虑任何叠加的成本或未来节省的治疗成本

　　减少烟草使用和食盐用量等对健康影响大、可行性高的干预措施，是面向全民的，会带来最大益处，支持穷人，并且减少不均等。这些干预措施在所有国家都应优先全面实施。面向全民的干预措施比针对特定群体的战略有优势：大多数人都会接触到它的积极效果；实施成本很低；无需先广泛加强卫生体系；已经患有或者面临患非传染病高风险的人群也会从中受益。

加快实施烟草控制

　　需立即采取行动的重点干预措施是：到2040年实现基本无烟的世界这样一个建议的全球目标，即少于5%的人口使用烟草。全面履行《烟草控制框架公约》策略中的四项策略，今后十年将在23个非传染病负担很重的中低收入国家防止550万人死亡。联合国高级别会议的一个重要成果将是重拾加快全面履行《公约》各项内容的决心。这一项行动会立即带来卫生和经济益处，因为直接烟草烟雾和二手烟暴露减少，不到一年时间就会降低心血管疾病的负担，进而减少卫生支出。

列表 4：世卫组织《烟草控制框架公约》

世界卫生大会 2003 年通过的《公约》作为国际上第一份卫生条约，已得到 170 多个国家的批准。《公约》强调的方法既有效，又具有成本效益。

- 通过提高烟草税，要求健康警告、无烟工作场所和公共场所的法律，以及完全禁止各种形式的烟草促销等方法，减少需求；以及
- 供应方面的干预措施，特别是控制烟草制品的非法贸易。

《公约》是国际卫生合作的新方式，国际合作与所有利益相关方的领导力、承诺和政治意愿对于《公约》的成功至关重要。2009 年，《公约》的方法只覆盖到世界 10% 的人口。

联合国非传染病高级别会议的一个首要重点是，为加快实施《公约》各方面内容，以及为实现基本无烟的世界（吸烟率低于 5%）所需的其他方法，加强政治决心。

减少食盐摄取

减少食盐消费会降低血压，高血压是引起中风和心脏病的主要风险因素之一，所以减少食盐消费是另一个首要的重点行动。（通过大众媒体宣传和食品业调整食品配方）减少全民食盐消费 15%，十年内将会在 23 个高疾病负担的国家防止 850 万人死亡。长期来说，减少食盐消费会有更大的效果，因为减少摄入会减轻与年龄相关的血压升高，并且其他方式可以解决碘缺乏的较小风险。在中国等国家，在烹饪和食用阶段加入了许多盐，如果实施食盐替代，会是个有效的策略。许多国家加工食品的消费增加，食品业减少食盐添加的规范改变将来会有重要益处，为此可能需要政府出台规章。我们建议的全球目标是，到 2025 年，全球每人每天食盐的摄入量减少到 5 克以下（或 2000 毫克钠）。

提倡健康膳食和身体活动

提倡身体活动和消费含饱和脂肪和反式脂肪低、含盐和含糖低（尤其是甜味饮料）的食物的政策，会带来广泛的健康益处，包括防止超重

（特别是儿童）、心血管疾病和一些癌症，并且改善口腔和牙周健康。这些政策将来会减少医疗成本，所以很大程度上其实施成本会被抵消掉，特别是在中低收入国家。主要的干预措施包括：通过税收方法，提高含饱和脂肪和工业制造的反式脂肪高和含糖高的食品的价格；食品标签；对不健康食品的营销限制，特别是面向儿童和青少年的营销。各个国家的食品行业应该开始调整加工食品的配方，停止向儿童推销不健康的食品。要取得迅速的进展，需要政府出台有力的鼓励措施，包括监管和税收措施。在母婴健康和营养项目中，应包括防止超重。为提倡身体活动，对外部环境进行修改，也具有防止超重的潜力，虽然一开始挑战比较大，但是同时作为控制气候变化的方法，可能获得迅速发展。

减少有害的酒类消费

影响酒类的价格、促销和可获得性的政策会减少与酒类有关的害处。执行减少酒后驾车的法规，以及对高风险的饮酒人员的干预措施也是有效的。在未登记的生产和消费较高的国家，一个重要目标是提高缴税的酒的比例；这需要对非法和非正式生产的酒类制品进行有效监管。根据酒精含量征税，是提高酒类税的重要补充。在大多数国家，并且在世界范围内，酒类营销和促销都很广泛，就像烟草一样，要减少酒类的有害消费，也需要做出法律方面的响应。

获得必要的药物和技术

普遍可以获得支付得起的治疗非传染病的优质药物对于所有国家，特别是中低收入国家，都是重要的问题。HIV 感染和艾滋病治疗也遇到这个问题；治疗各种重点疾病需要统一的方式，尤其要注意减少不均等。

在中低收入国家针对非传染病的循证的最佳临床做法是，针对在基础医疗服务中偶然发现的面临心血管疾病高风险的人，或者针对已经有过临床治疗的病人，提供多种药物的组合疗法。世卫组织制作了风险评估表，如果去掉需要采集血液样本这一项，就会进一步简化了。扩大实施这项干预措施，今后十年，按照每年每人 1.08 美元的成本投入，23

个中低收入的高疾病负担国家将预防 1800 万人死于心血管疾病。

我们也建议采取其他还没有正式评估对全民健康影响的药物。胰岛素对一型糖尿病患者的存活和治疗至关重要；世界许多地方的儿童和青少年由于无法获得胰岛素失去生命。通过行为改变，或者低成本的药物，更好地控制血糖，会减少和减慢导致二型糖尿病患者残疾的并发症的发展和恶化。

多种有效的不牵涉专利的药物，仿制生产后价格可承受，可以治疗许多种癌症；许多中低收入国家癌症得不到治疗的情况不可接受。乙肝疫苗基本可以防止肝癌。乙肝疫苗的成本已经大幅降低，针对高风险人群和传染高发国家，疫苗接种具有好的成本效益。现在，使用人乳头瘤病毒（HPV）疫苗，可以预防子宫颈癌，不过成本较高和分发给青少年的挑战是现有的不足。对于不能治愈的癌症，应该减轻和缓解痛苦和折磨，不过，在世界许多地方，很大程度上还做不到。

世界范围内哮喘的发病率还在增加。控制哮喘的吸入式药物带来了希望，但是这些药物的成本效益是个问题。针对资源受限环境中使用吸入式药物的哮喘患者，已经成立了哮喘药物服务，方便他们获得价格可以承受、质量有保证的药物。

针对非传染病的重点行动

取得进展的关键

国际和国家报告中要求采取行动的政策、战略、规划和呼声较为普遍，但是实施起来很缓慢。导致延误的一部分原因是其他全球卫生问题的紧迫性，形成和有效传播关于非传染病的全球负担和可预防的讯息，需要较长的时间周期。把非传染病纳入全球卫生议程是困难的，但是取得进步的公认方法确实存在。

实施五项即刻采取的重点干预措施的前提是一套重点行动（图 2；列表 5）。这些重点行动包括，在国家和国际层面：最高级别的持续的政治领导力；支持加强卫生体系，特别是基础医疗；国际合作；衡量和报告进展的监测体系和责任机制。

列表 5：各国和国际机构在联合国非传染病高级别会议上的五项行动建议

领导力
联合国非传染病高级别会议的最重要成果，将是形成对遏制非传染病危机的具体承诺框架的持续有力的高级别政治支持，以实现每年减少非传染病导致死亡 2% 的目标

干预
- 加快实施世卫组织《烟草控制框架公约》，到 2040 年实现基本无烟的世界，即：5% 以下的人使用烟草
- 到 2025 年，减少食盐摄入减少到每人每天 5 克（2000 毫克钠）以下
- 协调农业、贸易、工业和交通的国家政策，推广改进的膳食，增加身体活动，减少有害的酒类饮用

治疗
- 针对所有重要的疾病，提供具有成本效益、可支付得起的必要药物和技术
- 从基础医疗开始，在卫生体系的各个层面，加强卫生体系，提供以病人为中心的医疗服务

国际支持
- 提升非传染病在国际议程中的重要性，提高对这些疾病的资助
- 提升非传染病项目和其他全球卫生重点工作之间的协同效应，包括可持续性和控制气候变化

监测、报告和责任
- 确定积极的目标和透明的报告体系
- 针对重点行动和干预措施，评估进展
- 定期向联合国和其他论坛报告在这些国家和国际承诺上的进展

领导力

　　获取成功的首要行动是在国家和国际最高层面要有强有力的持续政治领导力。这项承诺会是联合国高级别会议最重要的成果。积极的个人

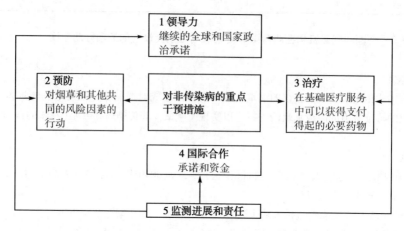

图2　各国和国际机构应对非传染病危机的五项重点行动

倡导者和政治家们也需要承担起领导的角色。卫生部门对于对非传染病的响应有着重要角色，但是其他许多政府部门，比如财政、农业、外交和贸易、司法、教育、城市规划、交通等部门，必须与民间社会和私营部门一道，成为整体政府响应的一部分。针对非传染病项目的核心资金必须由政府提供，并在国家卫生规划中列支。

预防

对非传染病危机的响应需要极大地关注基础预防，这是确保未来几代人不面临这些疾病导致的早逝风险的唯一途径。烟草控制和减少食盐摄取是首要的重点。这类面向全民的方式具有很高的可行性，具有成本效益，短期内就会收到即刻的积极效果，并且实施成本低，比如中国和印度实施的成本为每年每人约0.20美元（表）。烟草控制得到被广泛批准的《公约》的支持；减少食盐摄入在很大程度上通过加工食品重新配方和食盐替代就可以实现。其他几项面向全民的干预措施会有巨大的健康益处；不过，需要克服既得利益的反对。

治疗服务

实施立即采取的重点治疗干预措施，需要运转正常的医疗体系和分步骤的实施。许多医疗服务存在以下方面的不足：治理安排和卫生规划流程；卫生资金；卫生工作者是否具有恰当的技能；必要的药物和技术；卫生信息系统；以及普遍可以获得的长期以病人为中心的医疗服务提供模式。一项关键的要求是以病人为中心的服务提供模式，全面加强在生命期内针对所有常见疾病的医疗服务体系。为此，一个好的转变将是加强作为服务中心之一的基础医疗服务，为实现对非传染病的这些关键干预措施和治疗提供所需的支持。比如，对到访基础医疗设施的成年人提供随机筛查，使用世卫组织心血管疾病风险评估表，提供戒烟的建议，这些措施在基础医疗体系运转正常的国家都是现实可行的首要步骤。

消除人们特别是贫困人群获得治疗服务的财务和其他障碍，实现普遍覆盖，是一项优先措施，但是需要政治承诺。实现有效利用资源的财务保护战略包括：提供现金转移支付，从而减轻获得服务的成本，减少使用者收费，延缓收取预付费，以及有利于所有医疗使用者的风险池计划。

国际合作

发展机构、基金会和全球卫生机构一直忽视非传染病，直到现在才有所改观。对非传染病的有效响应需要通过国际合作，加强政府领导力和对各个相关部分和利益相关方的协调。国际合作伙伴，包括基金会，通过资助这些疾病的治疗，以及把这些疾病与千年发展目标和气候变化等其他重点发展项目协调起来，会在支持对非传染病的进一步行动方面起到特殊作用。

世卫组织是预防和治疗非传染病的首要国际机构，但是需要其他机构的支持，包括世界银行、联合国开发计划署、世界贸易组织、粮农组织、联合国儿童基金会、联合国艾滋病规划署、联合国人口基金、经济合作与发展组织和世界海关组织。更多资源，特别是各成员国和资助者提供的预算外资金支持，对于支持世卫组织的领导力也是必要的。国际发展机构和资助机构之间的合作可能需要成立一个向联合国大会报告的跨部门特别工作组。

在私营部门，世界经济论坛为与全球公共卫生目标相关的各种利益的合作和协调提供了机会。这些目标需要独立地进行监测。最近成立的NCD联盟代表170个国家的880家组织机构，是国际非政府组织为实现共同的非传染病目标采取的积极的合作举措。此外，主要的发展非政府组织也应加入到应对非传染病的工作中来。

监测、报告和责任

为确保在非传染病上的投入的回报达到所有合作伙伴的预期，设立国家和全球监测、报告和责任框架是十分必要的。由国家登记系统对按死因的死亡全部进行准确记录，是监测预防非传染病进展情况的最可持续的机制。这项目标对于许多中低收入国家都是一项长期的目标。印度和中国政府采取的抽样登记系统和国家疾病监测点系统，是监测成年人死因的有力方法。定期的典型人口抽样调查对于监测主要风险因素趋势和重点干预措施收效都是有效的方法；监测非传染病风险因素的世卫组织STEPS方法就是一个例子。

对国家和国际层面确定的非传染病目标的实现情况，需要国家内的机构流程进行审查，这应作为费用列支的国家卫生规划的一部分。和其他妇女儿童健康工作群体一样，我们建议，独立的国家卫生委员会应负责报告针对非传染病的进展，动员资源，制定政策，确定最佳做法，建立合作伙伴关系，确定研究的重点，以及开展倡导活动。在全球层面，应由获得独立资助的专家组或跨部门特别工作组进行监测，就像针对全球食品安全危机的高级别特别工作组一样。这个特别工作组将通过联合国秘书长向联合国大会定期报告，并向世界卫生大会和八国集团、20国集团、70国集团等其他的主要领导人论坛定期报告。

结论

在2011年9月联合国非传染病高级别会议召开前夕，可以讨论许多预防和治疗非传染病的可能行动。在会上讨论考虑一套明确的重点突出的要求，最有获得成功的可能。简单和集中是指导我们撰写这份报告的原则，并且辅之以选择非传染病重点干预措施的安全证据基础，这在卫生部门内部也会有巨大的附加效益，并能减少并存病（列表6）。预防非传染病与气候变化和低碳政策的必要性也有着密不可分的联系。这两项议题合在一起，可以实现跨越既得利益和惰性妨碍变化的障碍。低碳经济的潜在红利，表明联合国高级别会议和2012年联合国可持续发展大会之间存在直接联系。

列表6：互相增强针对非传染病的重点行动的益处举例

健康益处

减少：

- 失明，截肢，糖尿病的其他综合征
- 牙科龋齿
- 家庭暴力
- 传染病，比如结核病
- 受伤，比如道路交通伤害，跌倒
- 母婴死亡率、发病率
- 肾病

其他益处

减少：

- 碳足迹和温室气体
- 环境污染
- 贫困

改进：

- 外部建设的环境
- 经济发展和生产力
- 本地食品生产
- 社会互动

我们意识到在我们的建议中没有明确地应对许多重要的问题，比如：婴儿出生前、出生时和出生后导致非传染病的许多风险因素的早期根源。这一证据使预防非传染病成为一个与妇女儿童健康议题极为相关的发展问题。可立即采取的重点干预措施（烟草控制、改善营养、应对心血管疾病风险因素），都会有益于母婴健康，并且对后续非传染病的风险起到积极的效果。确实，这份报告中所有的建议都有助于达到尊重、保护和实现健康权的国际义务。

我们提出的首要重点是烟草控制，并且提出了到 2040 年实现一个基本无烟的世界的目标，即：吸烟率低于 5%。我们相信，一旦中国等人口大国开始认真对待烟草控制，会取得迅速的进展。一些国家制定的实现这个目标的日期更早些；新西兰政府已经确定到 2025 年成为无烟国家。其他的首要重点干预措施是减少食盐摄入，目标是到 2025 年减少到每人每天 5 克。泛美卫生组织确定的目标是 2020 年就实现减至每人每天 5 克的目标。

根据一些世卫组织成员国已经采取的策略，可以采取和加强行动，应对其他的可以修正的风险因素。这些干预措施的成败取决于政府抵制强大的产业界和它们的政治支持者各种形式的压力的能力；因此，强大的国家和国际民间社会要求变化的运动很重要。挑战最大的需要与加强卫生体系有关。我们建议，采取步骤，在卫生医疗体系的最基础层面，通过基本的基础设施和人力资源，形成基础卫生医疗的中心。

实施非传染病重点干预措施的成本可能很小，比如，在 23 个高疾病负担国家实施三项重点干预措施（烟草控制、减少食盐摄入、治疗心血管疾病风险）的 2007 年度成本估计约为 60 亿美元，表明新的全球承诺每年投入约为 90 亿美元。世卫组织现在正在更新对 42 个高疾病负担的重点收入国家的估计。实施重点干预措施不需要成立新的全球基金。最重要的行动（全面实施烟草控制和减少食盐摄入）在所有国家都承担得起。实施其他的重点干预措施，各国需要找到新的资源，对许多国家来说，这都在它们现在的和增长的卫生医疗预算，尤其如果它们更高效地使用现有的资源，并且通过提高酒类和烟草制品税资助健康促进基金会等形式，形成创新的资助机制的话，更是如此。

　　国际合作伙伴和基金会对支持强化针对非传染病的行动能起到特殊作用。期待它们提高非传染病在它们的发展议程上的重要性，这会带来更多资金和创新的方式，补充现有的国家资源。对非传染病工作的支持，必须与千年发展目标等针对重要的全球行动的其他重点发展项目协调起来。一项重要挑战是确保非传染病与千年发展目标之后的发展时代密不可分。

　　联合国高级别会议的一个理想结果是，对一系列可行的行动和干预措施做出持续的承诺，为此就能制定具体的和有时间表的目标和指标，并且能方便地衡量进展情况。列表 5 中列出的建议的承诺是务实的，所有国家和国际机构都可以实现。联合国高级别会议是我们面对全球卫生问题方式的一个转折点，会把非传染病纳入发展的议程。全球社会必须抓住这个机会，维持实现防止非传染病导致的早逝和残疾的目标的势头，从而在今后数年改善全球健康。

参　考　文　献（略）

附录13 《向中国健康和谐的生活迈进》
报告述评

The World Bank. Toward a healthy and harmonious life in China: stemming the rising tide of non-communicable diseases. 2011.

　　世界银行刚刚发表的《向中国健康和谐的生活迈进：迎战慢性病流行大潮来袭》的专题报告是我国卫生部与世界银行在慢性病防治长期合作中的又一重要的划时代成果。众所周知，1996年在我国立项并实施的世界银行卫生七健康促进项目就是世界银行与我国卫生部合作开展慢性病防治的有益尝试。该项目引进了当时最新的健康促进理念，在中国七个城市开展了社区慢性病防治工作，包括：建立慢性病行为危险因素和死因监测系统；开展不同层次和形式的慢性病防治理论与实践的培训，以促进慢性病队伍的能力建设；通过政策发展和机构建设，加强慢性病的支持性环境；同时，对一些主要的慢性病危险因素干预策略与措施进行了探讨与尝试。作为该项目外部评估组的组长，我参与了评估的全过程，认为在推动我国慢性病防治工作，建立疾病和危险因素监测系统，培养一支社区慢性病防治队伍和开展社会动员方面都产生了积极的作用。这次世行专题报告的问世，是世界银行与我国卫生部在慢性病防治合作工作中的又一硕果。

　　首先，世界银行与卫生部合作开展慢性病防治有三部曲：第一步是通过大量的高水平会议、论坛、研讨会，提高决策者尤其是非卫生部门决策者对NCD的认识。第二步是开展深入的分析性研究，解决政府提出的关键问题，特别是：（a）在应对不断增长的NCD负担中政府的责任是什么？在NCD的预防控制工作中政府应该干什么，包括开展哪些干预项目？同时还要考虑成本效果、公平性、地域性、政治压力和其他因素；（b）如何实施提出的NCD预防控制干预策略与措施？第三步则是组织开展全国性的NCD预防控制项目，将第一和第二步提出的建议付诸实践。而本报告就是合作第二步的成果。

其次，本报告用大量的科学证据指出了中国所面临的慢性病流行的巨大挑战。这些证据包括：我国患有 NCD 的个体数量呈爆炸性增长；NCD 总负担中的 90% 是因为罹患疾病而非死亡；约一半的 NCD 负担发生在 65 岁以下人群，说明慢性病是威胁我国劳动力人口的重要公共卫生问题；中国的 NCD 死亡已经高于其他主要的工业化（G-20）国家。这些证据都告诉我们，如果没有有效措施干预我国慢性病流行的上升趋势，将会给我国带来沉重的疾病和社会经济负担。

再次，报告详细分析了我国慢性病发生的各种危险因素，不仅强调了中国 NCD 的行为和生物学因素变化及其城市化的影响，更注意强调了健康的社会经济决定因素和健康危险因素的变化。报告指出，约 50% 新增的 NCD 负担可以通过改变行为危险因素而加以预防；但如果 NCD 的社会决定因素没有很好的改善，慢性病的流行趋势不能得到控制，则到 2030 年快速的人口老龄化会促使中国的 NCD 负担增加至少 40%；而且慢性病所导致的健康不公平现象还会加剧；还会给业已获得的经济发展的美好前景蒙上阴影。

在上述证据的支持下，报告提出了一系列的政策性建议。包括：发挥政府在慢性病控制中的主导作用；尽快启动慢性病防治的多部门合作机制；充分利用医改的机遇加强和提高卫生系统应对慢性病的能力；优先关注四种主要的慢性病；加强疾病监测信息的收集和利用；坚持全人群策略和高危人群策略并举；综合防治与整合干预并举等。这些都对我国慢性病的防治策略与措施的选择提供了重要的参考依据。

未来的 10 年是我国防治慢性病的关键时期。只要我们坚持政府主导，社会动员，全民参与，科学防治，就一定能够在慢性病防治中走出一条符合我国卫生实际的群防群治的路子来；只要我们坚持合作共赢，资源共享，循证决策，综合干预，就一定能够战胜慢性病对人类健康的威胁，创造一个促进和维护健康的良好环境。

李立明

2011 年 7 月 10 日